私はあなたに食べられたいの。

森野きの子

Kinoko Morino

エタニティ文庫

目次

私はあなたに食べられたいの。

1　湊百合佳《みなとゆりか》の華麗なる失態

今日、私、湊百合佳は高校時代の同級生の披露宴《ひろうえん》に出席した。

二十七にもなればそんなイベントはざらだけど、だけど。

三次元の恋愛なんかに興味がないと思っていたあの子が。

現実の男なんて気持ち悪いと言っていた彼女が。

二次元の優男しか認めなかったんじゃなかった？　月日が流れて変わっちゃった？

現実のセックスなんて気持ち悪いって言ってたよね？

それなのに、銀行員で結構な資産家の息子と結婚だと？　小柄で、ふくよかで、頭皮が不毛の大地な男性だけど。

己の信念へし折ってまで一緒にいたい人に出会っちゃったってこと？　おめでとう！

ムカつく！

高校時代、私はギャル系グループに属していて、彼女はそれよりも下の普通グループに属していた。だけど、別のギャル系グループにからかわれ、先生に注意されながらも、四六時中漫画を描き続けていた彼女のひたむきさを、こっそり応援していた。

彼女がクラスの女子からハブられていた時、無視するという女子たちの暗黙の了解に気づかないふりをし、「えー！　何これ超すごくなーい？」と彼女の作品を応援していた。

するとどうだ。

彼女は、私をクラスメイトの中で一番の理解者と認識し、薄い本を貸してくれたり、私の知らないアニメの話をしたりして懐いてくれた。

そんな彼女の影響もあり、ボーイズラブという耽美と禁忌の世界への扉は容易《たやす》く開かれた。

だがしかし、ぶっちゃけ言うと、カップリングも漫画の傾向も彼女とは趣味がまったく合わなかったので、卒業後に疎遠になった。

それから女子短大に入学して、ＢＬも漫画も封印して、自分に合った年代のファッション雑誌を逐一チェックし、モテかわを研究した。短大卒業後は、兄のツテで、派手好きで酒豪で豪胆な女性オーナーが経営するブティック『Isolde《イゾルデ》』に就職し、フェミニンなスタイルに、その後、二十五歳を機に大人の女スタイルへとシフトチェンジしていった。もちろん、体形維持にも化粧研究も苦労を惜しまず、だ。

するとどうだ。二十四辺りを境に男が寄り付かなくなった。就職して初めて参加した合コンで知り合い、付き合うようになった同い年の彼氏に振られて以降、日照りっぱなしだ。

なお、その彼には「お前の服好きってただの浪費癖だよな。将来的にナシだわ」と言われて振られた。もちろん私は憤慨した。

いつ、私が、お前に、私が着る服を買えと言った？　服とメイクが好きで何が悪い？

その両方は、お前と違って常にときめきと自信をくれる。

私と私の好きなものを理解してくれない恋人ならいらない。と強気に出ていたら、彼氏いない歴がそろそろ三年。

一人で行く飲食店（主にバー）が増え、自宅の蛍光灯交換もＤＶＤプレイヤー接続もゴキ〇リ撃退もお茶の子だ。

日常生活に男の存在なんていらないという心境に来ている。そう、日常生活に限っては。

それよりもだ。思考を冒頭に戻す。

なんで私を結婚式に呼んだのか。そしてなんで私は来てしまったのか。

そんなのもちろん、彼女のことを少なからず旧友だと思っているから。

だけじゃない。ちょうど一目惚れして買ったばかりの靴とドレスがあって、さらに、出会いが欲しくて若干男性への禁断症状が出かかっていたせいだ。

恋愛映画が楽しくない。ちょっと優しくされると好きになりそうになる。部屋でのボッチ酒で泣き上戸。寒い夜の人肌恋しさの異常感。そろそろ演歌が沁みてきそう、等々。ギブミー出会いだったからだ。

だがしかし。

相思相愛オーラムンムンで、大豆ほどの大きさの結婚指輪にフルオーダーのウェディングドレスに、三ツ星外資系ホテルでの披露宴《ひろうえん》。新郎側の来賓《らいひん》は名だたる名士揃い。羨《うらや》ましさと妬《ねた》ましさと心細さと。私は完膚《かんぷ》なきまでに打ちのめされた。

来るんじゃなかった。

新婦側の友人席で、ワインレッドのフィッシュテールドレスを着た私の姿は、新婦より目立っていて、勘違い馬鹿丸出しの道化者。

知り合いなんか新婦のみで浮きまくっていたことこの上ない。その結果、惨敗を喫して一人、夜の街へ繰り出した。

二次会？　そんなもん行くわけがない。

おこぼれなんていらないわ。ホステス代わりにされてたまるかと、ドレス姿のままお気に入りのバーに直行した。

「おー。百合佳ちゃんどうしたの？　今日、更に綺麗《きれい》じゃん」

ドアを開くなりマスターの褒め殺しにあった。

はいはい営業トーク、営業トーク。そういうとこ好感度高いのよ。また来るからね！

来たばっかでまだ帰らないけど。

まんざらでもない中、平静を装い、まっすぐカウンターに向かう。

「あれ？　ご機嫌ナナメ？」

「マティーニ！」

「しょっぱなから飛ばすねぇ。あれ？　ちょっと飲んでる？」

「同級生の結婚式だったの」

ジャケットを脱いで膝上にかけ、黒い大きなリボンがついたモノトーンの小さなバッグをその上に置いた。

「なに昔の男？」

差し出された熱いおしぼりで顔を拭いてみたい。でも、化粧をしているから実行したことはない。なんたって今夜のメイクはいつも以上に完璧だ。

「はずれ。普通に高校の時の同級生。女子校だったの、私」

おしぼりで手を拭き、脇に置いて答える。マスターはカラカラ笑ってカクテルを作り始めた。

カウンターに六席、四人掛けのテーブル席が二つほどのそうたいして広くないこの店は、元バンドマンだったというマスターの意向か、いつもいろんな音楽がかかっている。

今かかっているのは荒《すさ》んだ心模様のように激しく骨太なロック。音楽好きな兄のおかげで、私は聞く耳を持っている。周りの女の子より少しだけ男っぽい音楽が好きなのは、元バンドマンの兄のせいかもしれない。

シャウトがかっこいいボーカルなんて、十代の頃好きだった四人組のバンド以来、初めてかもしれない。ベースもなかなかゴリゴリな音でお腹に来る。久しぶりにこういうのもいいかも。そんなことを考えていると、カクテルが目の前に置かれた。

「今夜は今のところ私の貸し切りだね」

私が言うとマスターは困ったような笑みを浮かべ、肩をすくめた。

「どこもこんな感じで、大変みたいよ。まあ、仕方ないけどね」

最近ちょっと太り始めた彼は、一年前に十年近く付き合っていた彼女と結婚したらしい。奥さんは妊娠中。お店はそこまで繁盛しているわけではないけれど、彼は独自の幸せを順調に育んでいる、とのことだった。

それに引き換え私ときたら。思わず溜息が出る。

「元気ないねえ。大丈夫？」

「うん。大丈夫。ね、今かかってる音楽、誰？」

何気なく聞いたつもりが、マスターの目が輝く。

「これね、クラックスパナヴィレッジっていう地元の先輩のバンドで、当時めちゃめちゃ人気があったんだよ」

「そうなんだ。かっこいいね」

とカクテルグラスの中身を一気に呷《あお》る。やばい。なんだか意味もなく戦ってやるって気になってきた。

「ちょ、百合佳ちゃん。どうしたの。荒れてない？」

「喉、渇いてるの。マスターおかわり」

「ほどほどにね」

「うん。でもここのカクテル美味《おい》しいよ」

本当のことを言ったつもりだったが、彼は照れて謙遜《けんそん》した。ちょっと可愛い系の目鼻立ちぱっちりの顔は好みとは違うけれど、好感が持てる。

少量の内容物しか入っていない胃の辺りがアルコールでじわりと温かくなる。悶々《もんもん》としていたせいか、急激に思考能力が弛緩《しかん》した。

ああ、もう。なんか、全部どうでもいいから、男と寝たい。

ここ数年人肌と無縁だ。数ヶ月じゃない。数年。

股の緩い女なんて惨めだとか、そんな常識どうでもいいから、男が欲しい。

サラリーマンとか公務員とか弁護士とか、そんな肩書きいいから、逞《たくま》しい男の腕に押し込められたい。

胸板で圧迫されたい。

結婚とかどうでもいいから。とりあえず人肌。

草食とか堅実とか華奢《きゃしゃ》とか中性的な綺麗《きれい》な顔とかじゃなくて、逞《たくま》しくて骨太で肉食な獣に喉笛喰い千切られるようなセックスがしたい。

理由とか持続性とかましてや将来性とか求めないから、神様。お願い。

今すぐ荒々しくて卑猥《ひわい》な獣《おとこ》を私にちょうだい。

「おまたせー」

マスターの朗《ほが》らかな声で、むちゃくちゃな思考が中断された。

「あ。ありがとう」

「大丈夫？」

マスターが心配そうにこちらを窺《うかが》っている。

「あ。うん。大丈夫。慣れない格好で疲れちゃったかも」

苦しい言い訳をして、作りたてのマティーニを啜《すす》る。

「気をつけなよ～？　ちょっとごめん」

マスターは苦笑してカウンターの奥へ消えてしまった。

何に気をつければいいのかしら。清らかな娘さんでもあるまいし。欲求不満で即物的なこの思考を改める気なんてさらさらない。なんて息巻いていても一人ぼっちだ。

その時だった。

ドアベルが鳴り、「あれ？」とこちらの肌を粟立《あわだ》たせるような色っぽい低音が聞こえた。

板張りの床にゴッ、ゴッ、と硬質な足音が立つ。

「隆夫《たかお》、いる？」

戸惑いがちな声に振り向くと、少し長めの黒いパーマヘアに、デザイニングされた顎《あご》髭《ひげ》をたくわえた、端整な顔立ちの男が立っていた。

骨太で筋肉質な長身。シアリングカラーのレザージャケット。渋い色味のデニムパンツに、いい具合に艶消しされたキャメルのエンジニアブーツ。

腕や指にはハードなシルバーアクセサリーが一つずつ。びっくりするくらい私の理想のワイルドな風貌。視界に入った瞬間、心臓が撃ち抜かれて呼吸が一秒止まった。

声が出ない。目と目が合って離せない。私は鋭さも兼ね備えつつ、色気駄々漏れの垂れ目に弱い。

都合よく現れたワイルドな男前にうっかり見惚れていると、マスターが戻ってきた。

「うおおお！　一ノ瀬《いちのせ》さん!!　お久しぶりです！」

「おう。久しぶりー。でも今回三ヶ月ぶりくらいか？」

あっぶな！　鼻血出てもおかしくない。形のいい薄めの上唇に、ぽってり厚い下唇とかエロイんですけど。

そのうえ色っぽい重低音。エロ、色気、エロ、色気、そしてアクセントはセクシーフェロモン。エロのミルフィーユ？　ごちそうさまです。ああ！　さらに酔っぱらってきた。

関心ありませんよ、の体《てい》で男前に背を向けた。けれど行動とは裏腹に、脳内は完全に盛り上がっている。

どうやら二人は旧知の仲らしく、マスターはカウンターから出てきて、ワイルドと握手した。

共通の知り合いの消息を確かめ合ったり、互いの近況報告をし合ったり。

マスターは彼におしぼりを渡し、彼はラムロックを注文した。

この店に通い始めて一年になるが、こんな男前見たことがない。マスターは彼を前に、少年のようにキラキラした眼差しをしている。

マスターを持っていかれて一気に手持ち無沙汰になってしまい、マティーニをちびちび飲んだ。さっきの独りよがりな欲情は霧散《むさん》して、ただただ体がまどろっこしい浮遊感に侵された。

左肩の辺りに意識が集中し、男の気配を敏感に感じ取っている。

ただ、欲求はあっても実行の仕方がわからない。相手にだって選ぶ権利があるし、自分が彼のお眼鏡に適《かな》う確証はない。

酔った勢いでうっかりそんな流れになるには、相手にやる気を起こさせなければならないし、そうさせるだけの魅力が自分にあるかは疑わしい。

これだけ男前なら、自分レベルの女なんて周りにゴロゴロ転がっているだろうし。ああ。馬鹿みたい。

今日はもう帰ろう。

ジャケットとバッグを持ってストゥールから下りて右足を床につけようとしたら、浮遊感から膝の力が抜けた。

がくりとよろけて転びそうになった瞬間、むき出しの二の腕を、力強い掌《てのひら》が鷲掴みした。

「っぶねえ。大丈夫?」

振り向くと端整な真顔が視界いっぱいに映る。その凛々しさに改めて衝撃を覚えた。

夜の歓楽街で持続性ボーイミーツガールなんてあるはずもない。突発性ラブアフェアで、よくてホッカイロ並みの相互関係が関の山。でも、それでもいい。

一度っきりで構わない。そう思えるくらい、彼の姿形はこの上なく好みだった。

「大丈夫？　百合佳ちゃん」

マスターが瞠目《どうもく》している。

「大丈夫。す、すみません。ちょっと酔いが回ってしまったみたいで」

恥《は》ずかしい。恥《は》ずかしすぎる。体勢を取り直し、マスターと彼に愛想笑いを浮かべる。

掴まれた部位が鬱血《うっけつ》してうっすら赤くなっていた。

「マスター、今日はもう帰るね」

「そうしたほうがいいかもね。タクシー呼ぼうか？」

「ううん。ちょっと酔い覚まして帰る。まだ時間早いし、表通りで拾う。いくら？」

マスターの気遣いを断って財布を取り出す。会計を済ませ、一歩踏み出すと。

「ちょっと待って。そんなヒールの高い靴履いてふらついていたら、危ないよ？　おれが表通りまで送ろうか」

思考回路に落雷。信じられないような男前の申し出に、身体能力がフリーズする。そして一番に暴れだしたのは心臓だった。

「そうしてもらえると助かります」

人のいいマスターはホッとしたように同意した。

ちょ、ちょちょちょ、ちょっと待って！　えええ、と声が出せないので脳内で喚《わめ》いた。

「い、いえ。お気になさらずに。せっかくの時間をお邪魔するわけにはいかないので」

その優しさに下心があるなら、受けて立つけれど。あ、やっぱ嘘。やっぱ無理です。男前すぎて怖い。心臓が破れそう。頭が混乱してきた。私は、本番には一度怯《ひる》むタイプだ。

「途中で転んだら危ないし、この辺物騒だからダメ」

ダメって、そんな。私の心臓が過労死する。助けを求めるようにマスターを見る。

「大丈夫だよ、百合佳ちゃん。気にしないで送ってもらいなよ」

マスターは私の混乱も知らずに後押しする。

「いや、だって、マスター久しぶりの再会でしょ？」

心なしか声が上ずった。

「男同士でそんなに再会に浸らなくてもいいんだって。なあ隆夫」

「一ノ瀬さん、綺麗《きれい》な女の子大好きですもんね」

「てめ、そんな言い方すんなや。誤解されるだろ」

女の子も男前大好きですけどね！　と思いつつ、自分が綺麗《きれい》な女の子に組分けされる自信なんてない。

ちらりと盗み見た一ノ瀬さんは、私好みのセクシーな唇をちょっと尖《とが》らせて、恨みがましい目でマスターを睨《にら》んでいる。マスターはそんな彼を、からかいを含めながら「まあまあ」とたしなめた。

「でも、やっぱり申し訳ないので結構です」

子供っぽい仕種にきゅんとして、ちょっと笑ってしまいつつ私は言う。

「ご心配おかけしてすみません。ありがとうございます」

軽く頭を下げて、ふらつかないように注意して歩きだす。

少し酔いも覚めたらしい。

男前も見られたし、それでよしとしよう。ジャケットを羽織り、軽くなった足取りでひょこひょこ歩いていたら、入り口の段差を忘れていた。

「ぎゃっ！」

「えええええ⁉」

背後のドア越しから男二人の驚いた声が聞こえた。段差はそんなに高くないのに、足首をくじいて（変な方向に曲がった）そのまま横転。

さ、最悪すぎる。

これはやはり人様を馬鹿にしたり妬《ねた》んだりした罰だ。その証拠にお気に入りのヒールがばっきり折れている。

昭和歌謡曲の恨み節に出てきそうな敗北感丸出しの横座りのまま、がっくりと頭《こうべ》を垂れた。

もう、やだ。腰打って痛いし、ついた手を擦りむいている。痛い。体的にも痛いし、客観的にもイタい女。延々と脳内自虐は続く。

「ほら。人の厚意を素直に受け取らないから〜」

上から降ってきた声に顔を上げると、顎髭《あごひげ》が似合う男前がこちらを見下ろしていた。

「隆夫、タクシー呼んで」

「もう呼びました」

「さっすが〜」

奥から返ってきた返事に頷いて男前――もとい一ノ瀬さんは少し屈むと、私の脇に肩を入れ込み、腰を抱き寄せた。

「はい、立って」

耳元に低い声。鼻孔に硬質なフレッシュ・グリーン・ノートが香る。密着しないと香らないところが好感度を爆上げする。むしろ好感度しかない。

私の思考などつゆ知らず、彼は私を立たせ、そのまま店に戻ってテーブル席に誘導した。

「あーあ。手ぇ擦りむいてるし、ヒール折れてんじゃん」

足元に跪《ひざまず》くように片膝をついて呆れた口調で言った。

「絆創膏《ばんそうこう》探してくるね」

マスターが一ノ瀬さんにおしぼりを渡して、バックヤードに戻った。

「せっかくのドレスと靴が台無しだね」

「すみません。結局ご迷惑おかけして」

「迷惑？　いいや？　役得だな、と」

一ノ瀬さんは人の悪い笑みを唇の端っこに浮かべて、人差し指で私の脛《すね》をスッとなぞった。

ゾクッと背筋が痺《しび》れる。

「え、あの」

「ここ、伝線してるよ」

打って変わって悪戯《いたずら》っぽい笑顔を見せると、一ノ瀬さんは立ち上がってカウンターに戻る。

「絆創膏《ばんそうこう》あった！　百合佳ちゃんこれ使って」

「ありがとう。ごめんね、マスター」

小走りで戻ってきたマスターから絆創膏《ばんそうこう》を受け取り、手の付け根に貼っていると、割と早くタクシーが到着した。

「じゃあ、隆夫。金置いていくから」

ラムを飲み干した一ノ瀬さんが硬質な足音を立てて、私の前で立ち止まった。

「じゃあ、お願いしますね」

マスターとそんなやり取りを交わして、彼は私の眼前に掌《てのひら》を差し出す。

「人の厚意は素直に受け取らなきゃ、また罰当たるよ？」

脅《おど》しのような含めた笑顔で促《うなが》され、私はその手を取った。

「んじゃ、隆夫。お姫様もらっていくわ」

一ノ瀬さんはマスターに少年っぽい笑顔を向ける。

「なんかあっても、おれ責任取らないからね～」

冗談にしては悪質すぎる送り言葉をさらっと吐いて、マスターは笑顔で手を振った。

店を出ると、一ノ瀬さんから「そういう靴にはさ、こういう杖が必要なんじゃない？」と言われた。「杖ですか？」と訊き返すと「おれみたいな」と、私の手を自分の腕に置いた。

ええええ。なになに？　素敵だけにステッキって？　言わないよ？　ロマンスの神様が裸足で逃げ出すからね。と心の中で悶絶《もんぜつ》しつつ、控えめな笑顔を作る。

「嬉しい。ちょうど欲しかったのでお借りしますね」

靴の踵《かかと》の折れた左足のバランスが悪く、爪先《つまさき》をつき、自分史上最高の男前にエスコートされながら、なんとか店を出た。

問題はこれからだ。タクシーに乗り込めば当然、行き先を尋ねられる。

「えーっと」

このまま、家に帰るのでさよならバイバイ？　そんなあっけない。味気ない。もったいない。

「百合佳ちゃん？」

名前を呼ばれて胸がギュッとなる。

猥雑な輝きに溢《あふ》れた繁華街の一角にいる、泥酔した女と介抱する男。傍目から見ればそんなもんだろうけど、実際はそんなに酔っていない。

肩が触れ合うくらい近くにいる、理想の男。心臓がやばいくらい早鐘を打っている。

「大丈夫？」

低い声が近い。近すぎて思わず体が跳ねた。大丈夫なわけない。けれど。

「だ、大丈夫です」

一ノ瀬さんが少し背中をかがめて覗き込んできた。

「初対面でこんなこと言うのもなんだけど、嫌なことでもあった？」

心配されるような理由でへこんでいるわけじゃない。自分が見てくれだけの馬鹿女だってことを思い知らされただけ。

ぐずぐずしていたら運転手の無言の圧力がルームミラー越しに伝わってきた。

「そう見えました？」

「うん。あと、帰りたくなさそうに見える。おれが来たせいで仕方なく帰るなら、どっかで飲みなおす？　付き合うよ」

願ってもないお誘いがきたあぁぁぁぁ！　脳内で渾身《こんしん》のガッツポーズを決めた。

運転手にごめん、と一瞬の愛想笑いを向けて、一ノ瀬さんに向き合う。

こんなに至近距離でまっすぐ見つめられたのっていつ以来だろう。

顔に血液が集まってる。くすみ大丈夫？　っていうか、化粧直しすればよかった！

ああ、なんて詰めの甘い。こんなんだから男運に置いてけぼりされるんだ。

激しい後悔と自責も、「百合佳ちゃん？」と呼びかけられて霧散《むさん》した。

わずかに見えた可能性。この人、もしかして、私、いける？　うっかり自惚《うぬぼ》れたら、欲情に火がついた。

めちゃくちゃ理想のワイルド系。ギラギラの金メッキじゃなくて燻《いぶ》し銀。

ヤバい。これ、もしかして、ビッグチャンス？

どうせ本命なんてなれるはずないし、いい子アピールなんか無意味だ。

男日照りで心も体もカラッカラだし、ちょっくら女性ホルモン分泌しとく？　一期一会なら別に淑女ぶる必要はない。

どこか投げやりになりつつも欲望へとレールを切り替え、わずかに顔を寄せると唇が重なった。

「こういうの、ご迷惑でしょうか?」

「ん?　大丈夫。さっきも言ったけど、役得だと思ってる」

一ノ瀬さんは好戦的に笑って、腰に巻き付けた腕に力を入れた。私は笑い返して彼の耳に唇を寄せる。

「ではさっそく、どこか行きません?」

「それって、二人だけになれるような場所ってこと?」

私の悪巧みに、彼はあくまでさらりと返す。吐息で耳朶を撫でるような話し方。

悪いなぁ、この人。悩殺がお得意なようだ、と私は思わずほくそ笑む。

「お嫌でしたら、無理強いはしませんけど?」

くすぐったくてクスクス笑っていたら、不意打ちで耳を舐《な》められた。

声より先に首から背中にかけて電流が流れる。

「あっ」

「こういうこと、百合佳ちゃんにもっとしていい?」

「複数プレイとハードなSMとスカトロは無理ですよ?」

「おれだってヤダよ」

とんでもないことを囁《ささや》き合って、互いに噴き出して、また声を潜める。

「それ以外なら?」

と低い声で挑発されて、嬉しくなって笑みがこぼれた。

「お望みとあらば」

「望むところだよ」

二人でわざとらしいやり取りをまとめて、笑った。

一ノ瀬さんが運転手にホテルの名前を告げると、短い返事の後、車が発進した。

ふと、窓の外を見やると、マスターが驚愕と好奇の入り混じった複雑な表情を浮かべて、店先に立っていた。

「マスターのこと忘れてましたけど、今の見られてましたよ」

「わかっててやったんじゃないの？」

一ノ瀬さんは小さくなっていくマスターを振り返りながら、軽く手を振る。

「まさか！」

いいのかな、こんなとんとん拍子《びょうし》。次からどんな顔してあの店に行こう？　一瞬不安が過《よぎ》ったが、もう遅い。

初対面の男と即ホテルなんて怖くないと言えば嘘になるけれど、もう自分から誘ったんだ、開き直ろう。ただひたすら痛いのは嫌だけど、少しくらいなら乱暴にされたっていい。

あーでも、本気の凌辱《りょうじょく》プレイは御免被《こうむ》りたい。不安と期待を交互に抱え、持て余した。

「やっぱり自棄《やけ》？」

全然関係ないことを考えていたので咄嗟《とっさ》に彼の質問に答えられなかった。けれどすぐに「何も聞かないでください。頭空っぽにしたいんです」なんてかっこつけたら肩を引き寄せられ、キスを喰らった。

押し当てられた厚めの唇から舌が送り込まれ、ラムと香水の香りが流れ込んでくる。執拗《しつよう》なほど舌を絡ませ合い、水っぽい音を立てて唇を離した。

「頭空っぽになった？」

一ノ瀬さんは悪戯《いたずら》っ子のような眼差しでこちらを覗き込む。ただ惚《ほう》けて彼の瞳の黒い部分に見入る。

「まだ、足りないです」

言い終わらないうちに、噛み付くようなキス。

もともと抗《あらが》うつもりなど毛頭ない。彼の首に腕を巻きつけて思う存分口づけに応える。

うああ、この感触いつ以来？　マジで。潤《うるお》う。下腹がぎゅっと疼《うず》いて体から力が抜ける。キス上手い。

これは大当たり。手馴《てな》れてるなあ。遠慮なく私の背中や腰を撫で回すこの掌《てのひら》で、何人の女をその気にさせてきたのか。

望みどおりのちょっと強引な口づけに圧倒されつつ、離れたりくっつけたりを繰り返して適度に溺れていたら、目的地に到着した。

一ノ瀬さんが支払いを済ませてさっさとタクシーを降りる。後に続いてお礼を言おうとしたら、軽いキスで遮《さえぎ》られた。

「さて、やめとくなら今のうちだけど、どうする？」

隣を見上げると、ビーストモード一歩手前の男前。からかい混じりの試すような口ぶりが、余裕っぽくてちょっとムカつく。でも、せっかく火照《ほて》った体を冷ましたくない。

「選択肢なんてありました？」

「今なくなった」

低い囁《ささや》き声に全身が震える。うわあああ。耳が幸せ！と悶《もだ》えていると今度は頬に軽いキスをされて、誘われるまま自動ドアの先へ連れていかれた。

絡ませるように繋いだ手を振りほどけるはずがない。後戻りする気なんて、さらさらない。

一夜限りの恋なんて初めて。でも、そんな言葉を連ねるほど嘘っぽくなる。ここまで来たらあとはままよと足を速めた。

予想外のラグジュアリーなホテルに圧倒されている私をよそに、彼はフロントと言葉を交わし、さっさとチェックインを済ませた。

「宿泊でよかった？」

一ノ瀬さんはカードキーを受け取り、繋いだ手を遊ぶように持ち上げて私の手の甲に唇をつける。

「私、明日は休みとってるので大丈夫ですけど、一ノ瀬さんは？」

「おれ、明後日までオフ」

肩を抱かれながらエレベーターを降りて歩みを進め、部屋のドアを開けると、白と藍色を基調とした内装のリビングルームが広がっていた。真っ白なシーツにシックなブラウンのクイーンサイズのベッドとソファ。大きな窓の向こうにはレインボーカラーに輝く観覧車が見える。全体的にムーディーな飴色の照明で照らされているのがまたいい。

素敵だけどやっぱり窮屈《きゅうくつ》だった靴から解放された気軽さと、予想を超えた部屋の雰囲気のよさに浮かれて、あちこち見回してしまう。

「綺麗《きれい》！　素敵！」

一ノ瀬さんが微笑む。

「お気に召したようでなにより。そう喜んでもらえると連れてきた甲斐があるよ。まあ、宿泊にしたし、時間はあるからなにか飲まない？」

「いいですね！　なんにします？　私なんだか喉渇いたのでビールいきたいんですけど」

「ビールね。オッケー」

一ノ瀬さんは、フロントに電話してソファに腰を下ろした。

「気分が削がれたら申し訳ないんだけど」

という一ノ瀬さんの前置きに思わず喉が鳴った。まじまじと彼を見つめる。

もしかして既婚者カミングアウト？　別に一期一会の気概だから私はいいけど。あ、でも性病は勘弁して欲しい。いや、性病もちだったら黙ってるか。えーなになに？　と心の中で騒ぎつつ、黙って告白を待つ。

「勢いでここまで来たけど、ぶっちゃけこういうシチュエーション初めてで、実は結構緊張してんだよね」

え。嘘でしょ。そんなリップサービスいらないよ。私だってこんなん初めてだよ。そんな駆け引きいらないよ？　どうしていいかわかんなくなるじゃない。さっきの勢いで獣エスコートしてよ。

胸の裡《うち》で悪態をつきながらも、みるみるうちに体が硬くなっていく。欲情とまったく別の緊張と、急激な羞恥心《しゅうちしん》でじわじわっと表皮のほうに血液が集まっていくのがわかった。

勢いが行方不明になってしまった。よろよろと隣に腰を下ろして膝の上で拳を握る。

「ドン引きした？」

一ノ瀬さんが不安げに覗き込んでくる。

「そういうわけじゃないんですけど、ただ」

なにもじもじしているの私たち。恋という魔法に出会ったばかりの少年少女じゃないのよ。勘弁してよ。

いまさら照れている自分がどうしようもなく恥《は》ずかしい。

「言わせてもらえば、私だってこういうの初めてで、あの勢いで突っ走ってもらいたかったっていうか」

「うん、ごめん。ベッド見たら実感湧いて焦った」

んなあああっ！　なんだこのくすぐったいの！　ワンナイトフィーバー中止のお知らせ？　至近距離で照れ合う男女ってなに。これじゃ、なんだか、ただのボーイミーツガール。いや、即ホテルって時点でそんな純情可憐なものじゃないけれど。「なーんてね、冗談。マジ照れちゃって、意外に可愛いじゃん？」とかチャラいこと言ってキスしてくれる展開は、なし？

懇願《こんがん》を含めてチラ見すると目が合って、彼は困ったような微笑みを浮かべた。

ダメだ。それ反則でしょ。可愛くって好きになる。いや、なってる。いや、いやいや。どうせこの恋は一期一会。落ち着け、私。相手はスペシャルな男前よ。私みたいな雑魚《ざこ》はすぐ忘れられる。はあ。

ぎこちなくなった空気の打開策を見出《みいだ》せず、行儀よくソファに並んでビールを待っている。

耐え切れなくなった一ノ瀬さんがテーブルの上のリモコンをとって大画面の薄型テレビのスイッチを入れた。有料ＶＯＤだったのか、

『あああん！　イっちゃう！　イッちゃ』

たわわなおっぱいを揺らして、がっつりと男性器をくわえ込んだ女の子が画面いっぱいに映ったのも束の間。ふたたびテレビは真っ黒に。

ちらりと横を窺《うかが》うと、「違う。違う、そうじゃない」とがっくりとうなだれた男前。

さらに事態は悪化の一途。

こんな可哀想な男前見たことないよ。痛ましい。これがちょっと理想より下段レベルだったらここまで来ないでさっさと帰っていたわけで。よし。もういいや。どうせこの恋、今夜限り。今を楽しもう。

「あのー、一ノ瀬さん」

「え？」

「さっきのキス、すっごく気持ちよかったですよ？」

「え？　あー。てか、おれも。キスだけでもすごいよかった」

「ふふ。あんまりよかったんで、ついがっついちゃいました」

「おれも」

ちょっとだけ和やかな空気。一夜のアヴァンチュールに必要な成分とは言いがたいが、今の自分たちには必要な気がする。

「とりあえず、湯船にお湯張っちゃってもいいですか？　せっかく宿泊なんですから満喫しましょうよ！　ね？」

そう言うと、強張《こわば》った表情が少し解《ほど》けて、彼はかすかな笑みを浮かべた。えー。なにこの男前、可愛い。

「風呂たまるまで少し、話そうか」

しょんぼりからちょっと立ち直った情けない男前って本当に可愛い。まだ困惑が残っている一ノ瀬さんに胸キュンしながら、はい、と頷いた。

❖　❖　❖

ソファに並んで、ビールを飲んでいたらあっという間になくなり、一緒にメニューを見てワインとから揚げ&ポテトフライを追加。軽くつまみがあったらいいよね、何食べる？　ちょっと油モノいっときますか？　いいねえ～！　なんて、きゃっきゃわいわいしながらフロントに電話して待機。

「結構楽しいね」

受話器を置いて戻ってきた一ノ瀬さんが隣に腰を下ろす。心なしかまた距離が近い。

意識してしまうと心臓が早鐘を打ち、大人の自負も、なけなしの余裕もうやむやになる。

「いきなり宅飲みっぽい雰囲気になっちゃいましたね」

「ね。でもその格好、なんかのパーティー？　それとも結婚式？」

「披露宴《ひろうえん》帰りです。これ、綺麗《きれい》な赤だから気に入って購入したんですけど、披露宴《ひろうえん》で超浮いちゃってました。すごい恥《は》ずかしい」

あはっと照れ笑いで誤魔化して答えると、一ノ瀬さんもあははっと笑った。

「でもいいじゃん。金魚みたい」

「金魚ですか？　え、それってもしかして丸いってことですか？」

自虐ネタだけど、最近ちょっと肉がついてきた感は否《いな》めない。

「ひらひらしてて綺麗《きれい》だなって思ったんだよ。てか、もうちょっと肉つけたほうがよくない？」

「いや、ついてきたんですって。ほんと最近ヤバイんで」

どんどんエロティックモードから遠ざかっているような。ちらっとそんな危惧が頭を過《よぎ》る。緊張はしているが、このまま健全に終わるのは惜しい。

「そうは見えないけどなぁ」

「いいえ。油断できないんです。いくらドレスが綺麗《きれい》でも、着る体のラインも綺麗《きれい》じゃないと、せっかくのドレスの美しいラインが台無しになるんです！」

彼は少し驚いたような顔をして、すぐに笑顔になった。

「ということは、脱いでも綺麗《きれい》ってことか」

「えっ。あ、いや、あの」

「ドレス、綺麗《きれい》だよ。似合ってる」

あ、そっち？　と肩透《かたす》かしを食らったが、でもいいか、と気を取り直す。

「ありがとうございます」

「好きなの？　服とか」

「好きです。服とか、コスメとか」

不意に昔の男の言葉を思い出した。ただの浪費なんて言われたくない。

「好きなものを見せびらかして歩いてるんです、私。いいでしょう？」

鼻息を荒くした私に、彼は目を丸くしつつ、フッと噴き出した。

「うん。いいね」

軽く流された。やっぱり、私、説得力になるような色気も魅力も枯れているんじゃないだろうか。

「おれも好きだよ。服とか、小物とか」

「確かに。こだわりを感じます」

「そう？　実は今日リングとか適当につけてきたんだけど、あ。買う時はちゃんと好きで買うよ？」

ちょっと焦って訂正するところに可愛らしさを感じる。見た目ワイルドなのに、優しいというか、人が好さそうというか。高飛車だったり、つんけんしてないところがすごくいい。

「ふふ。似合ってますよ。ごてごてしてないのに存在感があって、すごく素敵です」

「なんか。照れるな」

はにかみながら、大きな掌《てのひら》で自《みずか》らの頬を撫でる。ああ。あの手に撫でられたい。

「私もシンプルでシックな装いをしてみたいとは思うんですけど、つい派手好みに。引き算のお洒落《しゃれ》ができないんですよね」

「いいじゃん。その分食事は引き算ばっかりしてるんだろ？　それに好きなものを見せびらかして歩いてるなんて最高にかっこいいよ。少なくともおれは好きだ」

その真摯《しんし》な眼差しと励ましに胸を打たれた。何ならちょっと涙が出そうだ。

「前の男に聞かせてやりたい！　こういう意見もあるんだって！」

「そんなにショックな披露宴《ひろうえん》だったの？」

「え？」

ぎくっと肩が強張《こわば》る。心のどこかで下に見ていた同級生の幸せいっぱいウェディングにやっかみまくって、自分のモテなくなったショックに打ちひしがれていたなんて、いくら一期一会だとはいえ、誰が言えるだろうか。一期一会だからこそ悪い印象は残したくない。たとえすぐに忘れられようと。

「いえ、別に」

「もしかして、その昔付き合ってた男の結婚式だったとか？」

マスターとおんなじこと言ってる。普通結婚式で落ち込むなんてないよね。いき遅れの負け犬ですって言い回っているようなもんだし。そんなことを考えながらフフッと笑った。

「そんなんじゃ、ないです。別に、ほんと、なんでもないです」

「でも、自棄《やけ》になっておれみたいな見ず知らずの男とこんなとこに来ちゃうんだから、何でもないってこたないでしょ」

痛いところを突かれて返す言葉もない。でも理由がくだらなさすぎて経緯の説明なんかできない。

「馬鹿女ってことは重々承知してます。反省してます。でも、相手が一ノ瀬さんでよかったです。この状況って下手したらものすごく危険ですよね。こんな冒険二度としません」

「二度としないのはいい心掛けだけど、安心するのは早くない？」

くいっと顎《あご》を持ち上げられて、軽いキス。え！　さっきのしょんぼりさんどこいった？

衝撃のあまり一ノ瀬さんをガン見すると、近い距離がさらに縮まってまた唇が重なった。

「んっ」

唇でこじ開け、舌が押し入ってくる。私のジャケットを落とし、むき出しにした肩を撫でる彼の指はいやらしいくせに優しい。

「いち、のせさ、ん」

口内を玩《もてあそ》ぶように舌を絡めたあと、唇を離して短い呼吸で呼ぶと、陶酔《とうすい》した眼差しとぶつかった。

「おれ、一ノ瀬恭司《きょうじ》っていうんだ。下の名前、呼んでよ。百合佳ちゃん」

「……恭司さん」

「そんな声で呼ばれると、ゾクッとくるね」

ちゅっと音を立てて、首筋に厚い唇が押し当てられる。やっぱりキス上手い。ぼおっとしていたら呼び鈴が鳴った。

「あ、食い物来た」

お預けか！　ううっと唸りながら彼を見上げると、髪の流れに沿って掌《てのひら》で撫でられた。

「取ってくるからちょっと待ってて」

と苦笑交じりに頬にキスして玄関のほうに行ってしまった。

「あ。百合佳ちゃん、風呂できてるよ」

シャボン玉がぱちんとはじけるように、うっとりした気分が覚めた。バスルームにかけこんでみるとお湯は自動で止まっている。楽しみにしていたローズの香りの泡風呂の入浴剤の封を切る。ピンク色のとろりとした透明の液体をバスタブに注いでジャグジーのスイッチを入れた。間接照明の光に浮かび上がるバスタブが綺麗《きれい》で感動した。ぶくぶくと泡が立ち、辺りにローズの香りが充満する。

鼻歌交じりで洗面台の大きな鏡の前でほどいた髪を梳《す》いていると、彼が顔を出した。

「ご機嫌麗《うるわ》しいようで？」

「お風呂すごいですよ。泡風呂とかテンション上がりますって」

彼は片手に持っていたワインを洗面台の脇に置くと、私の背後に立った。

「じゃあ、食い物後にする？」

言いながら首のうしろを舐《な》める。顎髭《あごひげ》がちくちく当たる相乗効果で、ぞわぞわと言い知れぬ快感が背中に走った。思わず目を閉じて息を漏らすと、彼は、ふふっと楽しげに笑い、首から背中を唇でなぞっていく。

「お風呂、まだですから、ね、恭司さん」

「百合佳ちゃんの、匂いも味も好きだよ」

「そんなこと、言われても……、あっ」

大きな掌《てのひら》に臀部《でんぶ》を撫でられ体が跳ねる。薄目を開けて鏡越しに見ると、背中を唇で愛撫しつつ、もう片方の手で膝の辺りを撫でている。

「伝線、上のほうまで伸びてる」

つつ、と指が内腿《うちもも》に流れて、太腿《ふともも》の付け根を撫で弄《いじ》られる。まだ最終地点には触れられていない。それでも息はぐんと上がる。少し強引にドレスの裾《すそ》がたくし上げられてストッキングが太腿《ふともも》の半分まで下げられる。こうしている間も耳を舌で嬲《なぶ》られているので、気持ちは煽《あお》られっぱなし。

早くもっと触れて。この先が欲しくて脱がされるのを望んでいる。さらされた内腿《うちもも》が粟立《あわだ》ち、奥がきゅうっと疼《うず》く。左手が引きあげられ、彼の手がそのまま胸元に滑り込んできた。

「ブラ、つけてないの？」

カップつきのドレスだから、と答える余裕なんてあるはずもなく、耳を犯されたまま小刻みに頷く。偶然か、胸の先端が爪で引っかかれ、チリッと鋭い感覚が走った。乳房を鷲掴みにされ、ぐいぐいとこね回される。右手はショーツの上に移動し、中指を窪《くぼ》みに合わせて押し当ててきた。

「ああっ」

「えっろ。百合佳ちゃん、鏡で自分の格好見てみなよ」

からかうように囁《ささや》かれて、言われたとおりに顔を上げた。彼の手で隠されているもののの、片方の乳房が深紅のドレスからこぼれ、裾《すそ》も捲《めく》られ彼の手が入り込んでいる。半端に下がった黒のストッキングのせいで内腿《うちもも》が窮屈《きゅうくつ》に絞めつけられている。

「綺麗《きれい》な格好が台無しだ」

体を反転させられ、洗面台にうしろ手をつく。向き合った状態が恥《は》ずかしくて俯《うつむ》いたが、お構いなしにむき出しの乳房に喰らいつかれた。

「んああっ」

先端を甘噛みされたり舌先で刺激されたりする。唇が離れると、赤く腫れたように色づき、つんと硬くなっているのが見えた。

彼がしゃがむのと同時に下着もストッキングも下げられる。目の前にドレスの奥が晒《さら》されていると思うと、たまらなく恥《は》ずかしかったが決して嫌な気はしない。

こちらを見上げる少し垂れた目尻の、鋭い眼が、情欲に濡れている。下着を引っ掛けた左の足首に啄《ついば》むようなキスが落とされ、そのままゆっくり持ち上げられた。

彼が立ち上がり、私は広い洗面台に腰かけるようにして少し背中を倒した。屈辱的な体勢で見下ろされたのも束の間。

覆いかぶさるように口づけられ、食《は》むように舌を絡ませ合った。キスで押し返しながら上体を上げて、彼のベルトへ手を伸ばした。

ごついバックルがなかなか外せなくてやきもきしていたら、もどかしくなったのか彼は自《みずか》らベルトを外し、腰を引き寄せてくる。

張りつめた彼の先端が、ちょうど入り口の真ん中に押し当てられたが、ずるりと滑って勢いよく弾《はじ》かれた。この期《ご》に及んでまさかの事態。久しぶりすぎて入り口閉じてた？え？ と意外そうな顔で、彼は結合し損ねた部分と私の顔を交互に見た。多分、私も同じような顔をしている。見合わせたら可笑しくなって、どちらからともなく噴き出した。

「なんか焦ってばかりでスムーズにいかないね」

彼はそう言って笑いながら、私の頬や額《ひたい》にキスを散らす。

「すみません。早く欲しいのは山々なんですけど」

「うん。百合佳ちゃんすごく濡れてる」

彼の頬に手を添えて、私からもキスを返す。お互いの服を脱がせ合い、床に全部脱ぎ散らかした。けれど少しだけ理性を取り戻しつつある。

「せっかくなのでお風呂入りましょう？」

「せっかくいい感じなのに？」

「お風呂入ったくらいで冷めませんよ。あなたにキスされればすぐです」

「ええ？　自信ないなあ」

「まあそう言わず確かめてみてください」

ワインを持ち込んで、バスタブの中で乾杯する。一口飲んでキスして笑い合う。

初めて触れ合う肌って格別。シルクもカシミアも触れ合う素肌には敵わない。なんて熱くて、滑らかな肌。筋肉を包む極上の皮膚や、私の望みどおりの逞《たくま》しい腕と厚い胸板。低くかすれた吐息なんかも絶品だ。深い口づけをしながら、彼の張りつめたペニスに手を伸ばす。

おっと、こっちもなかなかワイルドだ。これはいきなり入らないかも。

形や長さや太さを手で計りながらゆるゆる動かしていたら、キスが滞《とどこお》り始めた。唇を離すと、喘《あえ》ぐような短い呼吸をしながら、彼は苦渋の表情を浮かべている。

「はやく入りたい」

泣きそうな声で呟いて、熱に浮かされているような目で私を見つめる。

「私も早く欲しいです」

キスをすると大きな舌が入り込んできて口内がいっぱいになる。お互いにしがみつくように抱き合い、バスタブの中に小さな嵐が起きる。

薔薇《ばら》の香りの媚薬効果なのか、はたまた安ワインのせいなのか、酔っぱらっている。

全部恭司さんのせいだ。

風呂を出て大きなバスタオルで互いを拭きながら、じゃれあうようにキスをした。そして私は軽々と抱き上げられ、二人でベッドへなだれ込む。

「キスしたよ。もう濡れてる？」

唇を離して、首を傾げてこちらを覗き込む彼の潤《うる》んだ瞳が、少し意地悪く光る。

「……ね、早く来てください」

かなり恥《は》ずかしかったが、自分の指で入り口を広げて見せた。

「百合佳ちゃん」

ぐっと膝を抱えられ引き寄せられ、今から結合せんとする部位をまざまざと見せつけられる。

彼は自身に手を添え、指で広げた裂け目に先端を食い込ませ、腰を軽く前後させた。

ぐっ、ぐっ、と少しずつ前進する。それと同時に内側がこじ開けられていくのがわかる。

「んっ、んっ、はいってきてる」

じわじわと押し開かれる感覚が気持ちいい。充分に濡れていたのもあって、先端が定まると後はスムーズにいった。

同時に深い息をついて、互いの感触を噛みしめるように抱き合う。中は余すところなない。

く恭司さんでいっぱいになった。それがなんだかとても嬉しい。

「ヤバイ、気持ちよすぎる」

彼は私の肩に顔を埋《うず》めたまま唸った。

髭《ひげ》がくすぐったくて笑いながら身を捩《よじ》ったけれど、がっちり抱き込まれてびくともしない。

「動いちゃダメそうですか？」

中にある質感がもっと欲しくて、きゅっと力を込める。

「ちょっ、待って待って」

彼はがばっと顔を上げて二回深呼吸すると、せっかく挿入したペニスを引き抜いた。

「え、なんでですか？」

急に空洞になった中が寂しく手を伸ばした。ここでお終いなんて絶対いや。

「なんでって、まだいきたくないから」

そう言って、ふたたび私の体を柔らかく押し倒すと、両脚の間に顔を埋《うず》めた。

「や、恥《は》ずかしい！」

「大丈夫大丈夫。気持ちよくなってほしいだけだから」

温かい吐息と柔らかな唇がぬるぬると恥《は》ずかしくてたまらない場所を覆う。

「ひぅっ！　や、ああ！」

舌が知らない生き物のように動き出す。ちょ、これ、なに。こんなのやばい。声が漏れる。恥《は》ずかしいのに、気持ちよくなっちゃう。

ちゅ、ちゅ、じゅるじゅる、と粘着質な音が聞こえる。卑猥《ひわい》なディープキスに、恥《は》ずかしさと気持ちよさで混乱する。唾液と粘液でべちゃべちゃになったシーツが冷たい。硬く尖《とが》った敏感な箇所を舌先が性急に嬲《なぶ》る。こんなのずるい。私はじわじわと昇りつめていく。

「あ、ダメ。あああ、いっちゃうぅ！」

体中痙攣《けいれん》して頭の中に火花が散った。恭司さんが体を起こして、私を見下ろす。どことなく勝ち誇ったような目をして自《みずか》らの唇を舐《な》めた。

「気持ちよくなれた？」

こんな一方的なのは、自慰行為を手伝ってもらっただけみたいで悔しい。ならば、こちらも。

首に手を回して口づけを催促する。体を起こし、恭司さんを座らせて、互いに伸ばした舌でつついたり、舌先を舐《な》め合ったりしながら、様子を窺《うかが》う。困惑と好奇心、欲情と純情の入り混じったような、不思議な目をしている。

「どうしたの？」

「私も気持ちよくしたいなあって」

「これからなるから大丈夫」

彼は私を自分の上に抱き寄せる。座ったまま向き合って重なり合う。汗で濡れた彼の頭を抱え込み、下から突き上げられるのを受け止めた。

熱い息とぬめった舌が、私の乳首を攻める。理性がぶっ飛んだ。互いに気持ちよくてどうにかなってしまっている。

私の内側は恭司さんの形によく馴染《なじ》み、一分の隙もできないほど、奥へ奥へとねだる。

ワケがわからなくなりながら体を反転させられ、腰を引き寄せられ、臀部《でんぶ》を突き出す格好になった。

恥《は》ずかしくて抗《あらが》おうとするが、入り口をつつく熱に負けて、大人しくシーツに手をついた。ずんずんと勢いよく中をかき回す質感に声が漏れた。激しく腰を打ちつけられて、彼のリズムどおりに鳴いてしまう。

頭の中が久しぶりの快楽に支配されて、動物のようによがっていると、うしろから腕を掴まれて上体を起こされた。ペニスが抜かれる。

ぐずつく間もなくキスで塞《ふさ》がれ、仰向けに放り投げられ、肉体の壁が覆いかぶさり、執拗《しつよう》なほど深いキスを浴びせられる。

口の周りを唾液だらけにして顔を上げた彼は、獰猛《どうもう》な獣のようだった。脚を開かされ、また挿入される。荒い吐息と唾を嚥下《えんげ》する音。

そしてベッドの軋《きし》む音と淫《みだ》らな水音。何度も中を突き上げられて、頭が朦朧《もうろう》とする。

ゆるゆると白い靄《もや》が意識を浸食していく。その刹那、脳がかき乱されて、声が一段と高くなった。

意識がどこかに引きずりこまれてしまう。無我夢中で恭司さんの肉体に縋《すが》りつこうと指に力が入ったが、状況さえまったくつかめない。

気づいた時には全身が痙攣《けいれん》して、まもなく何も考えられなくなるほどの倦怠感《けんたいかん》に覆われていた。

驚いた恭司さんが体を離して何度も名前を呼んでいる。黒目を動かして答えているけど、声を出すのすら億劫《おっくう》だ。

「百合佳ちゃんっ？　大丈夫？」

「こんなの……知らな……ぃ」

意識は抗《あらが》えずぶつ切りで暗転した。

無機質な電子音で、ほとんど気絶と言えるくらい真っ暗な眠りから覚めると、体（主に腰）が重くてだるい。二日酔いとはまた別の倦怠感《けんたいかん》で薄目を開けるのが精一杯だった。被せられた掛布団が暖かくて、もう一度眠ってしまいそうだ。部屋の中は薄暗く、ほのかな飴色の光に照らされている。

「もしもし？　おう、なんだよ？　あ？」

バスルームのほうから恭司さんの怠《だる》そうな声が聞こえてきた。相手は親しい仲なのか、受け答えがかなり雑だ。

「今？　地元に戻ってるよ。いいだろ別に、オフなんだから。いや、リサだって友達と旅行がどうの言ってたじゃねえか。ああ？　東京に戻ってきてるって？　んなこと知るかよ。は？　デキた？　お前デキないっつってたじゃねーか。マジかよ。まあいーや、オメデトウ。はぁ？　今から？　帰んねーよ、何時だと思ってんだよ。うっせえ、そうそうお前の都合に振り回されてたまるか。は？　おい、リサ？　チッ。切りやがった」

デ・キ・た？

その一言は、人が変わったような乱暴な喋り方や、女の名前よりも衝撃的だった。

親しい間柄なのは明白。

あれだけ男前なら、彼女も気が気じゃないだろうなぁ。っていうか、実際私みたいな馬鹿女が引っかかってるわけだし。

どこか他人事《ひとごと》のように思った。欲求不満が解消された後の、いわゆる、賢者タイムというものか。冷静な気持ちの中に、不意にフラッシュバックした昨夜の行為。

よがりまくっていた無様な自分を思い返して激しい自己嫌悪がふりかかる。

いし。
最悪。最悪だよ。できるなら今すぐ自分の存在消去したい！　しかも途中で意識なが聞こえた。

恭司さんの苛立った大きな溜息のあと、ガチャリとドアの閉まる音と蛇口をひねる音が聞こえた。

このまま寝たふりして朝を迎えて、どんな顔するつもりだ百合佳。相手は妊娠した女をほったらかしにするようなろくでなしだぞ！　妊娠した彼女（奥さん？）より自分を優先してくれたなんて喜ぶような人間では、断じてない！

と自《みずか》らを鼓舞し、怠《だる》い体を奮い立たせ、足音を忍ばせながら衣服をかき集めた。

下腹の内側に異物感がしっかり残っている。その感覚にふたたび欲情しかけたが、ここに留まっていたくなかった。細心の注意を払いながら手早く静かに衣服を身につけ、ストッキングをごみ箱に丸めて放った。

見つからないように、バスルームの気配を危惧しながら、二枚あったカードキーのうちの一枚を握り、負け惜しみと皮肉のつもりでサイドテーブルの上の便箋を一枚破って一筆認《したた》める。

〝二度と会うことのない女に優しくするより、奥様とお腹のお子さんを大事にしてあげてください。さようなら〟

自分の財布から一万円札を二枚抜き取りメモと一緒にテーブルに置いて、ジャケットを羽織り、バッグを持って忍び足で退室した。我ながら早業だと感心しながら、エレベーターに乗り込んで安堵《あんど》の息をつく。

世界に一つしかないお気に入りの靴は、足音が響くのが怖くて置いてきた。ヒールも折れていたし、きっとあの靴は呪われていたんだ、と思うことにした。

エレベーターを降りると、ロビーにいたフロントマンが私を見て驚いた顔をした。けれどこちらから笑って見せると困惑交じりに会釈をしてくれる。

頭がおかしいと思われたかも。まあいいや。二度と会わないだろうし。

スマホを見ると新着メールが一件。ディスプレイに表示された時刻は午前二時十二分。相手より先に一人で部屋を出るなんてデリヘル嬢みたいだと思う。いや、彼女たちにはお迎えがいる。それに私が彼を買ったんだ、と思い直す。

放任主義なのかしら。あんな男を放し飼いできるなんて、どれだけいい女なの。私みたいにヤケクソワンナイトラブで地底まで落ち込んでいるようじゃ無理だ。

思いっきり身も心もボロボロで、泣き喚《わめ》いてしまいたくなったが、深夜の街で素面でそんなことをするのは痛いのでやめた。

薄着というより、下着より保温性皆無なパーティードレスにファッション性重視の毛皮のショートジャケットでは寒いし、アスファルトは凍ってるんじゃないかと思うくらい冷たい。ホテルを出てすぐのロータリーに並んでいるタクシーがこんなにありがたいものだとは思わなかった。

こんな寒空の下スカスカのドレスに裸足で歩いている女なんて、どうかしてる。適当なタクシーに乗り込むと運転手がぎょっとした顔をしたが、乗車拒否はされなかった。

行き先を告げて座席に沈むようにもたれかかると、ホッとしたのか、涙が出てきた。ろくでもない男だってわかっているのに恋しくて、そんな自分の馬鹿さ加減に呆れて、情けなくて、色んな感情がない交ぜになって一気に溢《あふ》れた。

体がまだはっきりと覚えている。そんなに執拗《しつよう》な愛撫をされたわけじゃないのに、中を突かれて制御不能になってしまうなんて、初めてだった。

無言のまま車内の暖房が強くなった。ひねり出すような空調の音と共に暖かい空気が充満する。

恭司さんの体温を思い出したら、また涙が出てきた。恋人になりたいという発想はなかったはずなのに、自分の中の矛盾する気持ちに戸惑った。

タクシーが私の住むアパートの前に停まって、すっからかんの財布からカードを引き抜く。運転手は私とカードをちらりと見て溜息をついた。

「メーター押し忘れたからそのまま降りていいよ」

涙も拭わず黙りこくっていた女を哀れんでくれたのか。しわの深い浅黒い肌に、ギョロッとした黒目が印象的な初老の男。彼の目に私はどう映ったのだろうか。

「そんな辛気臭い顔でいられちゃ夢見が悪くなる。幽霊でも乗せたと思って忘れるから、降りて降りて」

ひどい言われようだが、丁重にお礼を言って車を降りると、走り出す間際に軽くクラクションが鳴らされた。

励ましてもらえる資格なんてないのに、人って優しい。胸を打たれ、感慨に浸る。

鉛のような疲労感と身を切るような寒さにうっかり自己憐憫《れんびん》モードに入っていたが、なんでもいいから男とやりたいなんて思った自業自得なのだ。披露宴《ひろうえん》に行って花嫁をバカにしたりするから罰が当たったんだ。

だいたい筋違いの喪失感なのに、胸が痛いなんて、どこの悲劇のヒロインよ。へそで茶を沸かすわ。やることやって帰ったんだ。セックスで落ちる恋なんてたちが悪い。

順番も滅茶苦茶だし、程度が低い。もういい。シャワー浴びて、歯磨いて寝よう。明日は休みだから体を休めて、明後日から出勤だ。頭の中で自分自身を叱咤激励して、よしっ、と握りこぶしを作る。

いい夢見させてもらったじゃない。ラッキーラッキー！　ビギナーズラックよ！　明日からまたいつもの毎日。リセットリセット！　そう思ってみても、実は心は晴れていない。無茶苦茶になった感情をどうにか抑え込んで部屋に入る。真っ暗なワンルームが、残り少ないライフゲージを〇《ゼロ》にした。

マジ、なにやってんの、私。

ドレスを脱いでハンガーにかけた。クレンジングで化粧を落としてベッドの上のルームワンピースを被る。冷たい布団に包《くる》まって、ぎゅっと目を閉じた。疲労がピークに達していたせいか意識はあっという間に暗転した。

コールタールのような眠りから泥沼の目覚め。時計を見れば12：36の表示。昼過ぎだった。帰ったのが三時過ぎだとしてたっぷり九時間眠ったことになるのに、少しもスッキリしてない。

捲《めく》れあがったルームワンピースの裾《すそ》を下げてベッドから出る。左右に上半身をひねって背骨をぽきぽきいわせて背伸びをしても、まったく爽快感がない。

あのまま寝たふりをしていたら、彼の腕の中で目覚めていたんだなあ。恭司さんビックリしたかな。それとも怒ってるかな？　裏切ったことになるのかな？　いや。いやいやいや待て待て私。妊娠した彼女を冷たくあしらう男だぞ？

わずかな可能性として、彼女が重度のメンヘラほら吹きで、度重なるデキたデキた詐欺にいい加減うんざりしてるとか。

仮にそうだとしても、恋人か嫁かわかんないけど、その存在を無下《むげ》に扱うような男は信用できないし、わかって平気な素振りができるほど強くない。

これって、まだそんなに嵌《は》まってないってことかな。他に女がいてもいいの。今この時、一緒にいる時間があればいいの、なんてのは無理だ。

私は欲深い女だから、他の女の影がちらついているのを黙って我慢なんてできない。そういえば勢いで避妊なしでヤッちゃった。行きずりで避妊もしないなんてどれだけ馬鹿なの。冷静になるほど怖い。

もしこんな話を知り合いから聞いたら、うわー馬鹿だなーと軽蔑混じりに心底呆れるレベルだ。本当に二十七にもなってなにやっているの、私。

悶々《もんもん》としていても始まらない。昨夜のままのべとついた髪と顔が気持ち悪くて、すぐにシャワーを浴びた。

熱いお湯をかけながら恭司さんが触れたのを思い出してしまう。念のため確認したけれど、中にも下着にも、残滓《ざんし》らしきものはなかった。

私だけイッちゃったのかな。でも、外で出してもデキる時はデキるっていうし。ブルッと身震いをして、無意味だとわかっていながら念入りに下腹部を濯《すす》いだ。

ええい！　ぐじぐじしても明日は仕事だ！　せっかくの休みを湿っぽいまま終わらせるなんてもったいない！　昨夜は昨夜！　昨夜は終わったのだ。

化粧をして、クローゼットを眺め回し、ハイネックニットと下はスキニーパンツに着替えて、昨夜のドレスをトートバッグに入れて、すぐに出掛けられるように準備を済ませる。スマホをチェックすると、通知が一件から二件に増えていた。どうせネットショッピングの広告だろうと高を括って開いたら、昨夜二十三時頃に母親から一件、もう一件はレンタルビデオショップの広告だった。

母親からの連絡とは嫌な予感しかしない。開いてみると、明日起きたら折返しちょうだいとのことだった。履歴からかけると七回目のコールで繋がった。

「あ、もしもし百合佳？」

「おはよう。どうしたの？」

「どうしたのって、滅多《めった》に連絡よこさないから心配してたのよ。だいたいおはようって、もう昼過ぎじゃないの」

「ああ。ごめん」

昨夜あんなことをした体が乾く間もなく、母親と電話なんて罪悪感しかない。

「とりあえず元気にしてる。今急いでるの。ごめん、切るよ」

母親と世間話なんてできる状態じゃない。兄は新婚で、親戚の美樹《みき》ちゃんは臨月で、叔父さんが癌で、お婆ちゃんが認知症で。おめでたい話とおめでたくない話をのんべんだらりと巡回して、あんたもそろそろいい人いないの？　と尋ねられるのが関の山。

何か言いかけた母親の声を無視して終話ボタンを押す。

いい人ね。いたよ。でも、そういう人って大体ソールドアウトしてんだよ。おこぼれが回ってきたけど、そんな話聞きたくないでしょ？　私だって言いたくないもん。

アパートを出てみると、曇り空。いまいち気分も上がらないが仕方がない。ネットで行きつけの美容室に予約を入れた。午後四時まであと二時間半。移動時間で約三十分。駅前のコーヒーショップで昼食でもとろうか。

チャコールブラックのトレンチコートのボタンを上まで留めて、ヴァイオレットのカシミアのマフラーを巻く。レオパードのスエードパンプスを鳴らしながら、上の空で歩く。

優しくて、色んなことになれてる風なのに、純情そうなへたれっぽさを持ち合わせていたり、でも、キスは上手いし、体だってセックスだってよくて、ろくでなしって皆ああなの？

あんなのにどう抵抗すんの？　皆そんなに鋼《はがね》の理性で鉄の貞操観念なの？　やっぱり私だけが馬鹿なの？

ああ。泣きそう。ワンナイトラブユニオンがあったら入りたい。傷の舐め合いと気休めが欲しい。もう絶対一夜限りの恋なんてしない。惨めなだけだもの。

悶々《もんもん》としていたら、なにか食べようと思っていたのに、コーヒーショップのメニュー表を見た瞬間に食欲が失せた。カフェモカを頼んで席を探しに行く。化粧は通常運転ながら髪の毛は乾かしただけだ。やっと胸まで伸びたストレートヘア。切ってしまうのはもったいないので、パーマをかけて色も少し明るめに変えてみよう。窓ガラスに映る自分を見ながら漠然と考えた。

結局、カフェモカを半分残し店を出て、駅ビルの地下のクリーニング屋にドレスを預けた。書店に行こうとも思ったが、よくわからない恋愛自己啓発本なんかをうっかり手に取ってしまいそうでやめた。

その上の階にある大型ＣＤショップにふらりと立ち寄ると、入り口で足が竦《すく》んだ。入り口の特設ブース。『The《ザ》 cold《コールド》 Magnolia《マグノリア》 ―― Classical《クラシカル》 Rose《ローズ》』と銘打たれたポスターに目が釘付けになった。

モノクロに、薔薇《ばら》と女性が着ているストラップワンピースだけが深紅というエッジの効いたカラーリングで、うしろに男性が四人並び、前中央に女性が一人、彼らを従えるように立っている。

男性は皆開きかけた一輪の薔薇《ばら》を持っているのだけど、一番左側に立っている長身の男性だけ、喰いちぎったように花びらを咥《くわ》えている。その人こそ、私が昨夜あられもない姿を晒《さら》してしまった相手だった。

血の気が引いて、半開きの唇がわななく。膝が震えて、失禁しそうなくらいビビッた。いや。他人の空似よ。あはは。そう自分に言い聞かせながら確認のため近寄って二度驚愕した。

「本物じゃん！」

思わず叫んでしまった私を、近くにいた制服姿の女子高生が睨《にら》んだ。そのまた隣にいるトラッドな若い男性客も。

店員の愛がこもった手書きポップによると、マグノリアは二〇〇四年に結成。最近全国ツアーを敢行していたものの、ボーカルのRIZAの体調不良のため中断。ファン待望の一年半振りのフルアルバムも出たらしい。その隣では、『地元出身のギタリスト、一ノ瀬恭司特集』が展開されている。ソロアルバム四枚。別バンド名義のアルバムが三枚ほどに、シングル十数枚。はたまたロック好きなちょっといかつい大人向けのファッション雑誌の表紙まで飾っている。

過去にはドメスティックブランドのアイコンを務めたこともあったようで、ファッション雑誌のバックナンバー（非売品）まで置かれていた。思わず手に取り、捲《めく》ってみる。

はっはーあ、どうりで。スタイルめちゃくちゃよかったもん。ロックスターね。あそこのマスターが目を輝かせるわけだ。

並べられたアルバムの一つに目が行く。女優業も音楽活動もやっているファッションモデルの生島《いくしま》リサが一ノ瀬恭司《か　れ》個人に熱烈なオファーを出して実現したバンド、コックローチプッシー。

名前のひどさはさておき、私は衝撃を覚えた。

昨日の電話のリサって、生島リサ？　え、この人、今妊娠してるの!?　いいの？　大丈夫なの？　っていうか、生島リサと並んでも全然映えるのね、恭司さん。無敵。はーいー、無理。無理無理無理。ただの男前ならまだしも、天上人じゃないの。

一瞬頭の中の色んなものが、ぶっ飛んだ。危うく脳みそクラッカー状態になるところだった。

あーあーあーあー、なんにも見てない見てない。知らない知らない。一ノ瀬恭司なんて男前、私知ーりーまーせーんー。耳に手を当てながら前屈みになる。手に取ったアルバムをそっと離して、足早にその場から逃げた。

なんだこれ。ラブの神様、人が悪いぞ。あ、神だから人じゃないか。ひとでなし！

色々悪態をついたけれど、だんだん頭が冷えてきた。

たまたまワンナイトラブに当たったのは、異世界の住人でした。諦《あきら》めのつきやすさ一五〇％増！　夢だ夢。欲求不満が見せたリアルなエロい夢。必死になって言い聞かせながらICカードで改札を抜けて、ホームに駆け込むと、ちょうど快速電車が入ってきたところだった。

ちょっと早いけどいいや。早いとこ自分をリニューアルオープンしなくっちゃ。今回は失恋じゃない。失恋なんかじゃない。宝くじに当たったようなもの。うんうんと一人で頷きながら、座席に座る。

それにしても、いい夢見たな。ふうと吐き出した息は虚しく熱い。

誰か、不毛な気持ちの割り切り術と未練の断ち切り方を教えて。たまたま出会った人があんな有名人だったなんて信じられない。

時間が経つほど変な実感が湧き、心臓がバクバク鳴り始める。落ち着けず変な汗までかいてきた。最近の音楽事情なんてまったく知らなかった。今はもうほとんど聴かないから。

CDショップなんか行くんじゃなかった。知らなくていいこと知ってしまった。生島リサみたいな女の子を見慣れてるような人じゃ、私なんて雑魚《ざこ》じゃないの。恥《は》ずかしくて窒息しそう。憂鬱《ゆううつ》な気持ちがどうしても拭えず自虐が止まらない。

結局髪の長さもあまり変えず、毛先にパーマをかけてもらいいくらかエアリーになったものの、気分は沈んだまま帰宅し、ボーッとしたまま二時間の半身浴を済ませ、炭酸水だけ摂取して二十二時前に寝た。


「あーれ。百合佳ちゃーん。どうしたのー？」

朝七時に出勤して、出入りの花屋から受け取ったディスプレイ用の生花を生けていたら、出勤してきたオーナーの鏡花《きょうか》さんに声をかけられた。

緩くウェーブのかかった豊かな金髪に迫力のあるクールな美貌。レオパードの胸元が深く開いたタイトなワンピースに真っ赤なルージュというパワフルな装いだが、まったく違和感がない。

「なんでしょう？」

目が合うと、綺麗《きれい》に並んだ白い歯を惜しみなく見せてにっかりと笑う。前に一度本気で羨《うらや》ましくて、歯並びが綺麗《きれい》ですね！　と言ったら、そりゃ工事してっから～と答えられた。

「なにって、髪型変わってるじゃん」

「ああ！　気分転換してみました」

「結婚式でいい男みっけた？」

痛いところと腕をつっつかれて、言葉に詰まる。

「披露宴《ひろうえん》だけ出てすぐに帰りました。一人二次会でした」

うなだれて答えると、鏡花さんはからから笑い、私の腕に抱き着いてきた。

「で、一人二次会でいいの見っけた？」

「ええ、まぁ。はい」

苦笑いで顔を引き攣《つ》らせながら答えると、鏡花さんは細めた目でこちらを見る。

「なーにーなーにー？　下手《まず》いのに当たった？」

「いえ。彼女か奥さんかいる人でした」

「あっちゃ～。そら残念。悪いのに当たったね」

「お姉様！」

がっと顔をあげて鏡花さんの両手を握りしめる。

姿かたち、いや、なんなら全身理想のまんまで、優しくて、意外に純情っぽくて、セックスがすっごくよくて、生まれて初めてイカされちゃって、彼女がいてその上妊娠してるのわかって、怖気づいて逃げてきちゃったんですけど、どうしたらいいですか？　などと訊けるわけがない。

「一夜限りのはずの相手を好きになってしまいました」

しかも、職業はミュージシャンです、も言えない。

「ダメじゃん」

さらりと一刀両断。わかっていてもグサッと来た。

「傷つく、どころじゃないから。万が一不倫だったらどうすんの？　それで続けて奪ったって、手に入るのは昨夜惚れた男じゃなくて、借金まみれのカスだからね。若いんだから他当たんな」

私の手を払い、しっしと甲を上下させる。

そうですよね。わかってます。そもそもヤケクソで男誘っちゃうような女だって思われてるだろうし、天上人だし。思ってたってどうしようもないのに、ぽっかり空いた穴が全然満たされないんです。私も人のこと言える立場じゃないけど、ろくでもない男だってわかっていながら、心も体も彼を忘れられないんです。

なんて言えるわけがない。今の自分が馬鹿馬鹿しくて恥《は》ずかしいのだ。

「もう二度と会うことはないんですけどね」

会えてもどんな顔したらいいのかわからないし、会うチャンスなんて二度とないだろう。

「じゃあ、そのうち忘れるって。仕事しろ、仕事！　新商品入荷したから伝票チェックお願いね」

ぽんっと紙束を手渡され、よしよしと頭を撫でられる。

「よっしーに合コンセッティングしてもらいな。男には男。新しいの喰っときゃ忘れるわよ」

「そんな、おしゃぶり飴じゃないんですから」

おしゃぶり飴が鏡花さんのツボにはまったらしく、涙が出るほど大笑いされた。

「一回くらいで舐《な》めてなくなるような男、忘れなさい。落ち込みなさんな」

「忘れ方がわからないんです」

とりあえずレジカウンターに伝票を置いて、ふたたび手を握る。

「だから、新しい出会いとか、海外旅行するとか、新しい発見しなよ。男だけが人生じゃないんだから」

鏡花さんは私の指を持って、せっせっせーの、よいよいよい！　と言い、手遊びをするように上下させながら、ね？　と覗き込んできた。

「なんなら今夜ご飯行こう！　焼肉！」

「行きます！」

二人でぴょんぴょん跳ねながらはしゃいでいると、一部だった室内の照明が全部ついた。

「薄暗いところで女二人なにやってんすか。開店準備終わってないでしょ、もー」

後輩の吉塚高志《よしづかたかし》が出勤早々呆れた口調で言った。

スタイリング剤で立体感を出したきつめのパーマヘアと、ウェリントン型の眼鏡の下には、可愛い系の整った顔。パイピングジャケットに細身のネクタイを締めたボタンダウンシャツ、足元はロールアップしたスキニーにボートモカシン、まさに今っぽいアメトラな格好の二十四歳。フロアチーフである私の部下という立ち位置だが、実感としてはその逆だ。

「今夜百合ちゃんと焼肉行こうってことになったの」

お互い首を傾けて、「ねっ」と言い合う。

「金曜日にダイエットするとか言ってましたよね？」

なにこいつらバカなの？　と言わんばかりに吉塚くんが横目を向けてきた。

「よっしーも行く？」

鏡花さんが吉塚くんの手を取ってぷらぷら揺らす。

「ごちそうしていただけるなら喜んで」

「おっけーおっけー」

そんなこんなで、今夜店を閉めた後の飲み会が決定する。それじゃ今日も一日頑張りましょう！　鏡花さんがそう言い、私たちも、はい！　と応《こた》える。それを朝礼がわりにして、それぞれ仕事に取りかかる。

私は伝票を持って控え室に入った。ソファセットと簡易キッチンがあり、コーヒーを淹《い》れて自由に一服を楽しむことができる。

まずは倉庫のダンボール二箱に入った商品と伝票をチェックしてしまわなければ。この日の荷物は少なく楽勝だった。

さっさと終わらせコーヒーブレイクしていると、開店準備を終わらせたらしい吉塚くんが控え室に入ってきた。

「湊さーん。あ、まーたさぼってんすか」

「仕事したもん」

「あー。はいはい」

得意げに反論する私を華麗にスルーして、吉塚くんは自分のロッカーに荷物を入れている。彼が音楽好きだったと思い出し、果たして一ノ瀬恭司氏の知名度がどれほどのものか、それとなく訊いてみることにした。

「ねーねー。吉塚くん。ザ・コールド・マグノリアって知ってる？」

「知ってますよ。元クラックスパナの一ノ瀬さんがいるバンドでしょ？」

速攻で出てきた名前にコーヒーを噴きそうになった。

「マグノリアはオイシイトコかき集めたバンドなんで、ヴィジュアル面も実力もパないんすよね。シングルはだいたいキャッチーなメロディですけど、アルバムは結構コアな曲多いんすよ。ボーカルのリサとか、もともとラウド系のバンドにいたからシャウトかっけえし。今、喉の調子悪くてツアー中断してるんですよ。僕は昔から一ノ瀬さんのファンなんで、CD全部持ってますけど、湊さんも好きなんですか？」

ええ、生身の一ノ瀬さんが好きです。心の中で思ったが痛いので言わないでおく。いや、好きってなによ。別にもう好きじゃないし。

「ボーカルの人は、リサっていうの？」

同志なのかと探るような吉塚くんの視線を受け流して、質問する。

「そうですけど？」

「生島リサじゃないの？」

「それ、コックローチのほうでしょ？」

お互いの頭に『？？？』が飛ぶ。

「RIZAって書いてあったよ？　あれでリサって読むなんて、本気と書いてマジと読む、みたいな？」

「そうです。あれでリサって読むんです。生島とは別人です。生島のほうは彼女が初期のパンクとか好きだから、どっちかっていうとポップで下品な曲多いですけど、あれ、はっきり言って僕はあんまり。生島が一ノ瀬さんの大ファンで自分の人気を笠に着て無理やりやったって感じだし」

「ほへー」

生島リサに好かれるレベルかと思うと気が遠くなりそうだ。

「やっぱ、一ノ瀬恭司といえばクラックスパナでしょ。ボーカルの長谷川誠司《はせがわせいじ》が精神を病んじゃって活動休止になっちゃいましたけど、すっげえかっこよかったんですよ」

私の反応なんてそっちのけで吉塚くんは滔々《とうとう》と話す。

「詳しいけど、もしかして知り合い？」

「誰と？　一ノ瀬さんと僕がですか？」

「地元でしょ？　彼」

「まっさか！　雲の上の人ですよ。僕と八歳くらい違うし、彼が地元でやってた時は僕小三くらいですもん。十八でメジャーデビューですよ？　鬼でしょ。しかもその後、自分で事務所立ち上げたりもして天上人ですよ」

「すごい人なんだねえ」

子細顔《しさいがお》の私が不審だったらしく、吉塚くんが怪訝《けげん》な目を向けてきた。

「そうですね。僕は表向きしか知らないですけど？」

「私なんて何にも知らないよ？」

「しかも、有名な資産家ですよ。一ノ瀬さんの実家。その双璧が長谷川家ですね。それが長谷川誠司さんのご実家なんですけれども」

「ふーん。そう」

長谷川さんって誰だっけ。

「それよりなんですか。いきなり」

「いや。別に」

ふうと溜息を吐いて答えると、吉塚くんは隣に腰を下ろした。

「興味もないのになんでマグノリアのこと訊いたんですか？」

「知ってるバーにその一ノ瀬さんとやらが来てたの」

「嘘！　マジっすか!?　どこですか？　ハイファイですか？」

地元でミュージシャンが集《つど》うと有名なバーの名前が挙がる。違う。もっと素朴なトコ。

個人経営のマイナーなバー。と言ってやろうかとも思ったけれどやめた。プライベートなことは口外してはいけない。

「忘れた。酔っ払ってたから覚えてない」

えーそれナイっすよー！　と涙目な吉塚くんを置いて、伝票を手にソファから立ち上がる。

「ダンボール持ってきてね。よろしくー」

ひらひらと手を振って控え室を出る。パタン、とドアが閉まると同時に、なんだか憑き物が落ちたようにすっきりした。

なんだ。もう無理じゃん。もしかしたら、もう一度会えたら、何か変わるんじゃないかと、どこかで期待していたから引きずっていたけれど、あまりにも住む世界が遠すぎて、それをやっと本当に実感したらスイッチが切れた気がした。よっしゃ、今夜は焼肉！　ラッキー！

表に戻ると、鏡花さんは電話の応対中だった。うしろから新作を持った吉塚くんがやってくる。

「そういや、結婚式でしたっけ？　いい人いました？」

「あーやだやだ。吉塚くんの頭の中それしかないの？」

「はーあ？　イケメン高収入掴まえるとかほざいてたの、湊さんでしょ？」

「はーあ？　忘れた。この世にイケメン高収入とかいたっけ」

「あ。Imperial《インペリアル》 Dragon《ドラゴン》の開襟《かいきん》シャツ来た」

吉塚くんは目が回りそうな白と黒の幾何学模様の開襟《かいきん》シャツを持ち上げて、嬉しそうに言う。己の好きなものに従順でその他をやんわり蔑《ないがし》ろにするのが彼の欠点だ。まったく、と呆れてしまい肩をすくめた。

彼はマネキンを持ち出し店頭の黒いサルエルパンツとスキニーパンツを合わせて見比べている。開襟《かいきん》シャツにレザージャケットを羽織らせ、黒いサルエルパンツに白い二連の細いベルトを巻き、黒いポークパイハットとスエードの靴を合わせたモノトーンコーデを作る。

「ついにもうすぐですね」

「そうだねえ」

彼は今度行《おこな》われるファッションフェスタに向けてそわそわしている。もちろん、私もだが、今は何となく力が出ない。さらに吉塚くんは小さなファッションイベントや色んなアーティストのコンサート、野外フェス等も欠かさない。フットワークの軽さに若さを感じる。

しかしまさか彼の崇敬するアーティストが一ノ瀬さんだとは。

いや、わかるよ。立ってるだけでかっこよかったしね。オーラっていうの？　独特の空気感、すごかった。

不意によみがえる香水の匂い。

やばい。いくら惹《ひ》きつけられたからって、なんであんなことしちゃったんだろう。何度目のいまさらだろう。素肌を知って、ただで済むはずがない。ワンナイトラブなんて、私、全然向いてなかった。

やんなきゃよかった。一夜限りだってあの時は割り切っていたはずなのに。強めのアルコールのせいかな。

っていうか、中に入ってきただけで気持ちいいなんて初めてだった。相性がいいっていうのはこういうことなのか。

でも。まあ。他の人のものだし、よりによって有名人とかもう絶対今後関わりないし。

あーあ。知らなきゃよかった。体の相性のいい男なんか。

頭を抱えてカウンターに突っ伏した。なんだか、割り切れない。自分の内側がばらばらだ。早く忘れるべきだと思う。なのに、自動再生される。目つき、手つき、肌触り、仕種、声、匂い。どれも好みで忘れがたい。

「あああ」

「溜息つくと幸せが逃げるそうですよ」

いつの間にか吉塚くんが戻ってきていた。

「逃げるほど手持ちの幸せがない」

「これからやってくる幸運を押し返さないように、溜息じゃなくて深呼吸したらいいんじゃないですかね？　辛気臭いですよ。出会い運がない湊さん」

さあ、仕事してください、と吉塚くんは入荷したばかりのレディースものを私の両手に載せた。

シルクメインの素材の柔らかくて美しい服たちは重くない。ただ無自覚で図星を突いてくる吉塚くんの言葉が鈍器だった。

「ほんとね！　あーもう恋愛に効くパワースポットとか行っちゃおうかな⁉」

「まあ、行ってみたら、いいんじゃないでしょうか」

ものすごい棒読みで言われて、もともと行く気もなかったが、絶対行かないことに決めた。

2　一ノ瀬恭司の甘くて苦い運命

映画の主題歌のオファーがきたというのに、ボーカルのＲＩＺＡ《リサ》は歌詞が浮かばないとヒステリックになっている。

彼女の原因不明の体調不良は、蕁麻疹《じんましん》から始まり、発熱、目眩《めまい》、声が出なくなると悪化する一方で、いくつか予定してあるツアーも中止せざるを得ないところまできてしまった。

そのせいでスタッフもメンバーも皆がピリピリし始めた。そしてついに、リハーサルも曲作りも、ひとまず置いといて、休養することになった。

おれはとりあえず、三日間の休みをもらったので、地元に帰ることにした。

アメリカ製の愛車に乗り、お気に入りの曲をかけて出発する。アメリカ本土では一発屋と名高いバンドだが、時々無性に聴きたくなるような中毒性があり、気に入っている。

首都高が混まなければ、一時間もかからずに地元に到着する。市街地の中心に借りたマンションはめったに寄りつかないせいか、なんとなく埃っぽい。

二十五歳の時に、同窓会で再会した元カノと、よりを戻して付き合ったが、週刊誌にネタとして売られそうになって以来、恋人と呼べるような相手がいない。

周りがどんどん結婚し、人の親になっていっても、一ノ瀬は変わらず好きなことをして生きている、と思われているようで、学生時代の友人にいつも羨《うらや》ましがられるが、いつも、冗談じゃねえと胸の中で毒づいている。

可愛い恋人と仲むつまじく愛を育《はぐく》み、結婚して子供をもうけて、とありきたりな未来予想図だって大好きだ。

「ロックスターになる」という具体性を欠いた思春期の野望は叶ったのに、いつまで経っても可愛い恋人が現れない。

モデルや女優から恋のオファーがあっても、この業界は狭い。顔見知りの元カノかセフレの可能性も高く、それとなく遠ざけてしまう。

適当に遊べよと笑ったメンバーは、週刊誌にリークされそうになってマネージャーから厳重注意を受けていた。

自分で言うのもなんだが、顔だって悪くないし、身長も高いし、体も鍛えているし、下半身だって悪くない。頭はもしかしたら微妙かもしれないが、楽器と曲作りの才能に恵まれた。しかもまだ全然禿げてない。

肩書至上主義の親戚を黙らせるために、自分で立ち上げたレコード会社は軌道に乗った。今は経営を弟と幼馴染《おさななじみ》に任せているものの、役員兼看板アーティストとして十分な収入もある。金に不自由はさせない。

仕事柄、家を空けることは多いが、同行してもらって構わない。結構悪くない男だぞ、おれ。と自画自賛するが虚しい。

だから、こう思うことにした。

まだ、運命の出会いがないだけだ。というより、本当に出会いがない。

朝にマンションに到着し、十代の頃から使っている楽器と機材で曲作りをしていたら、日が暮れていた。没頭すると、すぐにこうだ。

一日は本当に二十四時間もあるのだろうかと疑ってしまう。

まあ、ちょうどいい。おれは曲作りをやめ、シャワーを浴びて、クローゼットにあった服に着替えた。埃っぽいにおいが気になるので、香水を振りかけ、幼馴染《おさななじみ》が経営するバーに足を向けた。

音楽と酒、そして友人が少々いれば、退屈しない。恋人がいなくても、まあ、なんとかやり過ごせる。

けれど、時々、どうしようもなく、人肌恋しくなる時がある。獰猛《どうもう》な欲望を、温かく柔らかな沼地に沈めたい。

独り身の寂しさを愛とエロスで溶かして欲しい。あけすけに言うならば、唾液と愛液にまみれた肉壁の奥へ精液をぶちまけたい。綺麗《きれい》な女を乱して、真っ白になるまで絡み合いたい。飽きることない愛欲に溺れてみたい。

しかし、そんな相手には、もちろん、出会ったことがない。

歩きながら、行き交う人の視線を感じる。変に欲情しているせいで、自意識過剰になっているのだろうと、自分を恥《は》じた。

誰でもいいわけじゃない。おれはロマンチストだと自覚しているし、ナンパして、一夜のアバンチュールでさよならバイバイの恋は嫌だ。それでも、大人なので体から始めてもいい。相性は大事だ。

かっこつけてみたが、かなりの比率でプラトニックより、エロスが勝っている。こんな時はいっそ女っ気など、はなからない男友達に会うべきだ。そうしていつも立ち寄るのがこのバーというわけだ。

はぁ。冴えねえな。自嘲気味に溜息をつき、店の入り口で足を止めた。いつも宵の口には人気《ひとけ》のないはずの店内に、誰かがいる。

思わず見とれていた。目の覚めるような真紅のドレスから大胆に白い背中が見えている。首や肩、肩甲骨に触れてみたい。ごくっと喉が上下した。

いや、ダメだ。ダメだ。

軽く頭を振る。背中は美人だが、表がどうだかまだわからない。それに、好みの顔立ちだとしても、こんなに下心が前面に押し出されているようでは、相手にされない。冷静に。よし恭司、クールに、クールに行こうぜ。

一歩を踏み出すと、自動ドアが開きカウベルが鳴った。運命のゴングが、響いた。

「あれ？」

友人であるマスターの隆夫の姿が見当たらない。店の奥に歩みを進める。

「隆夫、いる？」と声をかけると、真紅の金魚のようなドレスを着た女が、振り向いた。

目が合った瞬間、心臓が跳ね、呼吸が一瞬、止まった。

隆夫、いなくていいや。そう思ったが、時間は常に流れている。時間が止まったおれをよそに隆夫が裏から戻ってきた。

「うおおお！　一ノ瀬さん!!　お久しぶりです！」

隆夫はいつだって全力で歓迎してくれる。親より地元に戻った実感を与えてくれる存在の一人だ。

「おう。久しぶりー。でも今回三ヶ月ぶりくらいか？」

隆夫はカウンターから出てきて、おれの手を握った。

「元気か？　子供は？　生まれた？」

「来月なんですよ」

「楽しみだなあ。女の子だって？」

「はい」

「自分の娘は可愛いっていうよな。つーか我が子とかすげえ羨《うらや》ましいわ」

「いやそれより一ノ瀬さん、なんか大変そうで」

「いや、そうでもないよ。いつものこと。なんとかなるさ」

「なら安心です。お疲れさまです」

隆夫がおしぼりを渡してくれる。

「サンキュー。ラムロック頼む」

「ありがとうございます！」

隆夫は明るく言う。一方、おれは右隣の彼女が気になって仕方がない。ラムロックが手元に置かれ、隆夫の地元話が始まる。

旧友の近況を知れるのは、いつもなら楽しいのだが、今は隣の娘《こ》を紹介してほしい。

彼女はマティーニをちびちびやりながらぼんやりしている。真紅のドレスと白い肌は目に眩しいほど鮮やかなのに、その横顔は愁《うれ》いを帯《お》びて寂しげだ。

彼女と話す機会を与えてくれ。心の中で隆夫に懇願《こんがん》しつつ、人懐っこく話し好きな彼の性格を知っているだけに、話を切り上げることができない。

さっきの独りよがりな欲情が、右隣に集中していく。まさか、どこかのキャバ嬢か？　だとしたら営業してくれ。指名する。いや、結婚式帰りだろうか。どちらかといえば、そっちの可能性が高い。隆夫の話が耳に入らない。

ただ彼女の気配を敏感に感じ取っている。欲求はあっても、実行の仕方がわからない。

相手にだって選ぶ権利がある。

それに彼女の趣味は、眼鏡とスーツの似合うホワイトカラーかもしれない。だったら
自分は視野にも入れてもらえないだろう。

彼女は、モデルや女優のような美貌はないが、綺麗《きれい》だ。素材のよさに胡座《あぐら》をかかず、ちゃんと手入れされた艶のある髪と、滑らかそうな肌、耳も清潔だ。肩や背中が綺麗《きれい》な

のもかなりそそられる。

彼女の視野に入りたい。

隆夫は、きっと自分に気を遣って、積極的に紹介しないでいる。一応、芸能人だという肩書きが、なんの効力も発揮しない。しないどころか、邪魔をしている。

隆夫、気遣いありがとう。でも、紹介してくれ。おれと彼女を繋げてくれ。

必死に念じてみたが、通じていない。

それどころか、彼女はひとりぼっちで肩を落として、ジャケットとバッグを持ってストゥールから下りようとしているではないか。

しかし、神はおれを見放してはいなかった。

彼女が右足を床につけようとした刹那、がくりとよろけて転びそうになった。

むき出しの二の腕を、鷲掴みにしていた。ストゥールが固定されていなかったら、一緒に倒れていたかもしれない。心臓がバクバクしている。

振り向いた彼女の、潤《うる》んだ瞳がたまらなかった。気のきいた笑顔も忘れて、まじまじと見つめてしまった。

どうしたら、ひきとめられるのだろう。なんなら場所を変えてもいい。むしろそうしたい。

「大丈夫？　百合佳ちゃん」

隆夫が目を丸くしている。ユリカっていうのか、名前も美人だ。

「大丈夫。す、すみません。ちょっと酔いが回ってしまったみたいで」

彼女は顔を赤らめて愛想笑いを浮かべた。腕を強く握りすぎたかもしれない。手を離すと、彼女は自分の腕を見て、おれたちに会釈した。

「マスター、今日はもう帰るね」

なにも始まらないまま、お別れか。

「そうしたほうがいいかもね。タクシー呼ぼうか？」

「ううん。ちょっと酔い覚まして帰る。まだ時間早いし、表通りで拾う。いくら？」

隆夫の気遣いを断って、彼女は財布を取り出す。会計を済ませ、一歩踏み出す。

終わらせてたまるか。逃してたまるか。

「ちょっと待って。そんなヒールの高い靴履いてふらついていたら、危ないよ？　おれが表通りまで送ろうか」

よし！　言った！　言えたぞ。我ながら上出来だ、と内心拍手喝采の自画自賛。

「そうしてもらえると助かります」

よし！　ナイス隆夫！　と喜んだのも束の間、彼女は言った。

「い、いえ。お気になさらずに。せっかくの時間をお邪魔するわけにはいかないので」

やっぱりスーツがお好みか？　たまには毛色の違う男もいいんじゃないか？　とちょ

い悪伊達男《わるだておとこ》を憑依させる。思わず自分の本性が本気を出してしまう。

「途中で転んだら危ないし、この辺物騒だからダメ」

本当は、自分が一番危なくて物騒な男になりかねない。

「大丈夫だよ、百合佳ちゃん。気にしないで送ってもらいなよ」

隆夫がのんびりと警戒心を抱かせないような口ぶりで後押しする。

「いや、だって、マスター久しぶりの再会でしょ？」

「男同士でそんなに再会に浸らなくてもいいんだって。なあ隆夫」

「一ノ瀬さん、綺麗《きれい》な女の子大好きですもんね」

「てめ、そんな言い方すんなや。誤解されるだろ」

おれは口をちょっと尖《とが》らせ、恨みを込めて隆夫を睨《にら》む。彼はからかいを含めながら
「まあまあ」とたしなめた。

「でも、やっぱり申し訳ないので結構です。ご心配おかけしてすみません。ありがとう
ございます」

くそ。隆夫が余計なことを言うから、さらにガードが固くなったじゃないか。

彼女は軽く頭を下げて、ふらつかないように注意深く歩きだす。少しは酔いも醒めた
らしい。ジャケットを羽織り、軽くなった足取りで歩きだしたかと思いきや——

「ぎゃっ！」

「えええええ⁉」

入り口でずっこけた。そんなに段差は高くないのに、足首をくじいたのかそのまま横転。彼女は横座りのまま、がっくりと頭《こうべ》を垂れた。

もう、これはおれが彼女についていなきゃいけない、という神の啓示だ。勢いづいて、ここぞとばかりに彼女のそばに行き、立ち止まる。

「ほら。人の厚意を素直に受け取らないから〜」

彼女が顔を上げる。涙目の少し呆けた表情が、いたいけで可愛らしい。

「隆夫、タクシー呼んで」

「もう呼びました」

「さっすが〜」

奥から返ってきた返事に頷いて少し屈むと、彼女の脇に肩を入れ込み、腰を抱き寄せた。

「はい、立って」

耳元に口を寄せる。彼女の甘い香水の匂いがやる気に火をつけた。子供にさせるように立たせ、そのまま店に戻って、テーブル席に誘導する。

「あーあ。手ぇ擦りむいてるし、ヒール折れてんじゃん」

足元に跪《ひざまず》くように片膝をつき、呆れた口調で言った。

「絆創膏《ばんそうこう》探してくるね」

隆夫がおれにおしぼりを渡して、バックヤードに戻った。

「せっかくのドレスと靴が台無しだね」

「すみません。結局ご迷惑おかけして」

「迷惑？　いいや？　役得だな、と」

人の悪い笑みを唇の端っこに浮かべて、人差し指で彼女の脛《すね》をスッとなぞった。ピクンッと彼女が震える。

「え、あの」

「ここ伝線してるよ」

顔を赤らめて戸惑う彼女が可愛くてたまらない。込み上げる喜びが顔に出る。悪戯《いたずら》が過ぎないように自重して、カウンターに戻る。

「絆創膏《ばんそうこう》あった！　百合佳ちゃんこれ使って」

「ありがとう。ごめんね、マスター」

小走りで戻ってきた隆夫から絆創膏《ばんそうこう》を受け取り、彼女は自分の手の付け根に貼る。とその時、思いのほか早くタクシーが到着した。

「じゃあ、隆夫。金置いていくから」

おれはラムを飲み干して、彼女の前で立ち止まった。

「人の厚意は素直に受け取らなきゃ、また罰当たるよ？」

脅《おど》すつもりはない。けれど、逃すつもりもない。気迫に負けたのか、彼女はおれの手を取った。

ようやく手にしたエスコートの権利。思わずにやけてしまう。

「そういう靴にはさ、こういう杖が必要なんじゃない？」

「杖ですか？」

おれの言葉の意味がわかっていない様子で彼女が訊いた。

「おれみたいな」

彼女の手を自分の腕に置く。

「嬉しい。ちょうど欲しかったのでお借りしますね」

頬を赤らめた彼女が微笑む。どうやら嫌がられていないようだ。

距離がぐっと縮まった気がした。

タクシーに乗り込めば当然、行き先を尋ねられる。いくらなんでも飲み屋で会ったばかりの行きずりの男を乗せて自宅には行かないだろう。

だとしたら、適当なところで降りてさよならだろうか？　だったら、他の店で飲み直したい。せめて連絡先を交換するくらいには持ち込みたい。

「えーっと」

迷う声に、わずかな可能性を願う。彼女はおれに視線をよこす。真意はまだ見えてこない。

「百合佳ちゃん？」

名前を呼べば、彼女はピクンッと反応する。肩が触れ合うくらい距離をつめる。彼女は頬を紅潮させ、少しぼんやりしている。

「大丈夫？」

尋ねると彼女は過敏な反応を示した。

「だ、大丈夫です」

少し背中を丸めて、彼女を覗き込む。

「初対面でこんなこと言うのもなんだけど、嫌なことでもあった？」

「そう見えました？」

「うん。あと、帰りたくなさそうに見える。おれが来たせいで仕方なく帰るなら、どっかで飲みなおす？　付き合うよ」

帰りたくないかはわからない。どちらかといえば、おれの願望だ。そう思っていてほしい。

店から出てきた隆夫の視線に、彼女が気づかなければいい。

気が削がれる。つーか、店に戻れ。

彼女は運転手に一瞬の愛想笑いを向けてから、おれに向き合う。まっすぐに見つめられ、ドキッとした。

白桃のような頬と、赤く染まった目尻。この子に触れたい。キスしたい。欲情が込み上げてくる。

「百合佳ちゃん？」

わずかに首を傾ける。キスしたい。そればっかりで、無意識に近い行動だった。どうしたら手に入るのかと焦っていたら、彼女の顔が迫り、軽く唇が触れた。

衝撃が走り、頭の芯が痺《しび》れるようだった。

「こういうの、ご迷惑でしょうか？」

「ん？　大丈夫。さっきも言ったけど、役得だと思ってる」

浮かれる気分のまま笑って、腰に伸ばした腕に力を入れた。彼女は笑い返しておれの耳に唇を寄せた。なんて大胆な。そして、距離感が好みすぎてくらくらする。うっかり下半身が硬くなった。

「ではさっそく、どこか行きません？」

「それって、二人だけになれるような場所ってこと？」

熱に浮かされているみたいだった。すっかり彼女のリードにのせられている。息が熱くなっている。みっともない犬のようだ。

可笑しそうにクスクス笑う、余裕綽々《しゃくしゃく》な彼女の様子が悔しくて、不意打ちで耳を舐《な》めた。こういうことがしたかった。犬でいい。

運転手にホテルの名前を告げると、ムッとした短い返事が返ってきて、車が発進した。小さくなっていく隆夫を振り返りながら手を振った。

彼女はようやく自分を見せ始めたようだ。

それにしても、どうなんだろう。彼女は慣れているのだろうか？　よく、手慣れた男が女を引っかけてやってしまうことを『喰う』とか表現するが、この場合、喰われるのは自分のような気がする。だが、それでいい。喜んで喰われたい。けど、やっぱり一期一会は嫌だ。体の次になっても、心を繋げたい。

「やっぱり自棄《やけ》？」と訊けば「何も聞かないでください。頭空っぽにしたいんです」なんてはぐらかされたのが悔しくて、肩を引き寄せ、キスをした。自分を刻み込むつもりだった。執拗《しつよう》なほど舌を絡ませ合い、音を立てて唇を離した。

彼女は圧倒されたようにただ惚《ほう》けている。優越感から笑みが溢《あふ》れた。

会話もそぞろに、噛み付くようにキスをした。彼女は首に腕を巻きつけて思う存分口づけに応《こた》えてくれる。こちらも、遠慮なく背中や腰を撫で回す。唇を離したりくっつけたりを繰り返す。止まらなかった。

タクシーの中は、ほとんど個室のようなものだと思うことにする。運転手には迷惑だろうが気にしている余裕もない。

夢中になっていると、目的地に到着した。振り払うように支払いを済ませて、さっさとタクシーを降りる。

後に続いた彼女がなにか言いかけたが、うっかりキスをしてしまった。手慣れた男女なら、こんな時どうするのだろうか。

「さて、やめとくなら今のうちだけど、どうする？」

「選択肢なんてありました？」

挑発的に言われて感情が沸き立つ。甘さ控えめの強気な上目づかいが好ましい。

「今なくなった」

がっついてしまいたいのを抑えて、耳元で囁《ささや》くと、彼女の全身が震える。小動物のような仕種が可愛くてまた軽いキスをして、自動ドアの先へ。

振り払われないよう指と指で固く繋いで、迷わずチェックインを済ませ、エレベーターで部屋に向かった。

肩を抱いてエレベーターを降り、はやる気持ちを抑えつつ案内表示に従って進み、部屋に入った。

無邪気にはしゃがれると、さっきまでの勢いがうやむやになってしまう。もしかしたら、この子は手慣れた女ではないのかもしれない。

タクシーの中で見た女より、今、はしゃいでいる彼女が本来の姿なのかもしれない。

それならば、勢い任せになだれ込むのは、あまり得策とは言えない。

周りをそれとなく見渡せば、目的にかなう密室だ。

順番、間違えた？　いまさらながら自問する。これは、このまま下手すれば、彼女を逃してしまうかもしれない。

予想するところ、彼女は何かしら自棄《やけ》を起こしていて、勢い任せに行きずりの男とここに来た。

一夜のアバンチュールをお望みかもしれないが、こちらとしては、そうはしたくない。

気のきいた台詞《せりふ》が浮かばない。だったら、素直に言うべきだ。

ダセェ。でも、かっこつけてしくじったほうが、よっぽどダセェ。

器用な男を演じきれなかった不甲斐なさから、恐る恐る彼女を横目で見ると、意外や意外、彼女は硬直し、みるみるうちに赤くなった。思いもよらない反応だった。よろよろと瀕死の小鳥のように歩み、隣に腰を下ろした。これは、どう転ぶのだろうか。

「ドン引きした？」

もう、答えがわからず、思いきって訊いてみた。

「そういうわけじゃないんですけど、ただ」

もじもじとうつむき、唇を尖《とが》らせるようにして、話し出す。

「言わせてもらえば、私だってこういうの初めてで、あの勢いで突っ走ってもらいたかったっていうか」

恥《は》ずかしげな彼女につられて、年甲斐もなくこちらまで照れくさくなった。

「うん、ごめん。ベッド見たら実感湧いて焦った」

性欲に任せて体を合わせるだけより、よかったかもしれない。

だが、意識すると心臓がバクバクして落ち着かない。タクシーからの流れで言えば、やってもいいわけだ。

でも手慣れた女ではないとわかった以上、少しでも心の距離を近づけたい、などと考えていたら、彼女のほうがぎこちなくなっていた。

もしかしたら、怖くなったのかもしれない。仲良くなりたいのに、警戒されたら、おしまいだ。

衛星放送の音楽番組なら、自分たちのバンドのPVが流れているだろう。それを見てもらえれば、彼女も得体《えたい》の知れない相手だとは思わない。週刊誌に売られるリスクを考えたが、遊んで捨てるわけじゃない。そして、この出会いを信じたい。

意を決して、テーブルの上のリモコンをとって大画面の薄型テレビのスイッチを入れた。

『あああん！　イっちゃう！　イッちゃ』

あわてて電源を切る。最悪だ。おれの一大決心返せ。なんでこう上手くやれないんだ。

おれはがっくりとうなだれた。

「あのー、一ノ瀬さん」

「え？」

「さっきのキス、すっごく気持ちよかったですよ？」

「え？」

突然の告白にドキッとした。

「あー。てか、おれも。キスだけでもすごいよかった」

「ふふ。あんまりよかったんで、ついがっついちゃいました」

「おれも」

「とりあえず、湯船にお湯張っちゃってもいいですか？　せっかく宿泊なんですから満喫しましょうよ！　ね？」

あーあ。気を遣われているな。自分を情けなく思いながらも、彼女の優しさに甘えることにした。

「風呂たまるまで少し、話そうか」

「はい」

彼女が優しく笑って頷いてくれたので、朝を迎えてもずっと一緒にいたいと思った。

ソファに並んでビールを飲んでいたらなくなり、一緒にメニューをみてワインとジャンクな揚げ物を追加することにした。

ジャンクフードにもかかわらず彼女は付き合ってくれる。本当に楽しそうに笑ってくれるのが嬉しい。居心地よく感じるのは、屈託なく楽しんでくれるおかげだとわかっている。

「でもその格好、なんかのパーティー？　それとも結婚式？」

「披露宴《ひろうえん》帰りです。これ、綺麗《きれい》な赤だから気に入って購入したんですけど、披露宴《ひろうえん》で超浮いちゃってました。すごい恥《は》ずかしい」

彼女はあはっと照れ笑いを浮かべる。おれもつられて笑った。

「でもいいじゃん。金魚みたい」

「金魚ですか？　え、それってもしかして丸いってことですか？」

彼女は自分の頬を両手で挟む。丸さは足りないほうだと思うのだが、どうして女の子は気にしすぎるのだろうか。

「ひらひらしてて綺麗《きれい》だなって思ったんだよ。てか、もうちょっと肉つけたほうがよくない？」

「いや、ついてきたんですって。ほんと最近ヤバイんで」

「そうは見えないけどなぁ」

「いいえ。油断できないんです。いくらドレスが綺麗《きれい》でも、着る体のラインも綺麗《きれい》じゃないと、せっかくのドレスの美しいラインが台無しになるんです！」

少し驚いた。なるほど。彼女には彼女のこだわりがある。周りにどんなにくだらないと笑われようと、絶対に譲れない好きなものがあるのは、自分も同じだ。

「ということは、脱いでも綺麗《きれい》ってことか」

「えっ。あ、いや、あの」

おっと、困らせてしまったようだ。エロだけが目的じゃない。もちろん含まれているが。事に及ぶならもっと雰囲気をよくしたい。

「ドレス、綺麗《きれい》だよ。似合ってる」

「ありがとうございます」

「好き？　服とか」

「好きです。服とか、コスメとか」

不意に怒ったような顔になる。きっと、過去に好きなものを否定されたことがあるのだろう。

「好きなものを見せびらかして歩いてるんです、私。いいでしょう？」

好きなものを守ろうと威嚇《いかく》する彼女がいたいけで、切なくなる。

数多く寄せられるファンからの手紙で、自分の大切な夢や希望や好きなものを否定されて傷ついている人がたくさんいるのを知っている。

おれだってミュージシャンになる夢を周りから散々反対され、馬鹿にされてきた。

一人一人に何かしてあげるのは到底無理なので、自分は自分の好きなことをやり続けることで、彼らを肯定し、応援しているつもりだ。届いているかはわからないけれど。

自分が作るソロ活動の歌詞はだいたいそういう人に向けたものだった。中には、一ノ瀬《そっち》は恵まれているからと卑屈になっている奴もいるが、そんなことは気にせず、挫《くじ》けずに顔を上げてほしいと願っている。

他人にはくだらなくとも、自分で見つけ、大事に抱えた宝物を守っていてほしいと。

「うん。いいね」

好きなものを見せびらかして歩いていると言った潔さが好きで、本気で肯定したつもりだが彼女はうなだれた。口だけだと思われたのだろうかと焦る。

「おれも好きだよ。服とか、小物とか」

「確かに。こだわりを感じます」

彼女の目がきらっと輝いた。そういや手入れしてなかったと思い出してさらに焦った。

「私もシンプルにシックな装いをしてみたいとは思うんですけど、つい派手好みに。引き算のお洒落《しゃれ》ができないんですよね」

「いいじゃん。その分食事は引き算ばっかりしてるんだろ？　それに好きなものを見せびらかして歩いてるなんて最高にかっこいいよ。少なくともおれは好きだ」

ぱあぁっと明るくなった彼女の表情が愛らしい。

自分の言葉が水で、彼女は開きたての花のようだった。

「前の男に聞かせてやりたい！　こういう意見もあるんだって！」

〝前の男〟にイラっとした。

人の好きなものを否定してんじゃねえ。惚れた女のなら、なおさら。

おれだったら、そんなことしない。証明してやる。若干嫉妬《しっと》も入り混じり、なんだかよくわからない対抗心に火がついた。

「そんなにショックな披露宴《ひろうえん》だったの？」

「え？　いえ、別に」

「もしかして、その昔付き合ってた男の結婚式だったとか？」

「そんなんじゃ、ないです。別に、ほんと、なんでもないです」

「でも、自棄《やけ》になっておれみたいな見ず知らずの男とこんなとこに来ちゃうんだから、何でもないってこたないでしょ」

「馬鹿女ってことは重々承知してます。反省してます。でも、相手が一ノ瀬さんでよかったです。この状況って下手したらものすごく危険ですよね。こんな冒険二度としません」

「二度としないのはいい心掛けだけど、安心するのは早くない？」

彼女の顎《あご》を持ち上げ、軽くキスする。

ファンには絶対にできない方法で彼女を全肯定する。出会ったばかりだが、今夜、彼女はおれの特別になった。

そんな男、忘れろ。

鳩が豆鉄砲を食ったような顔の彼女に、また口づけた。

「んっ」

唇でこじ開けて、舌を入れる。彼女の羽織っていたジャケットを落とし、むき出しにした肩を撫でる。

「いち、のせさ、ん」

彼女は唇を離して短い呼吸でおれを呼ぶ。こっちを見つめる潤《うる》んだ目とぶつかった。

「おれ、一ノ瀬恭司っていうんだ。下の名前、呼んでよ。百合佳ちゃん」

「……恭司さん」

「そんな声で呼ばれると、ゾクッとくるね」

ちゅっと音を立てて、首筋にキスをする。だが、これからという時に呼び鈴が鳴った。

まあいい。仕切り直しだ。思いのほか彼女のほうが、がっかりしていて可愛かった。

――正直、『可愛い』と油断していた。ライブの演奏中に、陶酔《とうすい》することはあっても、セックスで我を忘れたのは、初めてだった。喰われたと思った。

主導権はころころ変わり、最終的に自分にあったとしても、百合佳の乱れように引きずり込まれたような気がしてならない。

繋がった部位がどろどろに溶けて、癒着してしまったのかと思った。いきたいのにいきたくない。ずっとこうしていたい。腰が止まらない。無我夢中で動いていたら、百合佳が痙攣《けいれん》して、失神しかけて、我にかえった。

体を離し、何度も百合佳の名前を呼んだ。彼女がいなくては、せっかく始まりそうな薔薇色《ばらいろ》の日々が消え失せる。

「百合佳ちゃんっ？　大丈夫？」

「こんなの……、知らな……ぃ」

辛うじて呼びかけに応《こた》えてくれたが、そのまま眠りに落ちてしまった。

「えっ、ありがとう。じゃねえ。百合佳ちゃん？」

何度も息と鼓動を確認して、ただ眠っているのだとわかって、照明を絞った。

安堵《あんど》すると眠気が襲ってきた。少しだけ、眠ろう。やや物足りないが目を閉じた。

着信音が鳴った。どれくらい経ったかわからないが反射的に目が覚める。嫌な予感しかしない。ディスプレイには『りさ』と表示されている。

　やっぱり、と肩を落とす。めんどくさいことになりそうだ。溜息をついてベッドを出た。百合佳を起こさないように、ついでにシャワーを浴びようとバスルームに向かう。

「もしもし？　おう、なんだよ？」

『なにしてるの、イッチ！』

「あ？」

『イマドコ!?』

「今？　地元に戻ってるよ」

『なんで地元なんかにいるのよ！』

「いいだろ別に、オフなんだから」

『よくないわよ！　何呑気《のんき》に地元なんかにいるのよ！　曲はできてんの？』

「いや、リサだって友達と旅行がどうの言ってたじゃねえか」

『私はもう東京に戻ってるのよ』

「ああ？　東京に戻ってきてるって？　んなこと知るかよ」

『できたわよ！　できたの！　歌詞見て！』

「は？　デキた？　お前デキないっつってたじゃねーか。マジかよ。まあいーや、オメデトウ」

『ほら、東京に帰ってきて。いますぐ』

「はぁ？　今から？　帰んねーよ、何時だと思ってんだよ」

『いますぐよ、イッチのバカ‼』

「うっせえ、そうそうお前の都合に振り回されてたまるか」

『役立たず！　ふにゃちんクソ野郎‼』

「……は？　おい、リサ？　チッ。切りやがった」

なんてワガママお姫様気質だ。自己中にも程がある。どうやって育てたら、あんな性悪になるんだろうか。

苛立ちを溜息に変えて吐き出す。

まあ、いい。今夜はついに最高の出会いを果たした。ヒステリックな姫君の悪態など屁でもない。麗《うるわ》しのファムファタールを思えば、自然とにやけてしまう。

シャワーを浴びたら、彼女を抱いて眠ろう。きっとこの上ない極上の睡眠時間になるだろう。

彼女の滑らかな肌を傷つけないように髭《ひげ》も整えておこう。不快な思いをさせないように。備え付けの安っぽい髭《ひげ》そりをバスルームに持ち込む。

あんなに百合佳をはしゃがせた泡風呂の泡も、ほとんど消えてぬるくなっている。

湯船に体を沈め、思い切り息を吐いた。

この世の極楽が来た。寝息を立てて眠る彼女を思うと胸が弾《はず》む。両の手で湯をすくって顔を洗った。髭《ひげ》を剃ると、肌を少し切ってしまった。しかもカミソリ負けまでした。なんだよ、ついてねーなぁ。

全身を洗ってシャワーで流し、腰にタオルを巻いて意気揚々とベッドに戻ると、そこはもぬけの殻だった。

あれ？

おれは周りを見渡した。トイレかと思ったが、人気《ひとけ》がない。

ストッキングがごみ箱に丸めて放ってある。混乱して状況が理解できない。とりあえず腰が抜けたようにソファに座れば、ローテーブルに置かれた一枚の便箋が目に入る。

〝二度と会うことのない女に優しくするより、奥様とお腹のお子さんを大事にしてあげてください。さようなら〟

そして添えられた万札二枚。

さようなら？　誰のこと？　そしてこの金は？　この手紙の中の、ろくでもない男はどこのどいつだ？

悪い夢でも見たんじゃないのか？　つーか、二度と会えないのか？　それが一番応《こた》える。

金を置いていったということは、それまでの関係だと見限られたということか。

身を挺《てい》してきっかけをくれた綺麗《きれい》な靴が置いてきぼりにされている。傷だらけで、華《きゃ》奢《しゃ》な踵《かかと》がバッキリ折れている。

ボケッとしてる場合じゃない。服を着て、アクセサリーをポケットに放り込み、シンデレラの靴を持って、走りだした。

置き手紙がなければ、もっと最悪の気分で好きになった相手を恨むところだった。

誤解なら解けばいい。思い当たる節といえばリサからの電話だけ。自分には疚《やま》しいことなど何一つない。

(百合佳ちゃん、どこいった)

チェックアウトして外に出ると、刺すような冷たい風が吹いた。

あんな薄着で、しかも裸足で、こんなに寒い真夜中の街を一人で歩いていったのか。

そう思うと胸が痛んだ。

(百合佳、どこだ。百合佳ちゃん)

電話の時に起きていたのなら、今のは誰かと訊いてくれたらよかったのに。

まだまだ彼女との心の距離は遠かったようだ。こんなことになるなら、ちゃんと自己紹介をしとくべきだった。体を繋げるより、言葉のほうが大事だった。

だが、いまさらもう遅い。彼女はどこにも見当たらない。

ホテル近くに並んだタクシーの五台全部に百合佳の特徴をあげて探していると告げた

が、誰もが首を傾げた。

仕方なくタクシーを拾い、隆夫の店に戻った。

なんでもいい。とにかく彼女に繋がる手がかりが欲しかった。

「百合佳ちゃんの連絡先？　知らないなぁ。すみません。わからないです」

隆夫は腕を組んで首を傾げた。

閉店後の午前三時半。ラムロックの入ったグラスを手に、おれはがっくりとうなだれた。

「なんかめちゃくちゃいい感じだったのに、どうしたんですか」

「どうも誤解されたらしい」

「誤解？」

「リサからの電話が原因だと思うんだけど、まあ、なんだ。おれの受け答えが悪かったのかもしれない」

「はあ。それにしても、一ノ瀬さん。こう、思い込んだら猪突猛進するの、変わらないですね」

「え。だからこうしてロックスターになってんだけど？」

「相変わらず馬鹿だな。恭司は」

その時ふらりと現れたのは、幼馴染《おさななじみ》の長谷川誠司だ。

「誠司！　聞いてくれ！　シンデレラに逃げられた！」

「そりゃ、そういう決まりだからな。魔法がとける以前に、良家のお嬢さんが日付が変わるまで男とダンスしてるのも、どうかと思うぜ。いくら相手が王子でもさ」

「外国の概念は違うんだよ。たぶん」

「で、その靴がガラスの靴？」

「置いてきぼりだぜ。可哀想だろ」

「どうするんだ？」

「なんの手がかりもないんだ。どうすることもできない」

「手がかりならあるだろ。いや、それじゃ、足がかりか？」

誠司はおれの手元の靴を指差す。そして続ける。

「おとぎ話の王子はどうした？」

「え。知らない」

「馬鹿め。国中にお触れを出し、従者に靴を持たせて、探させた。国中まではいかなくとも、それに匹敵するくらいは、メディアと仲良しなんじゃないのか、ロックスター」

「誠司、お前やっぱ天才だわ。その提案、パクらせてもらう。隆夫、チェック！」

「いいですよ。景気づけです」

「サンキュー。また来る！」

おれは彼女の残した靴を手に、走って店を出た。

――走り去った恭司を見送りつつ、隆夫は誠司に尋ねる。

「いいんですか？　一ノ瀬さん、焚き付けて」

「恭司は単純馬鹿だけど、それがチャームポイントだ」

「そういう問題ですか？」

「アイツが突っ走ると、必ず周りが動き出す。そして目的は果たされる」

「一ノ瀬さん、なんか惹《ひ》きつけられるものがあるもんなぁ」

「昔からそうだ」

「うまくいくといいですね。お似合いだったし」

「いくに決まってる」

「ほんと。長谷川さんは一ノ瀬さん贔屓《びいき》ですよね」

「そんなことない」

誠司はぶっきらぼうに答え、ストゥールに腰かけた。

「ブランデーを垂らしたぬるい紅茶をくれ。蜂蜜も忘れずに」

❖ ❖ ❖

オフが明けた後――おれは、都内の某所にある撮影スタジオにいた。

知り合いのスタイリストのツテであの靴は綺麗《きれい》に修理してもらい、今も手元にある。

「どうしたの、その靴」

ヘアメイクのみちよが、おれの手の中にあるハイヒールを指差した。

「それ、知り合いのデザイナーのかも。ricaconic《リカコニック》。ほら、そうだ」

言われて見れば、中敷きに〝ricaconic〟と金色の印字がしてある。

「えっ、知ってんの？」

「専門学校時代の同級生で、今ミラノにいるんじゃなかったかな」

「海外か……」

「なんで一ノ瀬くんが持ってるの？」

「シンデレラの忘れ物」

「どういうこと？　下世話な話？　なら聞くけど」

「めくるめくロマンスの話だって」

「え、なに言ってるの。キモイんだけど」

「いや、キモイって」

「靴と一緒に置き去りにされたんじゃないの」

「えっ、どこで見てたの？　怖ッ！」

おれの反応に、みちよが大笑いする。

「嘘でしょ、マジ!?　一ノ瀬くん、いいわ～！」

「つーわけで、シンデレラの捜索、協力してね。男前に魔法かけてくれ」

「任せて。あーウケるぅ」

「笑いすぎだから」

「ごめん。ちゃんと男前にするから許して」

と言いつつ、みちよはまだ笑っていた。

「で、どこで置き去りにされたわけ？」

「地元のホテル。観覧車見えるとこ」

「あはははは！　ベタに雰囲気作ってんじゃないわよ！　ゴシップ誌の餌食じゃん。学習しなよ」

「いや、今回は運命だと思ったんだもん。しかも濡れ衣だし」

「なに。本気？」

「おれ、常に本気で全力がモットーだから」

「っていうか、昔一般人女性に売られそうになってなかった？　今回は？」

「手入れの行き届いた綺麗《きれい》な女の子だったよ。この業界にいるわけじゃなさそうだったけど」

「セミプロじゃないでしょうね？」

　みちよの言葉に笑ってしまう。

「セミプロってなんだよ」

「まったく売れてないモデルとか」

「そういう覇気はなかったなあ。服とかメイクは好きだって言ってたけど」

「えー。こっち側？」

「ぜんっぜんわかんねえ」

「話の流れでなかったの？　自己紹介的な」

「なかった。そういうのさえ、いらないくらい盛り上がってた、はずだったんだ」

　みちよがおれの側頭部を持って強引に前を向かせる。

「まあまあ。逃げ出したシンデレラが後悔するくらい、男前にしてあげるから前を向きなよ」

「さすがミッチー。男前だな」

「でしょ。シンデレラを捕まえた暁《あかつき》には紹介してね」

「断る。逃げ出された次は女に寝取られるなんてごめんだ」

「あら、自信喪失？」

「誤解とはいえ、さっさと置いていかれた男に何の自信があるっていうんだよ」

「それはどうかな？　けど、一ノ瀬くんは大丈夫。マグノリアで一番のヒロインだから」

「はいはい。どうせおれはいじられキャラだよ」

　みちよがわかってないなあと肩をすくめた。わかるように教えてくれよと思ったが、悔しいので黙って鏡を見ていた。


「え？　靴の話題？」

　撮影から数日後、とあるホテルの一室で、デビュー当時から世話になっている音楽ライターの関根《せきね》に、出来上がったばかりのグラビア写真を見せて、この靴の話題を載せてくれと頼んだ。

「そう。シンデレラ探してんだよね。あんまりバレるのも怖いから、それとなく？」

「難しいことというねぇ。大丈夫なの？」

「まあ、後から説明なりなんなり……」

「心配だなあ……」

「関根さんには迷惑かけないから、お願い！　一生のお願い！」

「いや、僕はいいよ。一ノ瀬くんが大丈夫なのかなあ、って」

「大丈夫大丈夫。アイドルじゃあるまいし！」

「うーん。そうかなあ？」

「そうだよ。だからお願い」

少年のようにねだると、関根もついほだされてくれたようだ。

「わかった、それじゃあ、始めようか」

関根は、にこりと笑い、ＩＣレコーダーのスイッチを入れた。


とにかく、自分がやれることはやった。暇さえあれば地元に戻り、隆夫の店や港周辺を歩いた。そんな時、海に臨む公園で誠司に出くわした。

「シンデレラは見つかったのか？」

「まだお触れが出てない」

「山手《やまて》の女王陛下には訊いたのか？　あの人なら靴の手掛かりを知ってるかもしれないぜ。日本のオートクチュール界でも名の知れた人だ」

「鏡花姉ちゃん？　いやぁ、いくらなんでも鏡花姉ちゃんの知り合いではないだろ」

「シンデレラのことを知らなくとも、ガラスの靴のことは知っているかも」

「なんか、この靴のデザイナー、今ミラノだってさ」

「そうか」

「まあ、お触れが出てからが勝負だから」

「お前が音楽以外にそんなに熱心になるのは珍しいな」

「うん。なんつーか、出会ってしまったって感じなんだよ」

「よかったな。これで恭司のご両親は安心だ」

「いや、まだどうなるかわかんねーし」

「どうなるか、じゃなくどうにかするんだろう。お前はそういう奴だ」

「誠司」

「なんだ」

「応援ありがとう」

「礼には及ばない。なんたっておれは口出ししているだけだからな」

誠司は首を傾けた。笑っているつもりなんだろう。もともと物静かで人見知りだった。でも、その内側にはとんでもない情熱と狂気が秘められていた。彼自身も手を焼くような。

誠司のアレに比べたらおれの災難なんか可愛いもんだよな。胸の中が苦しくなる。

誠司は狂気に呑み込まれてしまった。自分が彼をバンドの道に巻き込んだのも一因ではないかと、後悔している。

だが、引きずり込んだ手前、誠司の歌声の一番のファンだと自負していることもあり、歴代のロックヒーローよろしく星になってもらっても嫌なので、無理やり自分が立ち上げた事務所の社長の後任にした。

「なにを突っ立っている。通行の妨げだ」

「そう邪険にすんなよ」

「するとも。おれはなりふり構わず突き進む恭司が好きなんだ」

「なんだよ。悪いけど、おれの隣は予約済みだぜ」

「ほらな、勢いのないお前はただの馬鹿だろう？」

「ほらな、じゃねーよ‼　んだよ、たまには優しくしろ！」

「いつまでも変わらないな。お前は。どうせシンデレラのテーマでも作っているんだろ」

「今回はまだだけどな‼　今度ゆっくり飲もうな！」

——恭司の背中を見送った誠司は、ぽつりとつぶやいた。

「いつだっておれも、世界だってお前に優しいと思うんだがな」

肩をすくめてジーンズの尻ポケットから携帯を出し、操作してから耳に当てる。

「ああ、久しぶり。仕事を一つくれないか？　おれじゃない。一ノ瀬恭司に。よろしく頼む。詳しいことはまた連絡する」

何食わぬ顔で通話を終わらせると、誠司はふらりと歩き出した。

❖　❖　❖

レコーディングスタジオで、新曲の録音が始まった。今日は自分一人かと思っていたが、ボーカルのリサがいた。休憩ブースの椅子に脚を組んで座っていて、おれを見るや手招きをしたので重い防音ガラスの扉を開けて中に入った。

「よう。なんだよ」

「みちよちゃんから聞いたけど、捨てられたってマジ？」

「捨てられてねーよ。逃げられたけど」

おれの答えにリサが噴き出す。

「なんで逃げられたの？」

「完全に誤解なんだよな。リサの電話しか思い当たる節がねえ」

「えー。私のせい？　だってお楽しみの最中だとは思わないじゃない。イッチって仕事人間だし、もう枯れてるもんだと思ってた」

「当たり前だろ。仕事仲間相手に潤《うるお》ってらんねーよ」

「深夜に密室で二人きりでも危機感ないの、イッチくらいだものねえ」

「いちいち危機を感じられちゃ、やってらんねえだろ」

「そんなんだから、いまだに長谷川さんとデキてるって噂されんのよ。ほんっとムカつく」

「え。マジで」

「知らないの？」

「知るかよ」

「私だって長谷川さんとウワサされたい！」

「いや、無理だろ。だいたいあいつは、もう表舞台になんか興味ねえし」

「でた。幼馴染《おさななじみ》のおれが一番わかってます感。実際そうだから何にも言えないのが悔しい！」

「いや、そうじゃなくて噂されるかどうかの話だろ。つーかリサのウザすぎるその愛で誠司の永久凍土を何とかしてくんねえかな」

「できるもんならやりたいわよ！」

「だよなあ」

「怒んないのね。私のこと」

「なんで?」

「私の電話のせいでシンデレラに逃げられたんでしょ?」

「そりゃもちろん自己中な呼び出しは控えてほしいけど、なんでリサのせいになるんだ? おれと彼女の問題だろ」

「イッチって、馬鹿なのか聡明なのかわからないわ」

「え。どういうこと?」

「一度週刊誌に売られそうになったんだから学習しなさいよってところがバカで、自分の問題だと認識しているところが聡明」

「しおらしいこと言ったかと思ったのに、一分も持たねえな」

「それに、どうするの? 雑誌、あんな公私混同して。一夜限りのシンデレラが悪い魔女だったら?」

「週刊誌にたれ込むより、おれになびいたほうがずっといいのになあ。愛も金もセックスもあるんだぜ?」

「その三大要素のうちの一つの、セックスがダメだったんじゃない?」

「マジかよ! あれが演技ならおれ死ぬわ!」

「知らないし知りたくもないんだけど! 死ぬなら生命保険の受取は任せて!」

「うっせえ。受取人をリサにするくらいなら誠司にするっつうの」

「それもそうね。あ、そうだ。イッチ、今日このあとラジオの収録来てね。十八時」

「おっけー。わかった」

リサの用件はそれだけだったらしく、椅子から立ち上がりひらりと外に出て行った。

リサの持っているラジオ番組の収録までたっぷり八時間はある。早いところ済ませてしまおうと休憩ブースを出ると、スタッフの一人がこっちに走ってきた。

「あ！　一ノ瀬さん！　さっき連絡あったんですけど、今度あるファッションフェスタ、出演決まりました！」

「はっ？」

「以前、カムイ・ヒロナガのコレクションに出演したでしょ？　十年ぶりにまたやりたいそうです。それとはまた別に、今回雑誌でricaconic《リカコニック》の作品と写ったグラビアの件でも仕事が来てます。タイアップの前振りだってことにしようって、社長が掛け合ってくれたそうです」

「んん……」

逃げた彼女は服が好きだと言っていた。チャンスが巡ってきたのは確かだが、短い期間で体を絞らなくてはならない。前回は半年の猶予があったのに。誠司め。やってくれるじゃねえか。

「ショウに出なきゃなんないの？　ポスターとかじゃなくて？」

「ricaconic《リカコニック》のほうはそれでいいと思いますけど、カムイさんのほうはショウに出演してほしいみたいですね」

やっぱりか。うんざりして肩を落とす。パーソナルトレーニングでの体作りもウォーキングレッスンも悪くなかったが、禁酒が地獄だった。ポスターなら修正が利くがショウはそうはいかない。

「無理じゃね？」

「一ノ瀬さんなら、三キロ絞ればいけるっしょ」

「ははは。いい体しててよかったあ」

なかばやけくそで答える。

「ほんとっすね！」

思いのほか軽めに素早く返された。

でもいい。せっかくのチャンスだ。やってやろうじゃねえか。

もう一度会いたい。あの日の誤解を解きたい。そしてまた初めからやり直したいんだ。

3　吉塚高志の献身なるお節介

三月に入り、いくらか寒さも和らいできたうららかな昼下がり。休日になんの予定もない吉塚高志は、駅ビルの大型CDショップに立ち寄っていた。

ジャケット写真がいいものや、好きなバンドのメンバーが参加しているグループの新譜などを物色し、視聴コーナーで聴いてみる。いいものもあれば、まったく響かないものもある。

いいものであればその場で購入する。歌が少し微妙でも、好きなミュージシャンが参加しているものは購入してしまう。

中でも一ノ瀬恭司は彼にとって別格のミュージシャンだ。地元出身というのが信じられない。もともと雲の上の人物だと思っているが、吉塚にとって一ノ瀬は、天に二物も三物も与えられた特別な存在だ。

ギターを抱えて立つだけで、彼はその場にいる全員の敬意と憧憬と少しの嫉妬《しっと》を湧き起こさせる。

音を出して演奏すればすべて心酔に変える。まるでハーメルンの笛吹きのように、彼の姿を見て、音を聞いて、魅了される人間は後を絶たない。

今のマグノリアというバンドの前に組んでいたクラックスパナヴィレッジというバンドを、高校生の時に友人を介して知り、長谷川誠司の攻撃的で独特なシャウトに一撃でやられた。

それを引き立たせる一ノ瀬恭司の疾走感のある、ぶれないカッティング。ベースの吉《よし》田浩二《だこうじ》の体をうねらす無骨な音も、ドラムの池田淳次《いけだじゅんじ》が放つストイックなおかつエネルギッシュなリズムも、とにかく何を聴いても心が躍《おど》った。解散ライブで本気で泣いてしまったのも、あのバンドだけだった。

二〇〇四年に結成されたザ・コールド・マグノリアで、一ノ瀬が加入したと聞いた時は複雑だった。

あんないいとこ取りの戦略バンドで彼本来の音が聴けるのだろうか？　クラックジャンキーと周りに馬鹿にされるほどの吉塚だったが、ファーストアルバムの『Lady《レディ》 Gerbera's《ガーベラズ》 pleasure《プレジャー》』で不安は吹っ飛んだ。実力派揃いの仕組まれたマリオネットバンドだろうが、畑違いだろうが、一ノ瀬は一ノ瀬だった。もう一生ついていくとさえ誓った。

そんな吉塚も、今回のツアー中断で被《こうむ》った一人だ。週末に休みを取っていたのが無駄になってしまった。振り替え公演があるが、行けるかわからない。思い出してがっかりしつつ、店内を見回っていると、角の雑誌コーナーに目が留まった。

数ある音楽誌の中でも古株の『Rock'n' People《ロッキン ピープル》』の表紙を見て思わず手に取ってしまった。

表紙のグラビアが一ノ瀬恭司だったというのはもちろん、彼が手にしていたヒールに見覚えがあったからだ。

吉塚は表通りのブティックの販売員で、店には主にオーナーの西園寺《さいおんじ》鏡花がセレクトした商品を置いている。彼女の知人のデザイナーの作品なども多々あり、大体が少数生産か一点もの。その分値段は張るが品質はいい。

立って一歩踏み出すのも苦労しそうな高いヒールに、デザイン性重視の曲線。パール系の薄いシャンパンゴールドのシルクを鞣《なめ》し革《がわ》に幾重にも重ねて、踵《かかと》のラインにクリスタルビジューのついたよそゆき用の靴。

え？　これって……

鳥肌が立った。一月《ひとつき》程前に、職場の先輩が一目惚れして騒いでいた一点ものの限定品。

店員のくせに内金して、給料日まで取り置きしていた、あのハイヒール。

クラシカルな革張りのソファに横たわった一ノ瀬恭司は、それと同一のものを手にしている。

え？　嘘だろ？　でも。

もしかしたら、この広い世の中に同じようなデザインがあるのかもしれない。けれど、吉塚も販売員の端くれだ。自分の店に入ってきた商品、しかも、デザイナーが心を込めて送り出した自信作を見間違うはずがない。

変な汗をかきながら、おそるおそる雑誌を捲《めく》った。

八ページにわたるグラビアのすべてに、見紛うことない彼女の靴が、一ノ瀬と写っている。自分にはほとんど関係ないはずなのに、心臓がバクバクして落ち着かない。

彼がデビューした頃から懇意にしている音楽ライターと、冗談交じりに靴のことに触れていた。

地元で拾った壊れた靴がとても魅力的だったから拾って持ち帰り、修理してリリィという名前まで付けたという。持ち主が見つかるといいけれど、と靴の話は締めくくられている。

吉塚は考える間もなく雑誌を手にレジへ走った。焦りすぎて支払いにまごついた。

リリィは百合を意味する。彼女と彼の間で何か起こったのは間違いない。

この間、彼女は一ノ瀬を見たと言っておきながら、結局会ったバーを覚えてないとすっとぼけていた。けれど、あんな特別な雰囲気を持つ色男を見た場所を忘れるだろうか？

銃弾のように駅ビルを飛び出して、駐輪場に停めておいたスクーターに乗った。

すっとぼけた上に仕事も押し付けて。いや、何よりやはり、あの一ノ瀬恭司と面識があるなんてずるい！

裏道を縫うように通って職場へ急ぐ。

店先にスクーターを停めて、袋に入った雑誌を掴む。透明なガラスドアから、レジでぼんやりしている彼女の姿が見えた。

ガラスドアを開け放ち、驚いた顔の彼女と目が合った瞬間、逸る気持ちにブレーキがかかった。

「どうしたの？　吉塚くん」

少し低いが通った鼻筋、くっきり引いたアイラインで勝気に見えるアーモンド形の瞳。小首を傾げる彼女は、最近髪形を変えた。

「……湊さん」

持っていた袋をうしろに隠す。

「どうしたの？　今日休みでしょ？　もしかして携帯忘れた？」

からかうような目でこちらを見て、彼女は吉塚の着ているスタジャンをつっつく。

これを見せて、彼女はどんな反応をするだろう？　部外者の自分のせいで治りかけていた傷が開くようなことにならないだろうか。

「あ、あの……」

「ん？」

一歩後退《あとずさ》り、唾を呑み込む。何を言えばいいのか、いまさら混乱して、思いつかない。勢いで要らない世話を焼き、彼女を傷つけるのは忍びない。

「携帯、鳴ってました？」

「ううん。聞こえなかったけど。なんならかけようか？」

彼女は苦笑してジャケットから携帯電話を取り出す。

「あ！　いえ。いいです。通話料もったいないし、お手を煩《わずら》わせるわけにはいきませんので」

「なに言ってんのよ」

彼女はくすくす笑いながら携帯を操作し耳に当てる。すると、吉塚のスタジャンのポケットからバイブレーションの振動と、クラックスパナヴィレッジの曲が鳴り響いた。

「もしかして、寝ぼけてた？」

彼女は眉をひそめて電話を切る。

「あー……、えーと……」

まずい、これは、まずい。吉塚は黒目を泳がせ、さらに後退《あとずさ》った。

「どうしたの？　顔変だよ？　なんか用事？　オーナーなら外出中だよ」

「いやっ、オーナーに用はないっす。てか、顔変とか言わないでくださいよ！　ああ、あの、湊さん、終わったら飯食いに行きません？」

「先月出費が多かったから奢《おご》らないよ」

「や、僕が誘ったんで出します。ただ高い店は無理なんで、ファミレスでもいいっすか。ちょっと話あるんで」

「ネットワークビジネスと宗教の勧誘ならお断りよ」

「そんなんじゃないです」

「どうしたの？　仕事の悩み事？　彼女と上手くいってないとかリア充の話なら友達とやってね？」

彼女がいたら休日に一人で街をほっつき歩いていない、そう抗議しようと思ったが――

「……湊さん、本当に男いないんすか？」

ちらっと探る目線を向ける。

「殺すよ？」

微笑を浮かべてさらりと言われ、吉塚は頬を引き攣《つ》らせた。

「す……すんませんでした……」

やはり百合佳と一ノ瀬の間になにかあったのではないか。

野次馬根性の好奇心が膨らむ。聞きたい、だけど、聞いてはいけないような。でも。

「なんか深刻そうだね。終わったらメールする。ファミレスぐらいなら奢《おご》るから元気だして」

背中を押されて店の外に出た。勢いで来たものの、その理由を今告げるべきか迷って振り向くと、彼女は心配そうな微笑を浮かべた。

「ずるいっすよ、湊さん」

そう言うと、彼女は「はあ?」と素っ頓狂な声を上げた。

「なに言ってんの? 吉塚くん頭大丈夫?」

こういうところがなかったら綺麗《きれい》なお姉さんなのに。オーナーに似て時々がさつだ。

二人とも吉塚の扱いが雑すぎる。

「なんでもないっす」

吉塚は溜息をついて彼女に背を向けた。

「心配なんだけど」

え? と振り向くと、百合佳がこちらを窺《うかが》うような目で見ている。

「悩んでるならちゃんと話して。どんな話でも聞くから。溜め込んじゃダメだよ?」

なにか著《いちじる》しく勘違いされているようだ。こんなに優しくしてくれるなら、一ノ瀬を紹介してくれと言いたくなった。

「んー、まあ、大丈夫っす」

悩みとかじゃないんでと頭を掻いて会釈する。

スクーターに戻って、袋の中から雑誌を取り出した。ぺらぺらと捲《めく》って、グラビアと記事をもう一度読み返す。

いとおしげに靴に唇を寄せる彼の姿を眺めながら、稲妻のような閃《ひらめ》きが脳を過《よぎ》った。

(そっか！　これは、あれだ。秘密の恋なんだ！　髪を切ったのは失恋したからじゃなくて、きっと一ノ瀬さんの好みに合わせたんだ。なんだよなんだよリア充め！　一ノ瀬さんもやるなあ。公《おおやけ》で惚気《のろけ》てるようなものだ。僕、凄いことに気づいた！)

ネタにしてからかってやろうと決めて店に戻ると、入れ違いで客が来店していたようで、百合佳は接客中だった。ちらっと彼女を見ると、なにやってんの？　と目配せされた。

こみ上げてくる笑みを必死で噛み殺しながら、喫煙所へ入る。テーブルの上に雑誌を置き、あとでサインをねだろうと企んだ。

「どうしたの？　なにやってんのよ？」

三十分ほどで百合佳が喫煙所へ駆け込んでくる。煙草を吸いながらにやにや雑誌を眺めていたらあっという間だった。

「湊さ〜ん」

小物感たっぷりな口調で雑誌を広げて見せると、彼女はヒッと息を呑んでうしろによろけた。

「見ちゃいましたよ、僕」

彼女の様子がものすごくおかしい。

「な、なによ？」

「とぼけても無駄です。あなただって読んだんでしょ？」

「し、知らないわよ。なにそれ？」

犯人を追いつめる名探偵、になるつもりはなかったが、彼女の青ざめた顔と自分の言い方のせいで、サスペンスドラマのワンシーンのようだった。

「誰にも言いませんよ。言ったらお二人が困ることになりますからね」

（あれ、なんか脅《おど》しをかけてるような。探偵というより黒幕っぽい？）

自《みずか》らにそんな疑問を抱きつつ、吉塚は写真の一ノ瀬の手元を指差した。

「困る？　二人？　なにが？」

この期《ご》に及んでまだしらばっくれるつもりか。

「だから、付き合ってるんでしょ？　僕、ほんと応援しますって。絶対誰にも言いません」

「いや、付き合ってないし……」

「じゃあ、なんで一ノ瀬さんこんなこと言ってんすか」

インタビュー面を開いて百合佳に渡す。彼女は渋々受け取って誌面を目で追った。そして、唇を震わせる。

きっと歓喜に打ち震えながら彼女は「一ノ瀬さん……！」と言うだろう。吉塚はそう思っていた。

「……罠《わな》よ！」

「はい？」

聞き間違いだと思った。だが、百合佳は真っ青なままガクガクと震えて、頭を抱えた。

「ちょっと一ノ瀬さん床に落とさないでくださいよ」という抗議の眼差しを向けながら、雑誌を拾って埃を払う。

「だって、私、この時黙って帰っちゃったもん！　絶対仕返しだよこんなの！」

なにを言い出すのか、この人は。どこをどう見たって、おれの胸に飛び込んで来いよハニー状態じゃないか。

首を傾げて彼女を見る。

でもこの人、本気で怯《おび》えている。錯乱しかけている彼女が少し怖い。

「あなた一ノ瀬さんになにしたんですか」

「だって彼女いるとか知らなかったんだもん！　絶対、一般人パンピー女にヤリ捨てされたと思って怒ってんだよ！　これでホイホイされたら、私ド淫乱に調教されてフーゾクに沈められる！」

「なに血迷ったこと言ってるんですか、一ノ瀬さんがそんなド外道さんみたいなことするわけないじゃないですか！　っていうか、あなた、あの一ノ瀬さんをヤリ捨てしたんすか!?」

　開いた口が塞《ふさ》がらないとはまさにこのことだ。

「ヤリ捨てじゃないって！　でももしかしたら、あっちはこんなパッとしない女にヤリ捨てされてプライドが傷つけられたかもしんないじゃない？　だからこんなことしておびき寄せて、すごくひどいやり方で捨てるつもりなんだわ！」

「そんなわけ……」

「あんたたちなにやってんの!!　お客さんいないからってお店空っぽにしていいわけじゃないんだからね!!」

　ガンッとドアが開いて、仁王立ちの鬼婆……もとい、オーナーの鏡花が怒鳴った。

　百合佳と並んでこっぴどく叱《しか》られ、吉塚は店外につまみ出された。

　自分だってどうせネイルサロンにでも行ってたんだろうと思わなくもなかったが、休日を剥奪されそうになったので逃げた。

　どうも、腑に落ちない。一ノ瀬がそんな悪人のはずがない。

　スクーターに乗って帰宅し、上着も脱がず、ショルダーバッグもそのままで、急いでパソコンを立ち上げた。

アクセスしたのはマグノリアの公式ホームページ。ライブやメディアの新着情報も後回しにしてメンバーのブログをクリックする。

一ノ瀬のブログはあまり更新されることがない。ツアーが終わった時に、来てくれたファンとコメントに対するお礼がアップされるくらいだ。

今回はツアー中断に関しての謝罪があったが、今はどうでもいい。もうちょっと私生活を匂わせてくれてもいいのに。

機材とレコーディングとツアーのことばかりで、目ぼしい収穫はない。

自分だって一ノ瀬の本性は知らないが、やっぱり彼女の思い込みはあまりにもひどく、どうにか彼女の考えを改めさせたいと思っている。

今までインターネット掲示板でファンの書き込みを見てきたが、彼の浮いた（ファンを食い漁っているとかモデルの誰々とヤッたといった類の）話を見たことがない。

もちろん関わったアーティストもそれらしいことを漏らしたことはない。

マグノリアの他のメンバーはちらほらそんな話があるにもかかわらず、だ。むしろ、『長谷川誠司とできてた』疑惑のほうが古参のファンには定着している。

ダメ元で、ブログのコメント欄をクリックした。コメントはメールで送信できるようになっており、こちらのアドレスがわかるようになっている。もしかしたら本人が読んでくれているかもしれない。

前に二回ほど、ライブの後に興奮が治まらず、感激したままをメールに書きなぐって送信したことがある。もちろん直接返信はなかったが、次のブログで、『T・Yへ　熱いメッセージありがとう！　また会おうね』とあったのだ。

同じイニシャルの別人だったかもしれない。それでもたったそれだけの文章で体が震えるほど嬉しくなったのを覚えている。実際パソコンの前で吠えた。

文面を考えながら打ち込む。

『こんにちは！　いつも応援しています。今回の「Rock'n'《ロッキン》People《ピープル》」見ました！　僕は販売員をやっているのですが、一ノ瀬さんが持っていた靴がうちで販売していた一点ものの靴と同じだったのでビックリしてついメッセージを送ってしまいました』

で、どう続けようか。んー、と唸って、バッグから煙草を取り出す。

『落とし物ということでしたが、もしかして』

と打ち込んで、手を止めた。ゲスいうえにわざとらしいけれど、他に上手い文章が思いつかない。

『落とし物ということでしたが、僕の先輩がとても気に入って購入したものなので、なくしたことをとても悲しんでいます。もしよかったら返してあげていただけませんでしょうか？』

（エーイ、送信してしまえ！）

自分のメールアドレスを打ち込んで、送信ボタンを押した。

その日、待てど暮らせど、一ノ瀬からの返信はなかった。ついでに、百合佳も連絡をくれなかった。

翌朝、「やっぱそう簡単にはうまくいかないな～」と起き抜けで携帯を確認して落胆した。

出勤すれば、百合佳は悪戯《いたずら》された野良猫のように警戒心をむき出しにして距離を置いてくる。

「湊さん」

「なによ」

平日の午前中に客はほとんど来ない。レジカウンターの側の作業台で検品票とにらめっこしている百合佳に近づき声をかける。返事はやはり冷たい。

「なんで昨日メールくれなかったんすか。おかげで僕、昨日夕飯食いっぱぐれたんすから」

「私に懐いたって大好きな一ノ瀬さんは現れないわよ」

つんとそっぽを向かれ、そうみたいですねと心の中で返事して、デニムのポケットに入れた携帯を意識した。

「なんでそんなに一ノ瀬さん嫌いなんすか？　変なことされたんすか？」

「別に。二度と会えない人にはまってなんになるのよ？」

唇を尖《とが》らせてかすかに瞳を潤《うる》ませた表情に、ちょっといいな、と思ったが慌てて打ち消す。

「会えないこたぁないでしょ。湊さんが連絡すれば応《こた》えてくれるでしょ、一ノ瀬さん」

雑誌のあれはそういうアピールだ。嫌がらせにしてはハイリスク・ローリターンだし、むしろあんな嫌がらせ、一ノ瀬さんにはなんの得もない。なんでわかんないかな、と焦《じ》れる。

「彼、今頃大変なんじゃない？　ワイドショウやスポーツ新聞が騒ぐのも時間の問題よ」

「えっ！　もしかして湊さん、電撃入籍しちゃうんですか!?　結婚式呼んでくださいよ!?」

「ふざけてんの？」

キッと睨《にら》みつけられ、思わず両手を上げた。

「でも生《ナマ》一ノ瀬さんに会ってまったく惹《ひ》かれなかったんですか？　顔もスタイルもたぶん性格もいいし、僕が女の人だったら、本命じゃなくてもいいと思っちゃうんすけど」

「馬鹿ね。そんなの男だから言えるのよ。もし女になってそんなことになったら、吉塚くん絶対ストーカーになってるわ」

「ひどくないですか、それ。否定できませんけどー。で、湊さんは生《ナマ》一ノ瀬さんに惚れなかったんですか？」

「これが惚れてる女だと思う？」

呆れたような口調だが、強がっている感が否《いな》めない。

昨日の雑誌で心が揺れたりしないのだろうか。

「一ノ瀬さんが有名なミュージシャンって知らなかったんですよね？」

「知らなかったよ。たまたま駅のCDショップ行って腰抜かすかと思ったもん」

「僕にマグノリアのこと聞いた日辺りっすか」

百合佳は、こくんと素直に頷く。

「吉塚くんが話してくれたじゃない？　それで、すごく遠い人なんだなって実感して、やっと諦《あきら》めついたの」

諦《あきら》めついた？　惚れてないんじゃなかったっけ？　と突っ込みたくなったが、これを言ったら警戒して口を利いてくれなくなるかもしれないので、あえて聞き流して話を続けた。

「シンデレラストーリーかと思って期待してたんすけどね～」

背伸びをしながら軽い調子で言う。

「なんで吉塚くんの期待に応《こた》えなきゃなんないのよっ！」

いーっと歯を見せてふて腐れる百合佳を見て、「でも、この人、あの一ノ瀬さんに会ったんだなあ」と強い羨望を抱いた。

「ですよね～。あ、湊さん。今暇ですし、先休憩どうぞ」

「そ？　ありがと」

気を取り直したのか、にこっと軽く笑って、控え室へ向かう彼女を見送りながら、あれ？　と思う。

綺麗《きれい》な部類に入ると前々から思っていたが、あんなに可愛かっただろうか？　いや、ぶんぶん頭を振って否定する。一ノ瀬マジックだ。何か勘違いしているんだ。

戒《いまし》める気持ちで携帯を見たが、新着メールはない。悪戯《いたずら》と思われたのか。自分の正体は知られていないはずなのに、一ノ瀬に嫌われたのじゃないかと不安になった。

それにしても、仕返しであんな危ない橋を渡るだろうか。あの人には、吉塚も含め、信者と呼ばれるファンが大勢いる。中にはかなりイッちゃってる子だって決して少なくない。

ぼんやり考えながら、カウンターに頬杖をつく。その時、店の前をうろうろしている人に気づいて、さっと姿勢を正した。

背が低く、ポッチャリ系の地味な顔立ちの女性。年齢は二十代後半から三十代なかば、若くも老けても見える。腰まで伸びた量の多い黒髪のせいかもしれないが、二十年以上前の雰囲気を醸《かも》しだしている。

テディベアのプリントが大きく主張している赤いトレーナーの丸首から、ピンクの水玉のブラウスの襟を出して、ゆったりとしたベージュのチノパンと白い踝《くるぶし》ソックスにキャメル色のスエードローファーを合わせている。

ある意味清楚系の服装だなと思うが、手を繋いで歩きたいとは思わない。

目が合って、にこりと親しみを込めた笑顔で会釈した。好意的な吉塚の態度に安堵《あんど》したのか、彼女は顔を真っ赤にさせて会釈を返し、飛び跳ねるピンボールのように店内へ入ってきた。

「いらっしゃいませ、こんにちは。どうぞごゆっくりご覧くださいませ」

優しく甘く厭味《いやみ》のないように。毎度オーナーに注意される点に気をつけて声をかけつつ、吉塚は彼女に近づいた。

「なにかお探しですか？」

「あっ、あのう、実はぁ」

ぶりっ子の域を超えている。周りでは聞いたことのないイントネーションと甲高くて甘ったるい声に面食らった。

「わたしのお友達がぁ、ここで働いているとうかがったもので～ぇ」

両手を組み、糸のような細い目をしばたたかせ、うんうんと頷いている。

決して男に媚びているのではない。これは彼女の確立されたスタイルなんだ！　吉塚は類稀なる彼女の個性に完全に圧倒されていた。

「あれ！　高橋《たかはし》さんじゃない！」

控え室から出てきた百合佳がよく通る声で言った。

「やぁあだぁあ～！　今は古泉《こいずみ》よおぉっ！　湊さぁん、この前はどおぉもねえ～」

おばさん臭いのか少女めいているのかよくわからない。吉塚は軽く首を傾げながら、互いの手を取り合う、まったく毛色の異なる女たちを見ていた。

「ううん、こっちこそ。まさか呼んでもらえるとは思わなかった」

「だぁってえ、高校時代に仲良くしてくれたの湊さんだけだったもぉ～ん。でね、新婚旅行のお土産《みやげ》もってきたのお！」

「え！　わざわざありがとう。どこ行ってきたの？」

「んふふふ。京都」

「渋っ！　海外じゃないんだ！」

「だって新撰組っていったら京都でしょお～？」

「あ、ごめん……、私歴史知らないや……」

新撰組の話をする古泉に微妙な温度差で頷きながら、百合佳は生八橋《なまやつはし》を受け取る。やがて新婚生活の話になると、古泉のテンションがさらに上がって、キャハハッと恥《は》ずかしそうに両手で口を覆った。

「うちのタモツくんがねっ☆」という枕詞が何度聞こえたことだろう。他に客が来ても構わず、周りを窺《うかが》いながら気まずそうにしている百合佳に気づくこともなく喋り倒し、「これからタモツくんとランチなの～」と言って帰っていった。

古泉の声に押されながらも吉塚は接客をしたが、若い有閑マダム風の女性客はあからさまに不機嫌そうな顔をして、目当てだったらしいワンピースを購入してさっさと帰った。オーナーが不在だったからよかったものの、いたら百合佳は終業後に「ここは喫茶店じゃないの」と釘を刺されていたことだろう。

「幸せそう……」

古泉を見送りながら百合佳は溜息をつく。

「高校の同級生ですか」

「うん。あの子学校でも四六時中漫画描いてて、クラスで浮いてて、周りから馬鹿にされてたけど、全然気にしてなかったのよね。実際プロ並みに絵上手かったし。自分を貫いてる強さに憧れてたんだ。私、なんのとりえもなくて、着飾ったりすることばかりに熱意燃やしてたけど、今の仕事もバリバリこなせてるか訊かれても困るし。なんだかなあ～、全部中途半端って感じ。服が好きって言ったって、本当に、ただ好きってだけなんだもの」

　あーあ。こんな語るなんて結構へこんでるな。遠い目をしている彼女の肩を少し強めに叩いた。

「溜息ばかりついてたら老けますよ。美味《おい》しいものでも食べて元気出しましょうよ」

「奢《おご》ってくれるの？」

　百合佳は疑うような目で軽く吉塚を見上げる。

「もうすぐ給料日ですし、僕、誰かさんと違って一応蓄えてますので」

「ファミレスで？」

「もう少し値の張るところでもいいですよ」

　胸を張ってみせると、百合佳はクスクス笑ってその胸を手の甲で小突いた。

「もったいないから未来の彼女にとっときなよ」

「そうですか。残念です」

　肩をすくめて、何気なく返したものの。弱音を吐いたばかりの彼女がなんとなく放っておけない。

「湊さん。高架下に多国籍創作料理の店ができたの、知ってます？」

「知らない」

「オープン記念で半額なんですが、明日までなんですよね。今日明日で彼女ができる気がしないんですけれども」

「うーーん」

「そして今から捕まる友達もいないんですよ。可哀想でしょ」

「しょうがないなあ、吉塚くんは」

「ありがとうございます。じゃあ、閉店後に、また」

閉店業務を終えて九時前には店に着いた。百合佳は自家製辛口ジンジャーエールのビアカクテルを、吉塚はサングリアを注文した。

「はい。これ」

吉塚が百合佳にヘッドフォンを渡す。

「えー。なによー」

「ちょっと聴いてください」

「もーなに。マグノリア?」

百合佳はヘッドフォンを耳に当てる。

ゴリゴリのぶっとい低音のベースと、これまた太めの歪んだパワーコードのギター。一瞬のブレイクに溜息のような吐息。何度も聴いた曲なので、今、百合佳が聴いているサウンドをリアルにイメージすることができる。ヘッドフォンを外して「無理」と吉塚に押し返してきた。

「え。なんでですか」

「なんでじゃないわよ。何かと思ったら」

「一ノ瀬さんのソロアルバムです。ボーカルギターで超かっこいいんですよ」

「なんでこんなもの聞かせるのよ！」

「こんなもの？　こんなものって言いました？」

「言いました。人の傷口えぐって楽しいわけ？」

「そんなつもりはなかったんですけど……。すみません」

吉塚はしゅんと頭《こうべ》を垂れた。

「でも、違うんです。一ノ瀬さんのソロアルバムの歌詞、読んでみてくださいよ。絶対、湊さんが思っているようなひどい人じゃないと思うんですよ」

「そりゃ、有名人が公《おおやけ》にろくでなしアピールしないでしょ」

「ロックスターはろくでなしでもいいんですよ」

「やだ。信者こわ」

「徒歩の時は必ず聴きながら歩いてます。世の中遮断してます」

「世の中に何されたの」

「え。特に何も。でも別に積極的に関わっていきたいほど、世の中素敵でもないんで」

「どうしたの？　何かに迫害されてきた？」

「いや、全然。ただ単純に音楽《こっち》のほうが好きなだけです」

注文した飲み物が来たので、とりあえず乾杯する。

「そういや、一ノ瀬さんの彼女って誰なんですか？」

「知らない。私関係ないもん」

「あ。でた。そっけなくして本当は気になってるくせに」

「だ・か・ら、人の傷口開いてまで自分の好奇心満たすのやめなよ」

「ただの好奇心じゃないです。だいたい腑に落ちないんですもん」

そこで、吉塚はあることに思い至った。

「だからボーカルのリサと生島リサのこと訊いたんですね」

「もう。なんなの、しつこい」

「だって、ちゃんと雑誌《あれ》見ました？　どう見ても湊さんの靴じゃないですか」

「……そう、だけど……」

「ろくでなしがリスク背負って、あなたにしかわからないメッセージ送りますかね？」

「だから、リベンジするためにおびき寄せる手段……」

「リベンジなんかしてあの人になんの得があるんですか」

「もー。そんなに言うなら吉塚くんが付き合っちゃいなよ」

「雑に丸投げするのやめてください」

「なんでそう食い下がるのよ」

「え。だって、僕は一ノ瀬さんを応援してますから」

「信者やば」

「信者の僕から言えるのは、リサが彼女とかありえないです」

「信者の妄言を当てにしろっていうの？」

「まず、ボーカルのリサは僕なんか足元にも及ばないほどの長谷川誠司フリークです。彼女は十代の時からファッション雑誌のモデルをしていましたけど、長谷川誠司が好きすぎて音楽活動始めたんですよ。ザ・コールド・マグノリアのバンドの名前も曲のタイトルも長谷川誠司が植物が好きだからです。一ノ瀬さんとバンド組んだのも長谷川誠司のためですよ」

「お二方にはヤバい信者しかいないの？　長谷川誠司って誰だっけ？」

「いやいやいや！　クラックスパナのボーカルですよ！　一ノ瀬さんの元々のバンド。活動休止しちゃいましたけど、それこそカルト的人気を誇ったバンドです」

「ふーん。で、万が一吉塚くんの読みが正しいとして、そんな有名人とどうやって再会するのよ」

「出会った場所にもう一度行ったらいいじゃないですか」

「行けないって。無理。そんなの無理。どんな顔して行けっていうの。もうこの話はおしまい。続けるなら帰る」

「わかりました。じゃあ、おしまいにします」

ちょうど料理も運ばれてきたので一旦引くことにする。一ノ瀬にとって、いい方向に変わればいいなあと吉塚は思った。

4　湊百合佳の不毛なる苦悩

吉塚くんには興味ない振りをしていたものの、部屋に帰って一人になると、与えられた情報は私を混乱させた。

初っ端からカルト的な人気を誇ったバンドのギタリストで、落ち目ならまだしも今も第一線で活躍しているような有名人だなんて最悪だ。

出会った男は千載一遇の理想の男前で、体の相性が抜群だったのに、ろくでなしで高嶺の花。

見た目だけならとっくに割り切れていたはず。

だってあの電話の内容は最低だった。

あの時、こういうこと初めてって言ってたのは嘘だったの？

え？　あの人俳優じゃなくてミュージシャンよね？　呼吸をするように嘘をつくのが
ろくでなしスキル？　嘘をつくのは哀しいことだって、昔の賢い人が言ってたよ！

眠れなくてテレビをつけると、芸能ニュースが流れていた。

ぼんやり画面を眺めながら、心のどこかで彼の話題を期待する自分がいる。

どっちのリサさんかわからないけれど、デキ婚報道でもされれば諦《あきら》めがつくし、堕胎させるようなクズじゃなかったと安心できる。

認めたくないが、もしかしたら自分には、愛人二号の素質があるんじゃないかとさえ思い始めた。行きずりの男をいつまで引きずってんの。やばいって！　このまま出会いもなくこじらせて三十迎えちゃったりしたら目も当てられないわ。

残り少ない二十代、せっかくなら心が躍《おど》る恋がしたい。二十七歳でこの願望は間違ってるのかしら。もうすでにこじらせてんのかしら。

ぐるぐると同じところを回るように思考は停滞していた。

好きになっているくせに好きだと認めたくない。彼の正体を知ってなおさら。

なんだか彼のステータスに群がっているみたいで、二度目の接近が躊躇《ためら》われる。

たしかに彼の顔と体に惹《ひ》かれたが、アクセサリーにしたいわけじゃない。ステータスにしたいんじゃない。

飾りならもうたくさんある。ドレッサーとクローゼットは宝箱。きらめく宝物は見た目だけじゃなくて心まで輝かせてくれる。それらに見合うよう自身も磨いてきた。

彼は、私の〝宝物〟を否定しなかった。それすら、ワンナイトラブの手管の一つだったのだろうか。そうだったら、悲しさも悔しさも倍増する。最初から頭が空っぽな浪費家だと馬鹿にされたほうがマシだ。

っていうか、あの雑誌なに⁉　反則すぎない？　どういうこと？

ネット検索をして、〝一ノ瀬恭司〟を調べる。

スクロールしていくと、マグノリアの公式ホームページや、ファンのブログ、巨大ネット掲示板なんかがヒットした。

電源ボタンを連打して画面を消す。この無為な作業も幾度目か。

一ノ瀬恭司。八月十日生まれの三十二歳。O型。身長一八六センチメートル現ザ・コールド・マグノリアのギタリスト。

前身のクラックスパナヴィレッジでもギターを担当していたが、元々はベーシスト志望だったらしい。吉塚くんなら空《そら》で言える情報なんか、入手しても意味がない。

どうやったって、もう二度とたどり着かない相手なのに追いかけてしまう。

いくら自分に言い聞かせても一ノ瀬さんを忘れられない。いっそのこと都合のいい女になってしまいたいけど、不倫する度胸も、一介の女に成り下がる捨て身の覚悟もない。解決してもらうには時間の流れが遅すぎる。恋愛だのセックスだのなくとも生きていけるのに、知ってしまうと抜け出せない中毒性の強い薬みたいだ。

あー……。もうさっさと寝よう。テレビを消そうとリモコンに手をかけた、その時。

『モデルで歌手の生島リサさんに熱愛発覚!?　気になるお相手は、CMの後！』

頭の中が真っ白になり、リモコンを落としたまま数秒間停止していた。

なんでCMとか入れてタメるかな。こういうあざといとこが嫌なのよ！　しかもこういう時のCMに限って長いし！

イライラしながら、キッチンに行き、タンブラーに水をなみなみ注ぎ、一気に飲み干した。

どうしよう。どうしよう。こっちのリサなのかな。っていうか妊娠させてるなら結婚するのが普通じゃないの？　それとも安定期辺りに電撃入籍でもすんの？　不安定な初期こそ大事なんじゃないの？

長いCMが終わり、ふたたび同じようなナレーションが入る。

『モデルで女優、音楽活動に至るまで幅広くご活躍中の生島リサさん、二十三歳がなんとこの度熱愛発覚!?　気になるお相手は、九歳年上のあ・の・方……』

生島リサが二十三歳で九歳年上ってったら。

覚悟はしていたものの、立ちくらみがした。

ほら、馬鹿。百合佳の馬鹿。なにを期待してたの馬鹿！　防御反応で自《みず》らを罵る。傷はなるべく浅いに越したことはないし、自傷は他傷より痛みが少ない、はず。

『俳優で針金アーティストの山吹寿郎《やまぶきとしろう》さん三十二歳！　お二人は映画共演をきっかけに……』

「針金アーティストってあんたそんな二面性持ってた？　まぎらわしいのよ馬鹿！」

思わず声に出ていた。脱力して膝が折れた。

いや、まだ安心するのは早い。吉塚くんはありえないって言っていたけれど、そんなのわからない。マグノリアのボーカルのリサさんに決定ってだけじゃない。あー、ダメだ。全然ダメだ。歯を磨いて寝よう。

ネガティブな思考に支配され、まったく希望が持てない。歯磨きをしてテレビを消そうとしたら、生島リサ関連で一ノ瀬さんの映像が流れてまた固まった。

どうやらコンサートの映像みたいだ。白いギターを抱えて脚を広げて立って、客席に向かって何かを言って笑みを浮かべた。

きゅううううんっと胸が絞り上げられる。

色気と可愛げしかないとか、なんなの？　神に愛されすぎてない？　やっぱ見た目はね。見た目はいいのよ。かっこいいの。でも、中身がね。いいや、私は、誰に向かって強がってるのか。

我ながら馬鹿みたいだと思いながら、どうしても認めたくない。確かにきっかけは抗《あらが》いがたい性欲だったが、それだけにするにはあまりにも魅力的な時間だった。

国語辞典で『恋愛』を調べてみる。特定の異性に特別の愛情を抱き、二人だけで一緒にいたい、精神的な一体感をわかち合いたい、可能であれば肉体的な一体感も得たいと願いながら、やるせない思いに駆られたり、あるいはかなえられて歓喜したりする状態に身を置くこと。

国語辞典を編纂《へんさん》した人って神様？　と感動した。今の自分の状況すぎて辛い。身震いして自《みずか》らを抱きしめ、ベッドに入る。そして目を閉じると、いつの間にか眠っていた。

写真でしか見たことがないようなイングリッシュ・ガーデンで一ノ瀬さんとセックスをしている夢を見て、驚いて目が覚めた。忘れないように必死になって反芻《はんすう》している自分に気づいて落胆する。

全裸で青姦とかどこのアダムとイヴよ、と毒づいてみたが、余韻を必死に手繰《たぐ》り寄せようとしている自分にふたたび落胆した。

5　吉塚高志の思惑と湊百合佳の猜疑心《さいぎしん》

「あーあ。素直にときめきたい」

開店したばかりの店のカウンターで百合佳は溜息をつく。

素直にときめいていればいいのにと思う。しかし吉塚は黙って店内の商品を整えた。

それにしても暇だ。

「んー、百合ちゃんも合コンすればいいじゃん」

「ええ～？　……いい出会いありますかねえ？」

「合コンなんかダメっすよ。湊さんのキャラじゃないでしょ」

まんざらでもない百合佳の反応に慌てて割り込むと、鏡花に頬を人差し指でぶっ刺された。

「なにむきになってんのよ。よっしーには関係ないでしょ」

爪痛っ！　と思いながら、顔をそらす。

「関係ないけど関係あるんですよ！」

「何？　まーだなにか企んでるワケ？」

百合佳に睨《にら》まれ後退《あとずさ》る。

「企んでるとか人聞き悪くないっすか？　そんなんじゃないんすけど……」

「よっしー、百合ちゃんのこと好きなの？」

「いや！　そーいうんじゃないっす！　なんでオーナーはそっちに持っていきたがるんですか？」

「若い子の恋愛話、シモ含むで、大好きなんだもん。いいじゃん。若い子の生き血を啜《すす》るわけじゃなし、ワクワクニヤニヤでホルモン出るし」

「オーナー怖いっす!!」

「そんなことより、よっしーにはないの？　若気の至り。合コンでお持ち帰りとか、今日は安全日なのって言葉に騙《だま》されて生でやっちゃって妊娠騒動とか、実は二股かけられてたとか、そういう修羅場込みで」

なにを楽しみにしてるんだ、この魔女は。

「ないです！　だいたい会ってその日に生でヤるとか馬鹿の極みでしょ」

ふと百合佳を見ると表情が強張《こわば》っていて、心なしか青ざめている。

「どうしたんすか、湊さん。顔色悪いっすよ？」

「え？　いや、べ、別に、なんでもないけど」

「あんたまさか前言ってた男に孕《はら》まされてないでしょうね？」

「ええええっ⁉　なにその一夜嬢！　マジっすか湊さん」

「な！　何言ってんですか！　大丈夫ですよ！　た、たぶん、の、残ってなかったし……、十日くらい遅れることたまにあるし」

顔面蒼白でそんなこといわれても、なにが大丈夫なのかわからない。

「ダメじゃない！　春先の野良じゃないんだから！　吉塚！」

「へ？　はい！」

「検査薬買ってこい」

以前にも、生理用品を買ってこいと言われたことはあるが――

「なんで僕なんですか‼　湊さんが行けばいいじゃないっすか‼　自分のことでしょ？」

「いいから黙って買ってこい‼　空気読め！」

理不尽だと思いながらも、反論できずに千円札を持たされ店を出る。重い足を引きずるようにして通りを歩きながら、携帯を取り出す。返事はない。また書き込みでもしてみようかと思ったが、考え直してポケットにしまう。

もしも、妊娠しているなら、なおさら、会うべきなんじゃないか。深い溜息をつく。

なんでこの二人は連絡先くらい交換しておかなかったんだ、と。

なんで自分の彼女でもないのに薬局に行って、気まずい気持ちにならなくちゃならないのか！　と。

「ただいま戻りました」

店に戻り、控え室のソファで疲弊している百合佳に紙袋を差し出す。

「ありがと。鏡花さんに叱《しか》られちゃった」

彼女は震える手で受け取り、笑いながらおどけて見せるが、吉塚は笑えない。

「もしもの時はどうするんすか」

「わかんないよ」

「まさか、相手、一ノ瀬さんじゃないとか？」

「馬鹿なこと言わないでよ。そんなフェロモンあったら、今頃石油王に嫁いでるっつうの！」

「石油王はないとしても」

「うん、ないわ。今かなり混乱してる。あー、シングルマザーかあ」

頭を抱え、せっかく整えたであろう髪を自《みず》らぐしゃぐしゃにしながら、百合佳は溜息をついた。

「いや、一ノ瀬さんがいるじゃないですか」

「いないも同然でしょ」

「一ノ瀬さんはそんな無責任なことしません。僕が保証します。ていうか、思い当たる節があるんですね」

「うー……、意識飛んじゃってあっちがイッたのか確認する余裕もなかったし。確かにそのままなだれ込んじゃって避妊とか忘れてたんだよねえ。でも、残ってなかったから、大丈夫だと思う……思うんだけど。っつーか、一ノ瀬さん信者の吉塚くんに保証されても……」

「じゃあ、ちゃっちゃと検査してスパッと疑惑を晴らしてしまえばいいじゃないですか」

「でも……、怖い」

「僕が言うのもなんですけど、そりゃ自業自得ってもんじゃないすか？」

「わかってる……。わかってるよ」

それきり、百合佳はさめざめと泣き出した。

「ナマ言ってすみません」

「ううん。吉塚くんの言うとおりだもの」

顔をぬぐい、ふらりと立ち上がり奥の従業員トイレへと向かう百合佳。

吉塚は無言で控え室を出た。

大丈夫ですよなどと軽はずみに言える雰囲気ではない。がくっとうなだれてカウンターに戻る。

すげえよ、千載一遇で一発的中って打率よすぎんだろ——などと考えていると鏡花に肘《ひじ》で突っつかれた。

「百合ちゃんは仕方ないけどさ、何であんたまで辛気臭いのよ」

「そりゃ、あんなへこまれちゃ心配くらいしますよ」

「今回なんでもなかったら、チャンスじゃん。慰《なぐさ》めてやりなよ」

「僕の出る幕じゃないんです。って、だ・か・ら、湊さんのことそんな風に思ってないすから！」

「なーんだ。つまんないの」

んな状況でよく楽しもうとできるな、と呆れてしまう。

バン！　と控え室の扉が開き、緊迫した表情の百合佳が口をパクパクとさせている。

「どうだったんすか？」

「陰性でした！」

がくっと両手と膝をついて百合佳が床に崩れ落ちた。吉塚は慌てて駆け寄り、肩を支えて立ち上がらせる。

「とりあえず、よかったじゃないですか」

「一服でもして気持ち落ち着かせてきな」

鏡花も安堵《あんど》の息を吐き、百合佳の肩を撫でた。

「色々すみません」

百合佳が控え室に行くとちょうど電話が鳴り、珍しく鏡花が対応した。

「はい、『Isolde《イゾルデ》』です。はい。商品のお問い合わせでございますか？　はい。はい。雑誌で？　申し訳ありませんが当店ではそのような取材は受けておりま……、いえ、お客様の個人情報に関わることは一切お教えできません。そちらの商品につきましてはメーカーに問い合わせるしか……ええ。イチノセ様でございますか？　申し訳ありません、私どものほうでは存じません」

もしかしてイチノセ効果が悪いほうに出ているのだろうか。まずいと思いつつ、吉塚にはどうすることもできない。

鏡花が首をひねりながら電話を切り、なんなのかしらとぼやいている。

事情を説明する間もなく、明らかにこの店の客層とはまったく異なる女性客が入ってきた。

「いらっしゃいませ」

「あのー」

「はい。ただ今伺います」

吉塚はカウンターから飛び出し接客に回る。

「すみません。この靴、こちらで取り扱ってたと聞いて来たんですけど在庫ありますか？」

女性客が取り出したのは、ラミネートされた一ノ瀬のグラビアだ。

ソファに横たわった彼の胸を踏みつけるように置かれた靴がばっちり写っている。

「え、えっと……少々お待ちください」

振り返ろうとすると、すぐ近くに鏡花が立っていた。

「大変申し訳ございません、お客様。こちらの商品は一点物ですでに完売しております」

「じゃあ、この靴を買ったのってどんなひとでした？」

「お客様の個人情報に関わることは一切お答えできません」

そんなこと聞いてどうすんだよ、と心の中でツッコミを入れつつ鏡花の対応に頷く。

「じゃあこれはもう入荷しないんですか？」

「問い合わせることは可能ですが、デザイナーによる手作りですので難しいかと思われます」

「そうなんですか。わかりました。じゃあいいです」

気分を害したらしい女性客はさっさと店を出ていった。

「なーになになにあれ。一ノ瀬んとこのどら息子じゃん」

「はっ⁉　オーナー、一ノ瀬さんご存知なんですか⁉」

「そりゃご近所だもん、知ってるわよ。高卒でミュージシャンなんて一族の恥だって勘当された子でしょ。山手じゃ有名よ。幼馴染《おさななじみ》だった長谷川の息子もあの子に唆《そそのか》されて道を外したって大騒ぎだったんだから。まあ、でもその道で会社興して成功してるんだから大したものよね」

井戸端会議のノリで一ノ瀬の話が聞けるとは。思いもよらないこぼれ話に吉塚は食いつく。

「長谷川の息子って、もしかして長谷川誠司さんですか?」

「そうよー。あそこも大変だったんだから。まあ、あんまりね。第三者がこんな話するのはよくないわ。んな年寄り話なんかよりも!」

「オーナーの思ってる展開なんじゃないですか?」

「どら息子が百合ちゃんのワンナイトラブの相手ってこと?」

「どら息子っていうのやめてもらえますか。一ノ瀬さんは僕のカリスマ的存在なんです」

「若い子に人気みたいね、あの子。東京と大阪でやってたドメスティックブランドのショウにも呼ばれてて、なんか親戚の子の発表会でも観た気になって複雑だったわ」

「完っ全に井戸端会議みたいなノリですね」

「仕方ないわよ。こっちはあの子たちが幼稚園に通ってた頃から知ってんだから」

「オーナー……」

「私を年寄りを見る目で見ないでくれる？　今が一番若いんだから」

「まさか。そんな目で見てません」

「ま、いいけど。なーんか面白そう。よし決めた。今から百合ちゃんと焼肉行ってくる！」

「はあ⁉　まだお昼ですよ？　なに言ってんすか！」

吉塚の抗議を煙たそうにしながら、鏡花は舌を出して見せる。

「だって、どうせここにいたって、さっきみたいなのが来るだけでしょ。飲みながら話聞いたほうが面白そうなんだもん」

信じられない。吉塚は呆れて言葉も出ない。

「そんなに仕事したいなら吉塚は居残りね。後で呼んでやるから、店番してな」

真っ赤な口紅がよく似合う形のいい唇を全開にして、鏡花が笑う。

「え。うそ。マジっすか？」

「マジマジ」

彼女はうふふと不敵な笑いを残し、控え室へ去った。

あの人、マジで何者なんだろう。吉塚は呆然と立ち尽くす。

「あの～、すみません」

不意に声をかけられ、ビクッとしながらも接客モードに切り替える。

「いらっしゃいませ。こんにちは。なにかお探しですか？」

女性客はバッグからカラーコピーの紙を取り出す。

「この靴なんですけど……」

一ノ瀬効果に、愛想笑いも苦笑いになる。

「大変申し訳ございません。こちら一点物でございまして、完売しております。再入荷の目処も立っておりませんので、ご了承ください」

舌がもつれそうになりながらも丁重に謝罪してお帰りいただいた。

この事態を知って、百合佳はちゃんと対応できるだろうか。吉塚は不安になったが、とりあえず溜息をついた。

それから電話と来客の対応に追われ、薄情な女二人を恨みつつ、一人でてんてこ舞いになった。その後は鏡花のメールによるお達しで、通常の営業時間より二時間早い午後五時に店を閉めた。

❖　❖　❖

妊娠疑惑もなくなり、すごく安心した。文字通り裸足で逃げ出してきた一夜のアバンチュールで、軽率な行動の末にできた不幸な子供は存在しなかった。もう絶対しない。

本当に。

出会ってすぐセックスしない。デートして、食事して、十分に見極めてから、コンドームしてセックスする。改めて立てるような誓いか、これ。

あああ。ほんと、馬鹿すぎだった。よし、もうこれを一区切りにして、今回のワンナイトカーニバル事件を収束とさせていただきます。さあ！　焼肉だ！

意気揚々と焼肉食べて、中華行って、ホストクラブに誘われたけど、怖いからと変更してもらったショットバーで飲んで。

さすがに弾《はじ》けすぎた。体が重い。眠い。外明るいぃぃぃ。鏡花さんが今日休みにしてくれてよかった、とベッドの上で芋虫のように這い転がった。

昨夜は帰宅してトイレに直行して散々吐きまくった。歯磨きしてシャワー浴びて、怠《だる》いのになぜか寝つけない。

最悪。女として終わってる。そりゃロマンスの神様もドン引きするわ。

ショップのお客様は大半が女性だし、業者は曲者っぽくて苦手だし。どうやって出会えってーのよ、ロマンスの神様！

このまま家にいても憂鬱《ゆううつ》になるだけだ。二日酔いもだいぶ楽になったし、出掛けよう。

まだかすかに怠《だる》い体を引きずり、ベッドを出た。

今日のコーディネートは、ざっくり編んだアイボリーロングニットカーディガンに、爽《さわ》やかな気分になるよう白系のモザイク柄のトップスに白いパンツを合わせる。靴はジャンクストーンの飾りがついたアイボリーのパンプスで、素材の違うオールホワイト。髪も巻いて決めたものの、外出先といえば駅ビルのCDショップ。

道中、歩道を行き交う恋人たちが妬《ねた》ましく、嫉妬《しっと》の悪魔覚醒一歩手前になる。歩きながら不意打ちキッスなんかしてんじゃないわよ、欧米かぶれめ、と舌打ちした。

エスカレーターを降りて、ショップ入り口の特設会場のポスターを見ないようにそそくさと通りすぎ、人目を気にしつつ、雑誌コーナーをうろつく。

罰ゲームでエロ本を買いに行かされてるわけでもないのに、挙動不審だ。

目当ては買うか買うまいか何度も迷った、最後の一冊らしき『Rock'n' People』。

おそるおそる手に取り、辺りを気にしながらこっそり開く。

靴に顔近い近い。やめてやめて。出掛けにフットスプレーしたけどやめて。たぶん、いや、絶対臭い。臭い、臭いって。ああああなんなのこの色気、なにホイホイなの？この挑発的な流し目ってば。鏡越しの彼を思い出して顔から火が出そうだ。

「あの、すみません」

不意に背後から声をかけられ踵《かかと》が浮く。

「は、はいっ？」

振り向くと制服姿の女子高生に思いっきり迷惑そうな目で睨《にら》まれた。

「その雑誌買うんですか？　買わないなら、私が買いたいんですけど」

ズバッと物申す子だ。気圧《けお》されて、一歩後退《あとずさ》る。

「その雑誌、私の地元じゃもう売り切れてて探してたんです」

少女のまっすぐ刺すような視線にたじろいで、私が買うんですという言葉が蒸発した。

「そ、そうだったんだ。ごめんね」

雑誌を閉じて両手で差し出すと彼女はチラリとこちらを見た。

「いいんですか？」

「いいよ。私、立ち読みしてただけだから」

彼女は鋭く吐き捨て、雑誌を取るとレジへ去っていった。

「……立ち読みとか、大人のくせにダッサ」

突然浴びせられた罵声《ばせい》にショックで心が粉砕した。

なにあれびっくりした。なに？　知らない人に馴《な》れ馴《な》れしくされてご立腹？　十代の棘《とげ》やばい。

大人のくせにって。大人だからってなんでもそつなくこなせるわけじゃないんだよ。私だって勇気があればさっさと買いたかったよ。いいさいいさ。大人だからバックナンバーにするよ。店員さんに注文しちゃうもんね！

もやもやしつつも、気を取り直してＣＤコーナーに行ってマグノリアのアルバムを手に取る。
最新のアルバムには、車や化粧品のCMに使われたメジャーな曲が入っているようだ。
『The《ザ》 cold《コールド》 Magnolia《マグノリア》 ―― Classical《クラシカル》 Rose《ローズ》』
1. ウォーターリリィの背徳
2. 林檎の花をあなたと
3. Cherry《チェリー》 blossom《ブロッサム》
4. レディガーベラは二度裏切る。
5. Midnight《ミッドナイト》 Garden《ガーデン》
6. 紫陽花と逝く。
7. レモングラスと憂鬱《ゆううつ》
8. 蜜蜂メリッサ
9. 薔薇《ばら》のある窓辺
10. 白百合姫
11. Classical《クラシカル》 Rose《ローズ》
タイトルを見る限り、吉塚くんが言っていたことは本当らしい。ジャケットの表に写ったリサは猫科の美人で赤いドレスが似合っている。

あの日自分も深紅のドレスだったことを思い出して恥《は》ずかしくなった。裏面では、ほかの男性陣が彼女の足元に座っていて、一ノ瀬とリサが寄り添っている構図なのだが、ものすごくお似合いだ。きっと戦略的にもこの二人の絡みは多いのだろう。

やっぱり買うのやめた。敗北を知るためにお金を使うなんてドMすぎる。

「ゲッ！」

アルバムを元に戻して他の所に行こうと振り返ると、吉塚くんがムカつく笑みを浮かべてこちらを窺《うかが》っていた。

「み・な・と・さ～ん」

「こっち来んな」

両手を使ったバリアもシカトして、吉塚くんは肩をぶつけてくる。

「見ましたよ。僕は」

「なんで吉塚くんがここにいるのよ」

「駅の東口は僕の庭ですから」

「んなこと知らないわよ」

「マグノリアのアルバム買わないんですか？　初回盤ＤＶＤ付きはもうソールドアウトですけど、通常盤はブックレットとポストカード入ってますよ。僕は両方持ってます」

「あっそ。すごいねよかったね」

「買いました？　ロッキンピーポー」

「買ってない。むかつくなあ、その和声英語発音」

「なんで買わないんですか。せっかくのラブコールがもったいない！」

「うっさいな！　女子高生に取られたの！」

吉塚くんが思い切りにやけている。なんか、あげるつもりのない餌を横からヒョイパクされた気分だ。

「素直っすね～。湊さん」

「うるさい」

吉塚くんはやれやれと肩をすくめて、溜息をついた。なにこれムカつく。

「まー、それはおいといて。ここで立ち話もなんですから、これから飲みに行きませんか？」

「行かない」

「どうせ暇でしょ？　スペインバルか、タイ料理。どうです？」

「ぐぬぬ。メキシコ料理なら行く」

「たまには僕の意見も聞いてください。じゃあ間取ってタイ料理行きましょう」

「えー。どこの間取ったらそうなるのよー」

「どうせハラペーニョとか旨辛いもの食べたいだけでしょ。タイ料理でいいじゃないですか」

「ぐぬぬ。見透《みす》かされている。さすが吉塚くん。ほとんど毎日鏡花様に鍛えられてるだけはある」

「お褒めにあずかり光栄です」

彼はさして嬉しくもなさそうに答えるが、私はすでにタイ料理に思いを馳せていた。

うーん。ガイヤーン（タイ風焼鳥）とビール、ソムタム（青パパイアのサラダ）かヤムウンセン（春雨の激辛サラダ）も捨て難い。生春巻も食べたい。一気にタイ料理の口になったので吉塚案を受け入れ、近くのタイ料理屋に行くことにした。

「はい。ロマンスの神様から見放された者同士カンパーイ！」

と私が言うと、吉塚くんは半笑いで合わせてくれる。

「見放されてませんけど、カンパーイ」

タイビールで乾杯して、小さめのグラスはすぐに空になった。

「いやー、休日のビールも美味《おい》しいね！」

「まーたオッサンみたいなこと言って」

と言いつつ、おかわりを注いでくれる。

「ありがとー」

ヤムウンセンがきたので、さっそく吉塚くんがトングで取り皿に分ける。

「あ。ありがとう。いただきます」

「いただきまーす」

メインの春雨に豚ひき肉に海老とイカの他にニンジン、タケノコ、タマネギ、セロリに、パクチー。ぶっちゃけ最初はパクチーが苦手だったけどクセになって、無性に食べたくなる。ナッツの歯ごたえとねっとりとしたタレの甘さもその一因だと思う。青唐辛子の香りと強い辛みに舌が熱くて痛くなるけど、青臭い香りがたまらない。カッと頭の芯が熱くなって額《ひたい》に汗が滲《にじ》む。この瞬間、かなり代謝がよくなっていると毎回思う。ひりつく舌を冷たいビールで冷やした。

「なんだろうね。この中毒性」

「ね。たまには僕の意見も捨てたもんじゃないでしょう？」

「うん。ごめん。謝る。タイ料理でよかった」

「それにしても残念でしたね。最後の一冊」

「べ、別に気にしてないわよ」

「はーい。ツンデレのツンいただきましたー。結構でーす」

「ちょっと！　適当に脇に流さないでくれる⁉」

「もういいじゃないですか。僕相手に強がっても意味ないです。素直に認めたほうが楽になりますよ」

「なに？　事情聴取の新米刑事のつもり？」

「どうしてそんなに頑《かたく》ななんですか」

「あんたこそなんでそんなに首を突っ込みたがるのよ」

「僕は一ノ瀬さんと湊さんが溺れてたら、ちょっと迷って一ノ瀬さんを助けるような人間ですから」

「あっそ！　すいませーん！　ビール二本追加でー」

ハーイと厨房から返事が返ってきて、タイ人の店員さんがソムタムと一緒に瓶を二本持ってきた。

「吉塚くんだから言っちゃうけどね。一ノ瀬さんってろくでなしだからね」

「え～……？　そうですか～？　良くも悪くも思春期こじらせてる人だと思うんですけど」

「信者のくせに尊師に辛辣《しんらつ》ね」

今度は私がソムタムを取り分け、ビールを注ぐ。

「ろくでなしだなんだ言っても好きなんでしょー？　なーんで意地張るんですか」

「だって……。リサさんのお腹には一ノ瀬さんの子供がいるんだもん」

さすがの吉塚くんも絶句し、固まっている。

「……え。証拠は？　どこ情報ですか？　三流ゴシップ誌とか言わないでくださいよ？」

「違うよ！　私あの日聞いたんだよ。真夜中にリサさんから一ノ瀬さんに電話がかかってきて、リサさんがデキたって言ってたみたいで、一ノ瀬さんもおめでとうって言ってたし、リサさんがすぐに東京に帰ってきてって言っても、即答で断ってたんだから。妊娠した彼女をほっといて他の女とホテルに行っちゃう男をろくでなしって言わずになていうのよ。ひとでなし？　そんな男に引っかかった挙げ句、忘れられない馬鹿女が私です、って認めればいいの？」

情けなくて惨めで馬鹿げていて泣けてきた。でも、泣いてたまるか、こん畜生！　と気を引き締める。

「これで満足？」

腹が立ってきて、ビールを一気に飲み干し、青パパイアを頬張った。

性欲（恋愛）が満たされなくたって食欲と睡眠欲が満たされれば生きていけるんだから。

吉塚くんは唸り、頭を掻きながら、椅子を前に引いて座りなおした。

「えー、とですね。湊さん」

咳ばらいをして、テーブルに肘《ひじ》をつき、組んだ指の上に額《ひたい》を乗せた。

「ちょっと、いいですかね」

「なによ」

「……いや。あのですね。落ち着いて聞いてくださいね？　もし、もしですよ？　もし、そのデキたっていうのが、子供じゃなくて、例えば歌詞、だったり、曲、だったりしたら、どうします？」

「…………え？」

「スランプだったリサが真夜中に突然いい歌詞、いい曲が浮かびました。これは早く形にしなくちゃ！　誰かメンバー！　イッチだったらつかまる！　あ、イッチって、リサが一ノ瀬さん呼ぶ時のあだ名です。で、イッチに電話、イッチ取り込み中、仕事だろ帰ってこい。帰んないよ。じゃあもういい、ほかのメンバーに電話する！　ガチャ切り。はい。これでどうですか。昨日も言いましたがリサは筋金入りの長谷川誠司フリークで、一ノ瀬さんと組んだのも長谷川誠司絡みだともっぱらの噂で、長谷川誠司のために独身を貫いているとも言われてます。まあ、あくまでも噂ですけど、一ノ瀬さんが曲のことでリサに真夜中に呼び出されるってのはラジオでもよく出る話です」

　頭の中が真っ白になった。そんなことってあるの？

「リサにとって長谷川誠司とは神であり永遠の初恋らしいですよ」

「へ、へえ〜。全米が涙しそうな純愛だねえ〜。ってかマジ信者じゃん」

　冷や汗で背中がじっとりしてきた。視線が定まらない。

これが本当なら、勘違いで千載一遇のディスティニーとお気に入りの靴をホテルに捨ててきた。

「で、全日本が失笑しそうな三文すれ違いコメディを演じた湊さんはどうするんですか？」

「どうしよう……」

「どうにもならないとか言って開き直るのはナシですよ」

「どうしたらいいのよ！」

「そんなこと、第三者の僕が知るわけないじゃないですか。ま。とりあえず飲んで勢いつけたら打開策が見つかるかもしれませんよ」

吉塚くんは悪い笑みを浮かべてビールの瓶を掲げた。

考えたくない。もし、吉塚くんの仮説が正しかったとしたら、なんて。

「ビール、四本目空きましたけど、追加します？　それともお開きですか？」

「もう一軒行くに決まってんでしょ！　どっちも割り勘だけど！」

「いいですけど、そんなに連日飲んで大丈夫なんですか？」

「この状況で一人になったら、何しでかすかわかんないでしょ」

「大人なんだからそこは自制しましょうよ」

「大人だからってままならないこともあるでしょ！　大人のくせにとか大人だからって

何よ！　子供のくせにとか子供だからって言われたら腹立てるくせに！」

「なんの話してるんですか」

「雑誌を買っていったトンビな女子高生の話よ。最後の一冊買うか買うまいか迷ってて、譲ったら、大人のくせに立ち読みとかダサいって吐き捨ててったの。一期一会なのに会心の一撃食らわせられたわ」

「まあ。十代は色んな意味で無敵ですから。気にしないほうがいいですって。だいたい十代と二十代じゃ経験値が違うんですから一緒にしちゃダメでしょ」

「はいはいおっしゃる通りです」

「十代の頃に粋がってたことが自分を傷つけることもありますよね」

吉塚くんは遠い目をして過去を憐れむような声で言う。

「なになに吉塚くんにもそんな黒歴史があるの？」

「湊さんもあるでしょ」

「今回新たな黒歴史を作っちゃったかもしれない」

食器をざっとまとめて忘れ物がないかチェックして席を立つ。会計で半額よりわずかに多く出したら、割り勘でも誘ったの僕なんで、と千円返された。年下なのにしっかりしてるとちょいちょい思う。

「もし、一人になったら何しでかす予定ですか？」

アリアトゥヤシターと謎の呪文で送り出されて店を出ると、吉塚くんが好奇の眼差しで訊いてきた。

「マグノリアの公式サイトでブログチェックして、ネットの芸能人板で一ノ瀬さんの手掛かり検索しちゃうかも。あと怪文書送っちゃうかもしれない。黒歴史に厚みと重みを加えてしまうかもしれない自分が怖い」

「やればいいじゃないですか。一ノ瀬さん喜ぶかもしれませんよ」

「でも、怖いんだって。勝手に勘違いして帰った手前、どんな顔して一ノ瀬さんにコンタクト取ればいいのよ」

「まあ、人に失礼なことしたらまずは謝るのが普通じゃないですか？」

「はい。ごもっともです。でも、まだわかんないじゃない。吉塚くんの予想でしかないもの」

「もし仮に妊娠してたら、日程きつきつのツアー再開なんかできますかね？」

「体調が悪くて中断してたんでしょ。リサさん」

「間違ってもあの二人にそんなことが起こるとは思えないんですけど」

「間違っちゃうのが男女でしょ。何かのはずみでそうなっちゃうかもしれないじゃない」

「じゃあ、僕と湊さんでその可能性ありますか？」

「えっ」

突然何を言い出すのか。ドキッとした。あまりの意外性に言葉が出ない。

「えっ？」

ドラマなら熱っぽい切なげな視線を向けられたりするのかもしれないが、当の吉塚くんは子供のように純真な目で、きょとんとこちらを見返している。

ドキドキしてバカみたい。自意識過剰だ。最近本当に我ながらクソ女だわ。

「ない！　ないないないない」

「でしょー。案外そういうもんですって」

「私と吉塚くんの場合でしょ！」

短大時代に友達だよーとか言ってた男女が宅飲みで懇《ねんご》ろになったって話はよく聞いたけど、今そんなこと言ったら話がややこしくなる。あー、恥《は》ずかしい。期待とかじゃないけど、ドキッとしてしまった浅はかさがいただけない。

「湊さん、一ノ瀬さんのこと好きなんでしょ？」

「んー。まあ、そうだけどさー、好きってさー、恋ってさー、なんかこう、もっと精神的なものじゃない？　始まりが始まりだから、なんか、大きな声で恋してますとか言えないんだよねー」

「んー、まあ、オーナーみたいなことを言わせてもらえば、好きだから気持ちよくない行為を我慢して演技するよりいいんじゃないですか？　体目当てっていうか、やっぱそれ含めて相性いいに越したことないんですから」

「やだー！　吉塚くんが大人みたいなこと言うー！　こわーい！」

「いや。僕だって二十歳は超えてるんで」

「だって草食系男子じゃん。肉食みたいな台詞《せりふ》吐くとかどうしちゃったの？」

「僕はただ今までオーナーが色々言っていたことを総編集してまとめただけです。男なんで精神的なことなくたって物理的な刺激でやることはやれるんで。でもそういうのは好きじゃないからしないだけです」

「そうなんだ。いやあ、まさか吉塚くんからそんな赤裸々な話聞けるとは思わなかった」

「うちの職場女性上位でセクハラも空気のようなものですしね。男一人肩身が狭いのなんのって」

「いつも飄々《ひょうひょう》としてるからスルー能力高いんだなって思ってた」

「人間、慣れですよ。慣れ」

諦《あきら》めの微笑を浮かべて肩をすくめる様は意外な一面って感じで新鮮だ。男の子って認識がちょっと変わりそう。性的に男として見るんじゃなくて、一目置くような。自分の修行が足りないせいか、やっぱり吉塚くんは年下っぽくないと思った。

「じゃあ白状するけど。一ノ瀬さんに一目惚れしたの。あっちはどうだか知らないけどね。一度きりの女だから後はどうでもいいやって抱いたのかもしれないし」

「逆にガキじゃあるまいし、行きずりで避妊もしないで行為に及ぶっていうのもどうかと思いますけど。男だって病気に罹《かか》っちゃうんですから。僕は未経験ですけど、治療かなり痛いって聞きますしね」

「らしいねー。怖いねー」

「男だってよっぽどの馬鹿か無知じゃない限り、詰めの甘い遊び方はしませんよ。ましてや一ノ瀬さんは有名人ですよ？　人気商売なのに下手なことして週刊誌にあることないことたれ込まれたら商売あがったりじゃないですか。今回の『Rock'n'《ロッキン》People《ピープル》』だって博打《ばくち》すぎでしょ」

「なるほどね。確かに。あー、なんか話したら楽になった！　吐き出すって大事だね。聞いてくれてありがとう、吉塚くん」

「いえいえ。僕はただ一ノ瀬さんの味方してるだけなので、礼には及びませんよ」

「器用貧乏にならないようにね？」

「いえ。利己のみで動いてますからご心配なく」

「言うわね」

「そうでしょう？」

吉塚くんが大仰に首を傾げて気取ってみせるから、可笑しくなってお互いに噴き出した。

その後のスペインバルで白ワイン一本と蜂蜜がけのゴルゴンゾーラの薄いピザを堪能し、アパートの前まで送ってもらって二十二時前には帰宅した。

久しぶりにパソコンを立ち上げ、マグノリアの公式ホームページで、メンバーブログをチェックするが、一ノ瀬さんはほとんど更新がない。

最終更新が今年の一月二十日。遡《さかのぼ》って見てもコンサートの様子を少しと来てくれたファンへのお礼、あとは、ギターや周辺機器の紹介くらい。プライベートっぽい記事といえば、ミュージシャン仲間や他の芸能人とクラブでDJをした時の様子が写真つきで載っているくらいだ。

生島リサやモデルのLUMI《ルミ》、若手女優の桐生美咲《きりゅうみさき》と並んでる写真を見たらへこんだ。生島リサとは変なポーズをとってふざけており、LUMIとは腕を組んで、桐生美咲とはちょっと距離を置いて並んでいる。このノリのよさはモテるだろうなと複雑な気持ちになる。

うー。もやもやする。いっちょ前に嫉妬《しっと》している自分が痛い。

吉塚くんはいいように言ってくれたけど、実は巧妙な罠《わな》で、どっぷり嵌《は》まったところでドッキリでしたーって感じで捨てられたりするパターンかもしれないと疑い始める。

まだ連絡も取ってないのに、考えすぎ、よね……？　復讐じゃないって信じたい。だけど、されてもおかしくない。

あー酔いが醒めた。でも復讐だろうが、そうじゃなかろうが、まず謝ろう。私の勘違いでややこしくなっちゃったんだし。

メンバーごとにメッセージを送れる画面を立ち上げ、一ノ瀬さん宛てになっているのを確認して、深呼吸を繰り返した。

はじめましてこんばんは
二月にダイニングバーでお会いした湊百合佳と申します。その節は私の勘違いで、大変失礼なことをしてしまい、誠に申し訳ありませんでした。

こんなんでいいの？　このあとなんて続けよう。これって本人が読む前にスタッフが目を通したりするのかしら。だとしたら無難に簡潔に、余計なことは書かないほうがいいわよね。

でも上手い文章が浮かばない。書き出したら余計なことまで書き込みそうで怖い。

もし、可能でしたらもう一度、と打ち込んだ指が止まる。もう一度会うなんて、無理に決まってる。

はじめましてこんばんは
二月にダイニングバーでお会いした湊百合佳と申します。

その節は私の勘違いで大変失礼なことをしてしまい、誠に申し訳ありませんでした。『Rock《ロッキン》'n' People《ピープル》』を拝見しました。

こんなことを申し上げるのもなんですが、私の一番のお気に入りの靴でした。わざわざ修理に出してくださったのですね。ありがとうございます。もし可能でしたら、修理代を教えてください。代金をお支払いします。靴は捨ててくださっても結構です。

いまさらですが、あの日お会いできたことは、私が今まで生きてきた中で、一番素敵な出来事でした。

勝手なことばかり申し上げてすみません。それでは、失礼いたします。お体ご自愛ください。


やっぱりダメだ。

ぽちぽちっと削除ボタンをクリック。

もう一度会いたいとか、靴を返してくださいとか、怖くて言えない。

自分を守ってばかりで嫌になるけど、そんなこと書いて送ってこれこそが勘違いだったら、立ち直れる気がしない。

ファッションフェスタまであと少ししかないのに、やけ酒とやけ食いばかりしている。カロリーオーバーしているからエネルギー過多で余計なことを考えてしまうんだ。

しばらく放置して衣類掛け代わりになっていたルームランナーに乗り、時速四キロで一時間ウォーキングした。酔い醒ましにはなかなかハードだったが、久々にやると気持ちがよかった。

水分を取りすぎていたせいか汗だくになったのでシャワーを浴びた。せめてファッションフェスタまで毎日続けよう。あと、禁酒も。もう少し引き締めないと。全裸になり、姿見の前で、見える限り様々な角度で体を見る。

一ノ瀬さんと並んで写っていたＬＵＭＩ《ルミ》や生島リサを思い出す。腰の高さと細さ、膝の位置の違いを思い、壁に手をついた。

いつまでこの不毛な堂々巡りを続けるつもりなのだろうか。引きずりすぎ？

そもそも、真相もなにもわからない。二度と会える気もしない。あのダイニングバーにも恥《は》ずかしくて行けない。

電話での彼を思い出すと腹立たしくもなってきた。そういえば、バンドマンなんて皆軽薄でろくでなしだった。モテて当たり前なんだ。

きっと泣かせた女の数も顔も覚えていないだろう。バカだと自分を罵《ののし》りながら、心の端っこ体の奥で燻《くすぶ》る未練が鬱陶《うっとう》しい。

忘れたいのに忘れられない。一目見た時は手遅れだった。

まさか、その日のうちに抱かれるなんて思いもしなかったけど、軽率な出会いなんて、結局まともじゃない。

もう一時間、時速六キロペースの軽いジョグモードで走り、もう一度シャワーを浴びたら考えるより先に眠たくなってきた。着信が聞こえてスマホを確認すると吉塚くんからだった。何時だと思ってんのよと毒づいて無視した。

❖

❖

❖

百合佳の本音も聞き出せて、食べたいものを食べ、程よく酔い、吉塚の胸は充実感でいっぱいだ。最初から素直になっておけば、遠回りすることもなかったのに。

二十三時前に帰宅し、シャワーを浴び、部屋の掃除をして気づくと零時を過ぎていた。

一時から放送するマグノリアのリサによるラジオ『LOVE《ラブ》 LETTER《レター》 FROM《フロム》 RADIO《レディオ》』の録音に備える。パーソナリティはもちろんリサだが、不定期に他のメンバーがいたりする。断トツで一ノ瀬の登場回数が多い。リサ曰く一番捕まりやすいからだそうだ。

（一ノ瀬さんと湊さんが付き合うようになって、そのうち結婚なんてことになったら式に呼んでもらえたりするのかな。うわーどうしよう。長谷川誠司に会えたりするのかな）

一ノ瀬はカリスマ、長谷川誠司は生けるレジェンド。吉塚にとって神に近い存在だ。フルネームで呼ぶのは決して軽んじているわけではなく、大国主命《おおくにぬしのかみ》と呼ぶような気持ちに似ている。

耳慣れたギターリフが流れる。

『どもー。皆さんこんばんは。ラブレターフロムレディオ、今夜のお相手は、マグノリアのリサと』

『マグノリアのギターの一ノ瀬恭司で』

「きたぁぁあああ！」思わずこぶしを握って吉塚は叫んだ。

『お送りします！』

派手なソロパートが流れ、マグノリアの新曲〝Classical《クラシカル》 Rose《ローズ》〟が始まる。

百合佳に電話したが出ない。

なんて残念な人なんだと思って電話を切った。録音してるからいいや、明日聞かせてあげようと諦《あきら》めた。曲が途切れてＣＭに入り、そしてまた番組のイントロが流れた。

『はい、ということで。ここ最近ワタクシめのせいで皆様にご心配とご迷惑をおかけしているわけですけれども』

『うん。ほんとにね。お嬢、マジ土下座して？』

『イッチの前では絶対嫌ね』

『そう言うと思ってたけどね。でも回復してきたからよかったね。精神構造は繊細なんだね。性格はアレだけど』

『アレだけどね。それはそうと、イッチはこれから副業が忙しいみたいで』

『うん。誰かさんのおかげで食いっぱぐれそうだから』

『嘘つけ！』

『うん。まあ、嘘だね。』

『なんと、イッチが二度目のモデルチャレンジ。なにこれ、マジウケる』

『ウケる、じゃねーよ。この無茶振りにおれがどんだけ頑張ると思ってんの』

衝撃的な緊急告知に、吉塚は驚愕して「えええええ!?」と叫んだ。酔いも手伝ってテンションが高い。

『ちゃんと鍛えときなよ？　中途半端は恥《は》ずかしいよ？』

『あ、そうか。お嬢、もともとモデルだもんね』

『なので、ワタクシがご一緒してあげますわ』

『あとね、おれ、三十過ぎて初体験なんだけど、ハイヒール履くんだよね。写真だけど』

『大丈夫よ。かつてはフランス王だって踵《かかと》の高い靴を履いてたんだから』

『まあおれフランス王じゃないから生まれてこの方履いたことなかったけど、めちゃくちゃ痛いね、あれ』

『そうでしょ。ファッションってやせ我慢強いられるでしょ？』

『うん。あんなん履いて仕事しなきゃいけないってひどい話だね』

『たかだか数時間の撮影で履いたくらいで、知った風な口をきくな！』

『え。なんで切れられてんの、怖。なんかごめんな？』

『いいけどさ、ricaconic《リカコニック》とのコラボなんて寝耳に水だったんだけど？』

「うええ？」

不意に聞こえたブランド名に、吉塚はまた変な声を上げた。

『さすがお嬢。名前知ってたんだ。おれ、知らなくて』

『知らなくてあんな写真撮ったの？』

『え、うん、まあ。ね？　必要に迫られて、ね？』

『ファッションと音楽って親和性が高いもんね。っていうことで。なんと、ワタクシめと、このギタリストが今度開催されるファッションフェスタにて、カムイ・ヒロナガのコレクションにゲスト出演することになりました！　わー』

と二人で拍手している。寝耳に水はこっちのほうだ。

どうしよう、これは百合佳に知らせるべきか。吉塚は悩む。そういえば、ブログに送ったメッセージの返事もない。スタッフに怪しまれて弾《はじ》かれたのかもしれない。それに、あの靴は百合佳のではなく、宣伝用に作られたよく似たデザインの靴だったのかもしれない。残念ながら、百合佳の言っていたとおり、彼にとって一夜の出来事で終わっていたのかもしれない。

『これからはなるべく真夜中にイッチを呼び出すのは控えるわ』

『いまさら？』

『うん。それじゃあ、ま、イッチ。そろそろ曲いきますか。リクエストです。あーもうこの方わかってますね。』

『うわ。懐かしいね』

『それでは、クラックスパナヴィレッジで、LOSER《ルーザー》』

リサのタイトル紹介に被せるように、マシンガンのようなドラムの音と骨太なベース。歪んだヘヴィなギターサウンドが焚きつけるようにがなり、ブレイクし、長谷川誠司の全部投げ捨てるような乾いた呟きが入る。

〝I know, I'm loser, so fuck'n what?〟（そう。おれは負け犬だ。だからなんだってんだ？）

吉塚は曲に聴き入りつつ、一ノ瀬と百合佳について悩み続けたのだった。

6　一ノ瀬恭司の絢爛《けんらん》たる焦燥《しょうそう》と念願の再会について

濃い睫毛で縁どられた、挑戦的な黒い瞳に、胸の裡《うち》を見透《みす》かされているような気になる。

鮮やかなドレスを剥《は》ぎ取れば、艶めかしい柔肌が現れ、甘い吐息が漏れる。

柔らかく小さな唇を食《は》むと柔らかな舌が伸びてくる。それをすくい取るように舐《な》め上げて味わう。

舌先をこすり合わせるように執拗《しつよう》に絡ませ合えば、得も言われぬ快感が全身を這って、たまらない気持ちになってくる。

形のいい小ぶりな乳房を手の中で玩《もてあそ》び、硬くなった先端を弄《いじ》り、もう片方の手は淡い茂みの奥のぬかるみへとしのばせる。

愛液にまみれた指を前後させるように小さな肉芽を撫でる。円を描くように細心の注意を払った強さで刺激する。

肩に食い込む細い指の爪の痛みが、なけなしの理性を繋ぎ留め、彼女を悦《よろこ》ばせているのかもしれないという優越を与えてくれる。

「……っんう。このまま、おかしくなりそう……！　んんっ。ああっ」

ぎゅうっと細い腕が首に巻きついて、汗ばんだ体がびくびくと小刻みに揺れた。

「なればいいじゃん。なろうよ、一緒に」

「もう、欲しいの、お願い」

甘える彼女の口を塞《ふさ》ぎ、舌を味わう。

「欲しいのは……どれ？」

肉芽を玩《もてあそ》んでいた中指に人差し指を添えて、源泉の奥へ沈める。興奮のあまり強くなりそうになるのを抑えつつ、突き上げる。

「んんッ……！」

「もっと増やす？」

愛液にまみれた指を口に入れ、さらに自《みずか》らの唾液を加え、薬指と人差し指の先を合わせてふたたび肉襞《にくひだ》の奥へ侵入させる。ゆっくり攪拌《かくはん》させていると、百合佳が下唇を甘噛みしてきた。

「指じゃ、嫌」

「おれも同意見だよ？」

言いながら、指の動きは止めない。とろとろになった内側で指がふやけてきた。

「これじゃ、いや、なの。足りない、はやく、ちょうだい？」

とろけた眼差しと熱く湿った吐息にやられて指を引き抜き、はち切れそうに膨張した自《みずか》らを深く沈めた。

「あああっ、恭司さんのすごくいい……！」

「百合佳ちゃんの中、すっげぇとろけそう」

温かくて柔らかいぬかるみに包まれる。きゅうきゅうと締め付けられながら腰を揺らし、やばいと思った、瞬間。

バッ！　と視界が明るくなった。生ぬるい粘液がぴくぴくと震える股間を濡らしていくのを感じる。

「う、わっ、マジかよ……！」

飛び起きてボクサーパンツの前を右手で押さえ、バスルームへ駆け込む。

思い出し夢精ってなんだよ？　自問しながら心底情けない気持ちになった。

おれ、もう三十二よ？　と嘆いても後の祭りだ。ものすごく生々しく、ありえないくらいリアルな夢だった。

シャワーで後処理をしながら、夢を反芻《はんすう》する。

忘れたくないが夢の残像は急速に色褪せ消えていく。もう一度寝ようかなと思いつつて、虚しさのあまり肩を落とすしかない。

「くっそ……」

もう一度会いたい。想いが募《つの》るばかりで、幻想では物足りない。

いつ以来かすら思い出せない夢精で、誰に見られたわけでもないのに恥《は》ずかしくていたたまれない。

彼女の体を思い出しながら自慰行為に及んでみても、利き手では再現すらできずに途中で萎えてしまう。

病みつきになる体はもちろんもう一度味わいたいが、彼女自身のことを知りたい。そして自分のことを知ってほしい。

そしてできることなら、もっとちゃんときちんと愛し合いたい。

あれからしばらくが経つが、なんの音沙汰もない。

音楽雑誌じゃ畑が違ったか。

しかし、急遽決まった参加といえ、ファッションフェスタが開催されれば、ファッション誌にも載るだろう。

近日、ricaconic《リカコニック》の広告ヴィジュアルが自分に変わるはずだ。

レザージャケットに擦り切れたトップス。ぎりぎりのところで腰に掛けたレザーパンツに脚を肩幅に開いて立ち、ヒールカーブに藍色の蝶々のついた漆黒のエナメルのピンヒール。

同じ衣装でカウチソファの上にあおむけになり、重ねた足先を高く上げ、パイソン柄のパンプスを見せつけるポージングのパターンと、着崩した白いスーツにメタリックでカラフルなアルゼンチンタンゴシューズを履いたパターンがある。

ウォーキングのレッスンと、パーソナルトレーニング、そして本番を終えるまでの禁酒。

廣永神居《ひろながかむい》に出された課題を遂行し、さらには新曲作りや来月から再開されるコンサートツアーの打ち合わせ、趣味と実益を兼ねた楽器の自主練もある。

今日は十五時から ricaconic《リカコニック》 のデザイナー今井《いまい》りか子《こ》との顔合わせだ。

携帯を見ると、十二時を回るところだった。

アラームを十一時にかけていたはずだったが、昨夜のトレーニングが祟《たた》ったのかもしれない。

今回のカムイ・ヒロナガの秋冬のメンズコレクションは、自然への回帰と野性の中のエレガンスがテーマらしく、彼お得意の極彩色に加え、レオパードやゼブラ、パイソンなど様々な動物のモチーフが使われる。

今回のショウモデルたちはトライバルな雰囲気が必要とされるため、いつもより筋肉の厚みを増やすように指示されているとのことだった。がそこはファッション界、達磨《だるま》のような筋肉ではなく、あくまでも引き締まっていることが前提なのだ。

食事になんのこだわりもないが、高たんぱく質の鶏肉とハイカロリーのプロテインにはいい加減飽き飽きしていた。

普段も職業柄、運動不足とボディラインへの意識がないわけではない。主な住居にしている都内のマンションには、録音できる防音スタジオとホームジムがある。パワーラックとマルチベンチ、バーベルセットとランニングマシンくらいしかないが、個人的には十分だと思っている。

十三時にマネージャーの石橋尚美《いしばしなおみ》が迎えに来て、赤坂《あかさか》のホテルで、撮影も含めた今井りか子との対談に向け、衣装やヘアメイクなどの準備を整えた。

今井りか子は、鮮やかなキャロットオレンジのショートヘアで、光沢のあるダークなエメラルドグリーンのエコファーコートを羽織っていた。白と黒の斜めストライプのインナーにダメージ加工のタイトなブラックジーンズに、ショートブーツを合わせている。

おれと今井りか子は握手と微笑みを交わすと、彼女がおれに言った。

「私の夢を叶えてくれてありがとう」

「え」

「知り合いから聞いたけど、靴を置いて行った相手を探してるんだって？」

「あっ！　え、広まってんの？」

「さあ。でも、私の作品だから」

「あー、あーね」

「私、シンデレラの魔法使いに憧れて靴作家になったの。あの物語の主役はガラスの靴でしょ？」

「そうなんだ。おれ、替え歌くらいしか覚えてなくて。やめてよしてさわらないで……って。小学校の時流行《はや》んなかった？」

「すごい。全部台無し。そんなんだから彼女に逃げられたんじゃない？」

デッドボールが直撃する。反論する気も起こらない。

彼女は格好のつかない自分のことも受け入れてくれた。ただ、少し誤解が生じただけだ。

逃げられたのは誤解のせいだ。

「おれ、王子様じゃねえし」

「私の靴を使っておいてしょうもないこと言わないでくれる？」

「いや、使ったのおれじゃなくて彼女だから」

「ほんっと、いいのは見た目だけなのねえ」

「ねえ～。よく言われます～。でも、見た目だけじゃなくて、ミュージシャンとしての才能もあるんです～」

「そうらしいわね。まあ。それでも？　ロマンスに使われたのは素直に嬉しいし、人気ミュージシャンさんのおかげで売名できたし？」

「お役に立てて何より」

おれが半笑いで肩をすくめると今井はおかしそうに笑った。

じゃあ、始めますよーとスタッフに声を掛けられ、対面のソファに腰かけた。

大まかな台本に沿った対談ながら、彼女から迸《ほとばし》る靴や制作にかける情熱と愛情はとてもいい刺激になった。

なりゆきとはいえ、なかなかいい出会いだと思った。一時間の予定があっという間に過ぎて、メインの対談は終了しても二時間近く喋っていた。別れ際に、握手を交わす。

「あなたが持っていたガラスの靴はね。私がまったくの無名の頃から応援してくださっている方に納めたものなの。毎年一足だけ、私が本当に作りたい靴を作ってるんだけど、その方が買い付けにいらした時、どうしてもと仰《おっしゃ》ったからお譲りしたの。もちろんただではなかったけれど」

「どこの誰？」

握手した手に力を込めて詰め寄る。

「それは、個人情報だから教えられないわ」

手を振りほどいてにっこりと微笑む。

「カムイ・ヒロナガのコレクションに出るんですってね。レセプションパーティーで会いましょう。その時になら紹介できると思うから」

可能性が具現化しそうだ。わずかな確信に胸が躍《おど》る。少しずつでも、確実に彼女に近づいている。

今井りか子を見送り、自分も部屋を出た。

❖　❖　❖

来月に再開されるマグノリアのツアー。その打ち合わせに集合したベーシストの三井《みつい》智哉《ともや》は、恭司を見つけて声をかけた。

「まだ探してんの？　何の音沙汰もないのに」

「まだおれのサインが届いてないんだろ」

「どういう子？」

「綺麗《きれい》でかわいい子」

「モデル？　女優？　アイドル？　ＡＶ女優？」

「そういう雰囲気じゃなかったけど、服とかメイクとか好きだって言ってたから販売系かなーと」

「そこまでしてそこら辺にいる女探さなくても、イチノセキョウジなら高めの女いけん

まれたらどうすんだよ」

「いやいやレベル同じくらいじゃねえと付き合った時苦労するぜ。それにまた、たれ込

だろ」

「惚れた女に高いも低いもあるか」

「たれ込まれるなら、とっくに連絡きてるだろ」

「まあそうだけど、とは言ってもさあ。よくたった一度の女にそこまでやれるな」

「どっかのおとぎ話みたいにダンス一つで落ちる恋より具体的なんだよ」

「そんなに⁉ どんな女よ⁉」

「教えなぁい」

「でもそんな女なら、すでに替えがいるんじゃね？ 音沙汰ないっていうか、もうお前に興味ねーんだよ」

「なに？ お前、そんなにおれが嫌い？」

「それ訊く？ 余裕なさすぎなんじゃない？」

「なにやってんだよ、二人とも」

不穏な空気に気づいたドラマーの藤波拓也《ふじなみたくや》に咎《とが》められ、恭司は掴んでいた三井のジャケットから手を離した。三井は恭司を睨《にら》み、鼻を鳴らす。

三井は元々、売れていないバンドのベーシストだった。

人気アニメのエンディングテーマに抜擢されたデビュー曲が一度だけヒットチャート入りをしたが、それ以来鳴かず飛ばずで、三年もしないうちに、高校時代から一緒にやってきたメンバーはついに夢を諦《あきら》め、それぞれ別の道を行くことにした。

三井だけがスタジオミュージシャンとしてバイトを掛け持ちしながらベースを続けた。マグノリアのメンバーに抜擢されるまで、煙草すら満足に買えないような生活をしていた。

一方の恭司は、国内有数の紡績会社の創始者の家に生まれた。たった数年しか活動していなかったバンドは音楽業界における伝説となり、ミュージシャンはもちろん芸能界やファッション業界、各メディア、いたるところに彼らのファンが点在し、することすべてが成功、ずっと眩しい光を浴び続けてきた。

ギターは当然のこと、ピアノもヴァイオリンも弾きこなし、ベースだって三井よりテクニカルに弾く。

そのくせ、三井の実力を高く評価しているのが恭司だということも気にくわない。

今回だって一夜限りの女を探すために起こした個人的な行動が、いつの間にか各方面に悪くない影響を及ぼしている。

なにより世界的に有名な日本人デザイナーのショウのオファーがくるほどのスタイルを持っていることも、鼻持ちならない。

相手の女がどれほどかは知らないが、恭司が袖《そで》にされたのは小気味よい。そのまま振られてろ、と三井は心の中で舌を出した。

ずいぶん前にオフィシャルサイト担当のスタッフから、ブログのコメントに靴の持ち主を知っているというようなコメントが来ていたと聞いたが、悪質ないたずらの可能性もあるため、本人がチェックする前に削除されたという。

あのメールが本物だったら面白いのにと思った。

明日はとうとうファッションフェスタ。国内のデザイナーたちの祭典。

カムイ・ヒロナガのコレクションの本番は二十時から始まる。三日間行《おこな》われるイベントの一日目。はたしてファムファタルとの再会は実現するのだろうか。

❖　❖　❖

あれから私は暇さえあればランニングマシンに乗って、今は時速十キロペースで一時間走れる程には慣れた。

酒も飲まず、間食は素焼きのアーモンドや油脂不使用のドライフルーツに変えた。主食も玄米や豆腐やカリフラワーにして、脂を除いた鶏むね肉、ささみ、牛ヒレ肉、野菜とフルーツを意識的に多く摂るようにしている。

そして、二日間のプチ断食も経て、ファッションフェスタに備えた。

鏡花さんのおかげで、今回有名デザイナーの主催するレセプションパーティーに出席できることになっている。その時に素晴らしいドレスを着るために、体を絞っておいたのだ。

当日。本来ならば人脈を作り、ステップアップできる絶好の機会であるはずなのに、私も鏡花さんも、ただの祭り気分で楽しんでいるだけだ。

会場の周りは、メディア関係者や全国のショップのバイヤーたちを始め、奇抜な服に身を包んだファッションフリークスに溢《あふ》れ、華やかににぎわっていた。

いたるところでフラッシュがたかれ、各界のＶＩＰや著名人が行き交っている。鏡花さんは会場入りすると、それらの人々に恭《うやうや》しく挨拶をされたり、親しげに声をかけられたりしながら悠然と歩いていく。

若いデザイナーたちは、彼女の視界に入ろうとどこか落ち着きのない様子を見せている。私と吉塚くんは改めて彼女の存在価値を目の当《ま》たりにし、ひどく緊張した。

私と鏡花さんが会場で愛想笑いを浮かべている間、吉塚くんは若手デザイナーのショウをくまなくチェックし、たっぷり日が暮れるまで歩き回り、店に相応《ふさわ》しい商品のリサーチを行《おこな》った。

そして初日の最後に行《おこな》われる、鏡花さんの古い友人だというカムイ・ヒロナガのショウに呼ばれているのだが、私たちは先に会場近くに借りたホテルの部屋に戻り、休憩と衣装替えをすることにした。

鏡花さんのスイートルームでエステを受け、ヘアメイクと爪を整えてもらい、大胆に背中の開いたストラップに深いスリットの入った、黒いシルクのロングドレスに着替えた。アイラインもいつもより太めに入れ、深みのある赤いルージュをひいてもらう。手の中に収まるくらいのミニマムなレザーハンドバッグには、最低限のものしか入らなかった。


真っ暗な会場に作られた熱帯雨林。赤と緑のライトが舐《な》め上げるように照らしている。ジャングルをイメージした会場の中央にランウェイが伸びており、周りは顧客やバイヤー、メディアを始めとした観客で埋まっている。

入場直前で合流した吉塚くんと三人で最前列に並び、ショウの始まりを待つ。

会場を照らすのは、人工的な照明だけではない。ランウェイを縁取るように置かれたかがり火が燃え盛《さか》っている。客席とランウェイは案外距離が近い。

人工的な照明が消えたかと思うと、腹をえぐる地鳴りのような、長胴太鼓《ながどうだいこ》の音が響いた。

戦士を鼓舞するような躍動感溢《あふ》れるトライバルな音楽が流れ、熱帯の鳥の声が聞こえた。

生命力を煽《あお》るような音と燃え盛《さか》る炎で、会場には奇妙な熱気がたちこめる。やがて始まりを告げるような重低音が響いた。

最初にランウェイに現れた男は、ツーブロックのベースカットにアシンメトリーなスパイラルパーマというヘアスタイルで、逞《たくま》しい上半身にシースルーのロングガウンを羽織っていた。

腰の辺りから床を引きずる裾《すそ》にかけて、緻密で華麗な孔雀《くじゃく》の羽が刺繍《ししゅう》で表現されている。男が大股で足早に歩くと、その羽が流線型を描いて靡《なび》く。

目の覚めるようなブルーグリーンのストールと、控えめに箔押しされた葉のテクスチャーが特徴のレザーパンツに、鋭角なトゥデザインのショートブーツ。非日常を身に纏《まと》い、野鳥の帝王が観衆にその姿を見せつける。

シースルーから透《す》けて見える大胸筋や上腕二頭筋、割れた腹筋もさることながら、腹斜筋もセクシーだ。玉虫色に彩られた奇抜なアイメイクから放たれる、鋭い眼光が私を捉《とら》えた。

私はそれに気づき、射抜かれ、全身に稲妻が走ったように戦慄《わなな》いた。一瞬の出来事だった。

白っぽくぬり消され、金粉がまぶされた唇が薄い笑みを浮かべたように見えた。それ以外のアクションもなく、彼は美しい刺繍《ししゅう》の裾《すそ》を翻《ひるがえ》し、ふたたび舞台の奥へと消える。

バクバクと暴れる心臓をなだめながら、気づかれないように深呼吸を繰り返した。

あんな特殊なメイクをしていたのに、一瞬でわかってしまった自分がすごい。

いや、吉塚くんなら、と横目で盗み見たが、他のモデルたちの服に集中して気づいていないようだった。

7 I want to be eaten by you!（私はあなたに食べられたいの！）

三月とはいえまだ寒さが身に染みる。すっかり日の暮れた街を眺めながら、用意された車でパーティー会場へ向かった。吉塚くんが真ん中でそわそわと膝を揺らしている。

「みっともないわね」

鏡花さんがぴしゃりと吉塚くんの膝を叩いた。

「スーツなんて着慣れてないんですよ～」

「なっさけない。百合ちゃんのエスコート、ちゃんとしなさいよね」

「わかってますけど～。っていうか湊さん」

吉塚くんの目がきらりと光る。

「なあに。愛しの教祖様でもいた？」

「わかってたんですか⁉　僕、すっごい我慢してたのに」

「我慢？　気づいてないかと思った。結構、役者ね」

「言ったら湊さんが取り乱しちゃうかと思って必死に我慢してたんですよ。一ノ瀬さんめちゃくちゃかっこよかったですよね⁉」

「それなら吉塚くんが付き合えば？」

「僕が湊さんだったらそうしてます。ってか、どうしたんですか？　つんけんしちゃって」

「私は吉塚くんじゃないもんね～」

「あら、おしゃぶり飴の味はもう忘れたの？」

突然の鏡花さんの質問に胸を突かれた。

「何のこと、でしょうか」

「わかってるくせに」

白いロングドレスに、信じられないような輝きを放つレインボーカラージュエリーのネックレスが眩しい。

私たちは皆、カムイ・ヒロナガのドレスとスーツを着ている。

私の黒いドレスは鏡花さんが神居さんからプレゼントされたものの、着ないというので譲ってもらった。

確かに、なかなか着ていくところのないドレスだと思う。歩くたびに柔らかく揺れるシルクは美しいけれど、この寒い中、歩き回るのは到底不可能だ。

今日だって本物と見紛うフェイクファーのストールを巻いているのに、外に出れば一分も経たないうちに凍えてしまいそうだ。

「いつぞやの一夜の過ちのことなら、もう」

実のところ、感情はこんがらがっている。すぐに忘れてしまえるほど、生半可な体験ではなかった。終わった終わったと自分に言い聞かせても、恋心は終わらない。

あの電話は私の勘違いなのか、吉塚くんの仮説が正しいのか、なにもわからないから、もどかしくて、腹立たしい。その場で問い詰められるほどの間柄でもなかったからだ。ただ衝動の波が一致しただけの行きずりの女と男だったんだもの。

「なら、大丈夫よね」

鏡花さんがにんまりと笑った。嫌な予感、何とも言えない気まずさが悪寒となって背筋を走る。

「と、おっしゃいますと？」

「りかちゃんが私に会わせたい男がいるって連絡してきたのよ」

「はい？」

リカちゃんと言われても誰だかわからない。着せ替え人形の彼女が浮かんだけれど間違いなく違うだろう。

「靴のグラビア、わかってるわよね？」

「あ、ああ。あの、音楽雑誌の……」

どうやって嗅《か》ぎつけるのかわからないけれど、お店への問い合わせが後を絶たない。せっかくなら靴だけじゃなくて、お店に並んでいる若手デザイナーと新規ドメスティックブランドの服も見てほしいものだけど。

「そう。百合ちゃんが買ったあの靴のね、現持ち主が、元の持ち主を探してるみたいよ？　親戚のコネまで使って」

〝現持ち主〟にぎくりとする。私のその様子を含めて鏡花さんは面白がっている。

「親戚？」

「神居の奥様の弟の息子がねえ、ミュージシャンなんですって」

鏡花さんはくすくすと笑うが、次の瞬間、表情を引き締めた。

「あなたが気後《きおく》れすることは何もないのよ。何の用か、正面切って聞いてやりなさい」

「はい。そうですね」

頷くと、鏡花さんはニコッと笑って見せた。

「まあ、ろくでもないことされたら私に告げ口なさい。懲らしめてあげるから」

「絶対そんなことないと思いますけど、もしもの時は週刊誌にたれ込むって手もありますしね」

吉塚くんが割り込む。私も小さく笑みを作って、「そうね」と頷いた。

パーティー会場の隣は展示即売会場になっていて、たくさんのバイヤーたちが集まっていた。

「オーナー、隣いかなくていいんですか？」

「会社の人間が家に来るからいいのよ」

不意に私の腕に手を絡ませ、鏡花さんが耳元で囁《ささや》く。

「……虎視眈々《こしたんたん》と正面テーブル三つ分向こうから怪しい男」

私は視線だけ動かして、ざっと眺める。ボーカルのリサさんとオレンジの髪の女性に挟まれ、こちらの様子を窺《うかが》う彼の姿が視界に入った。

両手に豪華絢爛《けんらん》な花。私の胸は苦く、黒く、濁る。

ブラックスーツにブラックのジレとシャツ、孔雀《くじゃく》の胸の色に似た光沢感のあるダークなブルーグリーンのネクタイとチーフ。

くッ。なんなの、なんなの。見たくなかった。本物の破壊力ヤバい。かっこいい。いや、そんなこと考えている場合じゃない。どんな顔してご対面すればいいのよ。その節はどうも、って？

彼は、なかなか近づいてこようとしない。そのうち、オレンジの髪の女性は一ノ瀬さんとリサさんを置いて、別の男性とともに鏡花さんのもとへやってきた。

「ご無沙汰しています」

「ええ。本当に久しぶりね。さっきの孔雀《くじゃく》の王様は？　ついてこなかったの？」

「ご存じでした？」

「ええ。近所の悪ガキ」

鏡花さんがクスッと笑うと、女性も笑った。

「娘さんですか？」

女性がちらりと私を見て微笑んだ。

「うちのお店の子。あなたの言う通り、娘みたいなものよ」

「初めまして。湊百合佳です」

会釈を返す。この方が今井りか子さんらしい。鮮やかなオレンジの髪をオールバックにして、タイトなブラックパンツスーツに身を包み、真っ白なパリっとしたブラウスにリボンタイをしている。

「すごくゴージャスね」

迫力のあるかっこいい女性に言われると、お世辞でも嬉しい。

「ありがとうございます。りか子さんはシックで素敵です」

「私たち、次の商談をしたいから、吉塚と遊んでてくれる？」

鏡花さんに言われ、頷いて場を離れる。吉塚くんに声をかけたが、

「僕、隣チェックしてきていいっすか」

と速攻で振られた。

こんなところでひとりにするか？　と吉塚くんの無頓着さに腹が立って、バッグで殴ってやりたいとすら思ったが、彼の姿はもうない。

ほんと、なんて奴！　いきなり一人にさせられて心細くなったが、物怖じしているのを周囲に知られたくない。テーブル二つ分向こうをうろついている猛獣には特に。

知らん顔で背を向け、ウエイターからシャンパンをもらった。

斜めうしろに気配がした時にはもう遅かった。金属的な柑橘系の香りが鼻腔に流れ込む。

「奇跡の再会に乾杯？」

グラスとグラスがぶつかる軽い衝撃。見上げると、好みドストライクのあの顔があった。スーツ姿なの、本当にずるい。

「ど、どちら様でしょう？」

ドキドキと暴れる心臓を気取られないように顔をそらし、グラスに口をつけた。

「初めましてだったっけ。おれたちどこかで会ったことない？」

「さあ。存じません」

　一ノ瀬さんから離れようと一歩踏み出す。手首を掴まれて振り向くと、困ったような悲しげな瞳とぶつかった。

「さっきの若いイケメンは彼氏かなんか？」

「違います。ただの職場の後輩です」

「そっか、奇遇だね。おれにも、嫁さんも隠し子もいないよ？」

んんん！　私の勘違いだったパターン！　でも、だからってどうすればいいの！

「私には確かめようがありません」

　首を傾げて見せると、手首を掴む指から力が抜けていった。

「誤解を解きたくて、君を探してた。おれにはもうチャンスもくれない？」

「私じゃなくても、他にも素敵な女性はたくさんいるんじゃないですか？」

　みっともない嫉妬《しっと》だ。恥《は》ずかしくてすぐにでも彼の目の前から去っていきたい。だから、そのまま足早に歩きだしたのだが、毛足の長い絨毯《じゅうたん》にヒールが絡んで躓《つまず》きかけた。

　一ノ瀬さんの腕が、私の体をすくいあげ、シャンパンを浴びる。

「前にも似たようなことなかった？」

「〜〜っ。ごめんなさい……」

　なんて格好がつかないんだろう。スマートに一ノ瀬さんから離れて、展示会にいる吉塚くんのところにでも行こうと思っていたのに。

「思い出してくれた？」

この優しさはなんなんだろう。私は、どうしたらいいんだろう。復讐の罠《わな》かもしれないのに。

「今のでドレスが崩れて、おれの袖《そで》もぐっしょりだし、場所を変えよう」

「でも、私は職場の上司と来てますから」

「鏡花姉ちゃんだろ？　面白がって終わりじゃねえか。それより、君のドレスが大問題だ。おれのスーツもシミになると困る」

「鏡花さんとお知り合い？」

「近所の怖いお姉様」

と、肩をすくめてみせる一ノ瀬さん。気づいたウエイターが一ノ瀬さんに拭くものを持ってきたけれど、おざなりに拭って返し、私の腕を引いた。

「そんなことより。初めましてならそれでもいい。おれたちお互いのことを知らなさすぎた」

「知る必要あります？」

強がるけれど、声が上ずっているのがバレバレだ。現に彼は少し意地の悪い微笑を浮かべている。

「少なくともおれは知りたい。好きな食べ物とか、嫌いな食べ物とか、どんなことが好きで、どんなことが嫌いか。映画は好き？　音楽は？　趣味は？　将来の夢は？　何に感動して、何にしらけるのかでも。あと、おれたちどんなことに共感し合えるのか」

すっごいまっすぐ見つめられてこんなこと言われたら期待しちゃうじゃない。

でも、こんなことありえる？　この人の周り、絶対、私よりいい女いるよね？

「そんなの、たった一度会っただけじゃ知りえないですね」

「だから、こうしてもう一度会いにきたんだろ」

「じゃあ、あの電話は、なんだったんですか？　デキたって、しかも、女の人の名前だって聞こえたし」

「ただの仕事仲間からの電話。まあ、その、なんだ。君は知らないみたいだけど、これでも、売れてるバンドでギターやってて、曲も作るから、それで、スランプに陥《おちい》っていたメンバーがようやく歌詞がデキたって連絡してきたってわけ。あの時すぐに訊いてくれればよかったのに」

真偽は定かじゃないけれど、悔しいほど吉塚くんの読み通りだった。けれど、ここまで嘘をつく必要はあるかな？　まだ私は彼のリベンジを疑っている。

「売れてるバンドのギタリストさんなら相当モテるでしょうね」

「否定はしない。けど、それじゃ虚しいんだよ。全然満たされない」

「それに、私たちそこまでの仲じゃ」

「そんな仲じゃなかった？　おれ、君の秘密を知ってるよ？」

「秘密？」

「綺麗《きれい》だけどきわどい下着がお好み」

自動的にあの夜のことが頭を過《よぎ》り、かああっと顔面が熱くなる。なんて男《ひと》だ！

「最低」

「まあ、それくらいしか知らない。あと、服やメイクが好き。二度目だけど、またドレスアップしてるね。どこかのお姫様？」

「からかうのやめてもらえます？」

「いや、綺麗《きれい》だからさ」

屈託のない笑みを浮かべる。これがリベンジのための演技だとしたら、ミュージシャンの次は俳優か結婚詐欺師を目指すべきだと思う。

「一夜限りだと思ったんです」

「おれ、そんな軽い奴じゃないよ。どっちかっていうと重いかもしれないし」

「軽すぎるのは嫌だけど、少しくらいだったら重いほうがいいです。じゃないと釣り合いが取れないかも」

「ちょうどいいんじゃない。試しにこのまま一緒に過ごそう」

「私、近くのホテルに鏡花さんと一緒の部屋を取ってるんです、だから」

「おれも。だけど一人だし、こっちにおいでよ。鏡花姉ちゃんなら何とでもなるだろ?」

「でも……」

「一緒にいたいんだ」

エントランスホールの階段近くの柱の陰に引っ張り込まれ、ゆっくり距離を縮められ、確かめるような眼差しで覗き込まれる。

「ずっと忘れられなかった」

懇願《こんがん》するような声に胸が疼《うず》く。心臓の音で体中が埋め尽くされてしまった。本当に?

「あなたなら、私じゃなくてもよさそうなのに」

「まだそんな意地悪なこという?」

「意地悪ですか? だってあなたの周りには、いくらでも綺麗《きれい》な女の子はいるじゃないですか」

「綺麗《きれい》だろうがなんだろうが夢にみるほどじゃないよ」

「夢?」

「そう。情けないことに後始末が大変だったんだよね」

「それ、どんな夢みたんですか?」

「正夢にしてくれるなら教えるよ?」

鼻先が触れそうな距離。くすぐったくなって、つい笑って下を向いた。

「まだ、お互いのこと、よく知らないのに？」

「まあ、そうだね」

「それに今夜はどこにでもカメラがあるのわかってます？　ゴシップ記事書かれちゃってもいいんですか？」

「ゴシップじゃない」

彼は不敵な笑みを浮かべる。私は彼の胸を軽く押し返して、先にエントランスホールへ歩いた。

「躓《つまず》かないように気をつけて」

バーでの失態を思い出してムッと一ノ瀬さんを振り返ると、ちょっと意地悪な笑みで首を傾げられた。

外は冴え冴えとした夜空が広がっている。ストールで自分を抱きしめると、そっと肩にジャケットをかけられた。見上げると優しい眼差しとぶつかる。瞳が月のように輝き、限りなく黒に近い虹彩の奥に自分が透《す》けて見える。彼に見蕩れている自分と目が合って我に返る。

「寒くない所に行かない？」

「まだベッドには行きたくないですけど、それでいいなら」

「逃げていかないなら食事でも酒でもなんでもいいよ」

一ノ瀬さんの言いぐさに笑ってしまう。彼はロマンチストで気のいい男だ。ベッドに行くのを躊躇《ためら》うのは一度体験したからこその気恥《きは》ずかしさと、まだぬぐい切れないリベンジへの疑いと、怖れのせい。

「逃げられるものなら逃げたいんですけど」

「なんで！　おれなにも悪いことしてないじゃん！」

「そうですね。私の勘違いだったんですよね。ごめんなさい」

「もういいよ。どうしても君には誤解されたままでいたくなかったし、誤解が解けたのなら十分だ」

「それじゃあ、もう気が済んだわけですね」

「んん？　誤解が解けて、おれたちようやくスタートラインに立てたんじゃないの？　それともおれ、百合佳ちゃんにとって全然魅力ない？」

「いいえ、そんなことはないですけど」

ない。全然ない。だからこそ……はまってしまうのが怖い。

「けど、なに？　いいよ。はっきり言ってくれて。おれが勝手に追いかけてるだけだし、怖がらせたりしたくないから迷惑なら言ってくれたほうがいい」

「一目惚れって許せますか？」

「それって、その、勘違いじゃなけりゃ、百合佳ちゃんが、おれに？」

「ええ。まあ」

「その話、まだ続きある？」

「まあ、そこそこ？」

「じゃあ、場所変えよう。さっきから気になってたんだけどその格好で寒くない？」

「ああ。いつの間にか慣れちゃってました」

「なにその謎の高度な適応能力」

「お洒落《しゃれ》したい欲求の賜物ですかね」

「その心意気には恐れ入るよ。けど、とりあえずあったかいとこ行こう。風邪引くよ」

促《うなが》されてロータリーに待機していたタクシーに乗り、一ノ瀬さんが宿泊しているホテルに向かうことになった。あの日ほどではないけれど、今夜の冷え込みもなかなかのものだ。

たぶん一人きりだったら、とっくに凍えていただろう。

「ところで、なんで百合佳ちゃんは逃げたいの？」

「捕まったら今度こそ逃れられない気がして」

「え。まだ捕まってないつもり？」

「ええ。一応、まだ」

彼は眉根を寄せて唸る。タクシーはあっという間にホテルの地下駐車場に入り、差し出された腕につかまり、タクシーを降りた。

「シャッターチャンスなんだけど、シャッター切る音聞こえる？」

「さあ？」

「ほらね。アイドルじゃあるまいし、そうそう撮られたりしないいんだって」

わざとらしく周囲に目を配ると、ドアボーイが笑顔で首を傾げながら、中へ招いてくれたので、軽い会釈をしてエントランスに入った。

一ノ瀬さんは急かすように私の背中に手を添えて、エレベーターに向かう。近くにいた従業員がエレベーターを呼んでいたらしく、絶妙なタイミングで扉が開いて、私たちはスムーズに乗ることができた。

「お腹空かない？」

「いえ、そんなに」

「じゃあ、ベタに夜景を見ながら酒でも飲んで口説かせてよ」

「へえ。口説き文句なんてお持ちなんですね」

「うん。もちろん。これから考える」

自信ありげに頷きながら言うのでつい噴き出してしまった。ゴシップ雑誌にキャッチされなくても、ファンに見られたりしたらどうなるんだろう。

そうだ。写真一つで販売店舗を探し当てる高性能のサーチ力を誇るファンの皆様がいる。

「そういえば私の勤め先に素敵な靴を探し求めるお嬢様方が頻繁《ひんぱん》にお見えになるんですけど？」

「ああ。いい靴だったもんね」

しれっと答えて私の肩を引き寄せ、彼はエレベーターを降りる。ここは明らかに客室階。

「もし、その方々に見られでもしたら」

「そうか。じゃあ、君の身の安全のために、部屋に籠《こも》ってルームサービスでも頼もうか」

「よく知らない男性と密室はちょっと」

押し当てられる胸板を両手で押し返すと、ドアが閉まりかけて、一ノ瀬さんが片手で阻《はば》む。

「冗談だろ？　それとも、本気で嫌？　だったら、鏡花姉ちゃんの所に帰すよ」

「そういう気分でもないです」

「えー。ワガママだなあ」

私が先に歩くと足早に後をついてくる。

「部屋はつきあたりの一番奥だよ」

「だって見ず知らずの男の人とすぐにホテルに行くような冒険をしないって、とある人と約束したんです」

「殊勝な心掛けだね。涙が出そうだ。ついでに約束した相手が誰だか教えてくれない？」

私が立ち止まって振り向くと、すぐそこに彼の首元があって驚いたけれど、見上げると、口角を少し上げた微妙な笑みを作り、仕方ないなあと言わんばかりに首を傾げられた。

「あの時は、ごめんなさい。たまたま目覚めた時に電話の声が聞こえて、いてもたってもいられなくなって、逃げ出してしまったんです」

言った。正直に。言ったよ、私。

「そんなに？　ふーん。そっかー」

一ノ瀬さんは蜂蜜みたいに甘ったるく優しい笑顔になった。

んんん！　ご褒美《ほうび》！　なんかこのまま、この蜂蜜の濁流に流されたい。

「一目惚れしたおれに、他に女がいてショックだった？」

「ええ。そういうことです」

「いないってわかった感想は？」

「本当にいないんですか？」

「まだ言う？　あ。目の前にいた」

「わー。ベタですね」

「言ってほしかったくせに」

一ノ瀬さんが私の隣から少し前に出て、促《うなが》されるまま部屋に入り、ちょっと眩暈《めまい》がした。

鏡花さんのスイートルームもかなりゴージャスだったけれど、このひと毎回こんな部屋に泊まってるの？

入ってすぐ右手にはグレーのソファのテーブルセットが置いてあるリビングルーム。まだまだ奥がありそう。一人掛けのソファにバッグとストールを置いて、部屋を見回す。

「すごく素敵なお部屋ですけど、いつもこんなお部屋に一人で？」

うしろでドアが閉まる音が聞こえた。

「まさか。一人だったら部屋なんか取ってなかったよ」

「へえ？　だったらどうして？」

「おれはね、九九パーセントダメで一パーセント成功するかもしれないと思ったら、その一パーセントに賭けるんだよ。だってダメだと思って行動して成功した時、君を連れていく場所がないなんて二百パーセントの失敗だろ？」

たった一パーセントの可能性のためにここまでするなんて。思わず彼を凝視したが、微笑み返された。

「そして成功した、と。失敗したらどうしてたんですか？」

「おれのマネージャーに、最近彼氏ができたんだって聞いたからプレゼントしたかな」

「それはマネージャーさんからしたらがっかりでしたね」

「大丈夫。まだ言ってない」

そう言うと、一ノ瀬さんは私のすぐそばにそっと手を伸ばす。

「触れてもいい？」

「はい。どうぞ」

「二度目だけど、こんなんだよ」

彼は私の手を取り、自《みずか》らの胸に当てる。ドクンドクンと力強い鼓動が掌《てのひら》に伝わる。

思わず下唇を噛む。

「私もいいですか？」

「百合佳ちゃんのお好きにどうぞ」

くすぐったいような気持ちになってさらに唇を噛む。そして私も同じように彼の大きな手を自分の胸に導《みちび》く。

「すっげえ心臓バクバクしてる。どうしよう、おれ、こんなにワクワクしてるの、コンサート以外ないよ」

ドレスのシルクの手触りを堪能するように、ゆっくり掌《てのひら》を滑らせる。

「やっぱり君が好きだ。ずっと忘れられなくて探してた。あの時は悲しい思いをさせてごめん」

「私が勝手に勘違いしてあなたを困らせたのに、怒ってないんですか？」

「いや？　おれに他に誰かがいると思って絶望して怒って帰ったんだろ？　それならむしろ嬉しいよ」

「でも、ごめんなさい。私もあなたが好きです」

「だったらさ、もう誰も見てないし、こんな堅苦しい服脱いでさ、楽しいことしようよ」

「でも、このドレス、全然きつくないんですよ？」

「今夜は女神様みたいだ」

「大袈裟《おおげさ》ですよ。私、普通の女ですよ」

「たとえ君を含めた他の誰かがそう言ってても、おれには関係ない。すごく綺麗《きれい》だよ」

「孔雀《くじゃく》の王様も素敵でしたよ。あのローブすごかったですね」

「サンプルもらったから後であげるよ」

「えええ？　あれは、一ノ瀬さんあっての素敵さですよ？」

「さっきから気になってるんだけど、おれの名前忘れた？」

私の唇に指を当て、すっと、顎《あご》から下へ滑らせる。

「キスしていい？」

「どうぞ、恭司さんのお好きに」

「じゃあ、こっちを見て。おれのこと、ちゃんと見て。百合佳ちゃんの意思でおれを受け入れて」

じっと、目を覗き込まれる。なんだか、気恥《きは》ずかしい。でも悪い気はしないし、だんだん、世界が二人だけになってきた。

「してください」

色移りが気になったけれど、口紅は落ちる過程にこそドラマがあるってマドモアゼルの名言を思い出した。

プロフェッショナルが仕立ててくれた唇は、グラスに対してはなかなか落ちにくかったけれど、キスにはどうだろう？

ゆっくり、焦《じ》らすように、私の反応を窺《うかが》うように、彼はそっと近づいてくる。そして、すくいあげるように、啄《ついば》むような軽いキスを繰り返す。

「……あーあ。なんか、焦って近づきすぎたな。もったいない」

そう言うと、私の髪の生え際の近くに唇をつける。肩口から腕に掌《てのひら》を滑らせて、私の肌をじっくり撫でていく。手を取って、指先でマッサージするみたいに私の掌《てのひら》や指を握る。

「爪の一つ一つも宝石みたい。それにこの肌に比べたら、このドレスのシルクも形なしだ」

「そんなこと……」

耳朶に寄せられた唇が皮膚の表面を撫でる。耳が敏感になってぞくぞくと震えてしまう。

「んんっ……」

「……かわいい」

今度は首筋にちゅっと音を立てて唇が当てられる。ちろりと舌先が現れ一舐《ひとな》めされた。

そして彼が顔を上げてまっすぐこちらを見る。

「ほっぺ赤くて、目ぇ潤《うる》んでて、めちゃくちゃ可愛い」

微笑みの奥に潜む情欲を感じる。優しい眼差しは獲物を弄《いじ》るように私を眺めまわす。

羞恥《しゅうち》と愉悦に酔わされながらその視線を受け止める。

軽いキスではまだ色移りなし。ちょっと物足りない。ネクタイを軽く引き寄せて唇を寄せると、少しよろけながらもバランスをとって、衝突を避け、さらにはちゃんと柔らかくキスをしてくれるという、至れり尽くせりな反応をくれた。なんてすばらしい身体能力。

濡れた音を立てながら、唇をこすりつけあうようにして開いていく隙間に舌を這わせる。出迎えた舌にからめとられる。

掌《てのひら》が、ドレスのスリットから露《あら》わになった素肌を撫でまわす。吐息が漏れると、彼の指先に力が入り、すぐに緩む。私の体は反応を示して熱を放っていく。

彼は太腿《ふともも》の側面から膝の横に指を滑らせ、上下させる。ゆっくり、じっくり、撫でられる。肌の表面がぞわぞわとして落ち着かない。

キスをやめて唇を離すと、獲物を補食したばかりの肉食獣みたいに、口のまわりを赤く汚して、静かに大きな呼吸を繰り返す彼の顔があった。

熱に浮かされた瞳は潤《うる》んで揺れて、これからどうするか算段するように私のあちこちを見ている。

「ごめん。口紅ぐちゃぐちゃ」

「恭司さんの口も真っ赤に汚れちゃってますよ」

ふっ、と互いに噴き出して、笑い声が漏れてしまう。

「ちょっと見てみようよ」

と腕を引かれ、キングサイズのベッドが置かれたベッドルームを通って開放的なガラス張りのバスルームに行って、ダブルボウルのシンクでそれぞれ並んで自分の顔を見て大声で笑ってしまった。

「どうしよう、これじゃあB級映画のゾンビだ」

「本当だ。どうしましょう」

「せっかくだからシャワー浴びる?」

夜景の綺麗《きれい》な開放的すぎるバスルームに置かれた、おしゃれなバスタブと彼の顔を交互に見やる。

「冗談みたいな本音を言わせてもらっていいですか?」

人差し指を小さく上下に揺らすと、彼は体を傾けて耳を貸してくれた。

「実は……」

「うん?」

「まだ心の準備が整っていないのと、いまさら恥《は》ずかしいのでもう少し後でもいいですか」

言うと、彼はわざとらしく目を見開いて、眩暈《めまい》を起こしたように体を揺らした。

「ちょっともう可愛すぎるよ。大丈夫? おれ、さらに百合佳ちゃんのこと好きになるよ?」

「いや、そういうつもりじゃ、あ、嬉しいですけど、冗談抜きで、もう少し、待ってください」

「いいよ。今度こそ置き去りにされなきゃ、いくらでも待つよ」

「しませんって、わっ……」

腰を抱き寄せられ、耳に唇が触れる。

「百合佳ちゃんには、おれのこと、美味《おい》しいって食べてもらいたいし」

妖艶《ようえん》な低い声にかあっと血が沸き立つ。

髪にキスを落とすとさっと体が離れて、恭司さんは鼻歌交じりに備え付けの洗顔料を見繕《みつくろ》い、顔を洗い始めた。そして、口紅が取れたのを鏡で確認すると、こっちを見てニコッと笑った。

「じゃあ、おれ、向こうにいるからシャワー浴びるなり風呂準備するなりしなよ。着替え、バスローブならあったよ」

「……わかりました」

覚悟を決めて頷くと、私の頬に音を立ててキスをして、バスルームから出て行った。

どうしよう。これ、罠《わな》じゃないよね。やっぱり弱気になってしまう。なんだろう。全然自信が持てない。

これは恋愛ブランクとワンナイトラブからスタートの弊害？　慣れないことをしたせいで傾向と対策がよくわからない。バスタブにお湯を張る準備を始め、バスルーム内を見回る。

なんならあんな激甘ロマンチストな男性は初めてだし、騙《だま》されているんじゃないかって疑ってしまっている辺り、ろくな恋愛をしてこなかったんだなあと落ち込む。いや、考えていても仕方がない。

照明を消すと、窓辺のシャワーカーテンを閉めても外の青い夜景が際立つ。

え？　なにこれ。素敵すぎる。入浴剤をはじめとするシャンプーやボディソープは、アロマに特化したイギリスのオーガニック製品だ。バスタオルもバスローブもふかふか。気持ちいい。

万が一リベンジで置いて行かれても、せっかくのスイートルームだし、満喫してコンシェルジュに頼んで鏡花さんのホテルに連絡してもらえばいいんだし、諦《あきら》めもつくってもんだ。

シャワールームで耳や首筋から爪先《つまさき》、指の一本一本まで隅々洗っていたら、物音が聞こえた。

「おーい、百合佳ちゃーん」

ばったばったと足音が近づいてきて、バスルームのドアが開いて、シャワールームを覗かれた。

「わあああ！　見るのナシですっ」

無駄な抵抗とわかっていながら両手で体を隠す。

「おれも入る」

「待ってください。もう上がりますよ!?」

「まーまーまー。いーからいーから」

顔を引っ込め、彼はあっという間に服を脱いで入ってきた。

「時間がないから」

楽しそうな声がして背後から抱き寄せられる。

肌が密着する。泡でぬるぬる滑る。掌《てのひら》が胸の先端を撫でる。下腹が疼《うず》いてこうやって立っているのも、もどかしい。

「あ、あの……」

「ん？」

なんとか体を反転させ、軽いキスで愛撫を中断する。

「私ばかり気持ちよくしてもらってるので、今回は恭司さんに気持ちよくなっていただきたいと思います！」

「えー。頼もしいね。でもおれ、気持ちよくなってる百合佳ちゃんを見るのが好きなんだけど？」

「私も気持ちよくなってる恭司さんが見たいです」

「おれは百合佳ちゃんに触ってるだけで気持ちいいから大丈夫」

「もっと気持ちよくなってほしいんです」

ボディソープを掌《てのひら》に取って、両手をこすり合わせて軽く泡立て、すでにゆるく立ち上がっているものを挟んだ。ビクリと彼の腰が跳ねた。困ったように眉をひそめている。

「ちょ、いきなりそれは……」

こすり合わせると手の中でみるみる硬く反りあがってくる。陰毛のおかげできめ細かい濃密な泡のクッションができあがる。

彼は私の肩に手を置いて、すがりつくようにキスをして舌を絡めてくる。泡だらけの手で彼の胸の先端とペニスを同時にいじると、舌の動きが濃厚になってキスが遅くなる。彼の手が私の乳房に滑ってゆっくりと揉みしだき、硬くなった先をつまみ、親指の腹でこねくり回す。せっかく優位な気分に浸っていたのに、膝の力が抜けそう。

唇を離すと、とろけそうなお顔が。

可愛い！　とキュンとしていたら、ちゅっと音を立ててキスをされた。出よう、とかすれた声で耳打ちされて、頭に血が上《のぼ》って立ちくらみがした。この人の低音は危険すぎる。

シャワーで泡を洗い流し、ろくに水気も取らずにバスローブを羽織ってベッドへ急ぐ。

シーツに潜り込み、重なり合って、何度も口づける。

「夢の中より、やっぱり本物の百合佳ちゃんがいい」

キスを中断してじっと見つめられるものだから何事かと思いきや、言葉で殺しにかかってきた。

「なんですか、突然」

「まだ全然堪能してないなって思って。今度は絶対逃がしてあげない」

「あ、あの時は、他に恋人がいると思ったから、忘れようと無理したんです」

「追いかけた甲斐があったな」

「捕まってよかったです」

クスクスと笑い合って、どちらからともなくキスをする。

「もう少しお互いを堪能するためにもちゃんとしなきゃな」

彼はバスローブを着なおしてベッドから出て、紙袋を持って戻ってきた。

「じゃーん！　これなーんだ？」

取り出したるは箱入りチョコレート、なんかではは、もちろんない。

「……なんでしょうね？」

「また。わかってるくせに」

ククッと悪戯《いたずら》っぽく笑ってベッドに潜り込むと、私の両脚の間に割り込んできた。

「ちょっと、恭司さん！」

太腿《ふともも》を持ち上げられ、両脚を開かされた。

「気持ちよくなってる声が聴きたいな」

「いや、でもこれは……」

言い終わらないうちに、あまりさらしたくない場所に吸いつかれた。敏感な部分を舌先でつつかれ、転がされ、吸われて、恥《は》ずかしいのに、気持ちいい。意識が飛びそう。

「あ、イッ、イッちゃう……」

「まだ、ダメ」

あと少し、だったのに恭司さんは体を起こして、指を二本挿れてゆっくりと動かし始めた。胸の先端を口に含み、片方の手で乳房を揉む。右と左の動きがばらばらで、異なる刺激に私は翻弄《ほんろう》される。

「……恭司さん……ん、ん……、あんっ、あっあっ……」

ねっとりとかき回されている中《ナカ》がじんじんしてきた。ゆるゆると得体《えたい》の知れない感覚に襲われる。

「あああ……っ！」

頭がぐちゃぐちゃになる。行き場のない衝動に上体が反る。

「だから、まだダメだって」

指がゆっくり引き抜かれ、上体を起こした彼が私を見下ろす。

「すっげえ濡れてる。これだったらおれのこと美味《おい》しく召し上がってくれそうだね？」

意地悪く笑いながら、私の愛液で濡れた指を口に入れる。なんてこと！　と羞恥《しゅうち》を煽《あお》られ思わず手で目を覆う。

彼は、その指で過敏な小さな突起を小さな円を描くように撫でた。

「あああッ、っく……ぅ」

「でも、もっと、ゆっくりしよう。空腹は最高の調味料だっていうじゃん？」

またもや寸止め。乳房からお腹のほうへと唇と舌が這っていく。肌も敏感になっていて、その刺激に震えてしまう。

「あッ……ああ……っんんっ」

脇腹や鼠径部《そけいぶ》や太腿《ふともも》をじっくり愛撫されて、私は快楽に震えているばかりだ。絶頂の一歩手前でお預けにされて焦《じ》らされて、過敏になっている。

両手で胸を寄せられ、口に含まれ、二ついっぺんにいじられ、みるみるうちに硬く尖《とが》って、痛いくらいに舌先を感じる。両脚の間がじんじん疼《うず》いて、早く欲しいとねだっているみたい。太腿《ふともも》をすり合わせていたら大きな手が差し込まれた。

「あれ？　また垂れてきたね？」

彼は乳首から口を離して言うと、ふたたび大きくべろりと舐《な》めてきた。

「あんっ、いじわる……」

自分でも情けなくなるくらい涙声になっていた。

「心外だな。これはあまりにも百合佳ちゃんが可愛いから、たまらなくなって可愛がってるんだよ？」

「だって、さっきから、焦《じ》らしてばっかりっ……」

「違うって、気持ちよくなって、美味《おい》しくおれを食べてもらおうとしてるんだって」

「じゃあ、じゃあ……」

「ん？ じゃあ？ なに？」

ニッと口だけで笑って見せ、私に覆いかぶさる。

「もう、食べたい……」

「どうぞ、召し上がれ」

囁《ささや》きと同時に指が抜かれ、すぐに質量のまったく違う熱の塊が押し入ってくる。

「ひうっ……！ あああっ！」

私は彼の広い背中にしがみつき、内側をひくひく痙攣《けいれん》させながら満たされる。ずっと欲しかった感覚で中がいっぱいになる。

彼は深いキスをしながらゆっくりと中を探るように腰を揺らす。ずっとこうしていたい。もっと、もっと。

優しげな腰使いで中を行き来していたペニスがふっと引いたかと思うと、ゆっくりと深くズンッと突き上げられた。

「ぁん！」

「大丈夫？　痛かった？」

「いえ……大丈夫です」

「百合佳ちゃんの好きなやり方教えてよ。どの辺突いたらいい？」

「え、ええ？　どの辺、ですか？　わかんないので、恭司さんの好きに……」

「それじゃダメ。こないだみたいに勢い任せもいいけど、これからはじっくりちゃんと愛し合おうよ」

こんなこと言われたの初めてだ。驚きのあまりに涙が滲《にじ》んできた。

「どうしたの、やっぱ、痛かった？　大丈夫？」

目じりに唇をつけて涙を吸い取ってくれる。ちゅ、ちゅ、と私好みの唇が、私の涙さえ労《いたわ》ってくれる。

「このまま、ゆっくり動いて、私に恭司さんを覚えさせてください」

「言葉だけでいかせるつもり？」

悪戯《いたずら》っぽく笑うと、ゆっくり奥に進めてゆっくり引いていくのを何度も繰り返してくれた。

膝を押し上げられ、入っている蜜口を見られながら浅いところを先端の張った部分でくちゅくちゅと音を立てて擦られるのもたまらなくよかった。

グッと奥に挿入され、そのまま腰を抱かれて彼の上に座る体位に変わり、ずっと奥に圧がかかった。

「もっとキスしよう」

恭司さんに言われて口づける。彼の大きな口は、肉食獣のように私の唇も舌も貪《むさぼ》る。

じゅぱっ、じゅぷっと音を立てて口を吸われる。彼の舌が口内を蹂躙《じゅうりん》する。

その間も絶え間なくずんずんと突き上げられて、くぐもった声が漏れる。

「痛くない？　このまま動いててもいい？」

「は、はぃ、あっ、あっ、あっ、あっ、あっ」

小刻みに揺さぶられるままに声が漏れる。

「あーんしてベロ出して、あーーー」

言われるまま、舌を差し出すとチロチロとうねる舌先が私の舌先を舐《な》めまわし、からかうようにつついたりを繰り返す。先っぽだけの触れ合いがもどかしくて唇を押し当てると、今度はぐいぐいと口内で暴れ始め、硬口蓋《こうこうがい》もくすぐられた。

濃厚な口づけをしているうちに、私からも腰を揺らし、恭司さんの動きに合わせて自分のいいところに当てていた。

じゅるりと音を立てて唇を離す。

「あぁっ……ここ、すき……あっあっああ、ここ、あたると気持ちぃぃ……」

恭司さんの肩に掴まりながら揺さぶられ、ぼおっとした頭で伝える。

「ほんと？　よかった。百合佳ちゃんの気持ちよさそうな顔、エロくてすっげえ可愛いね」

「……恭司さんもいじわるでエッチな顔してますよ」

「なにそれ、どんな顔よ？」

恭司さんが、ククッと喉を鳴らす。律動に酔わされ、口づけに夢中になっていた。

ちゅっ、ちゅっ、と互いの唇と舌で戯《たわむ》れながら、硬くなった乳首が厚い胸板に擦られ、もどかしくてむず痒《がゆ》い。不意に唇がほんの少し離れた。

「イキそ……」

吐息交じりに漏れた彼の声に、嬉しさがこみあげてくる。

「じゃあ、激しくしてください」

言うが早いかベッドに転がされ、キスの嵐がやってきた。いい角度を保ったまま中を突き上げる速さも増して、だらしない喘《あえ》ぎ声が漏れてしまう。

「百合佳ちゃん、百合佳ちゃん、百合佳ちゃん」

熱に浮かされたように私の名前を繰り返す。彼の性急な腰使いに私も絶頂へと近づいていく。

張り合うつもりはなかったけれど、今度は彼を先にいかせたい。

完全にホールドしていたのだが、彼はあっけなく私の腕をほどいて上体を上げると、赤く濡れた肉芽を親指の腹でこねながら上向きに突き上げてきた。

「いやぁっ。それダメぇ！」

びりびりと頭の中が白く痺《しび》れ、ぎゅううっと中が締まる。

「ヤバい、百合佳ちゃんそんな締められたら――」

「いく、いくぅッ……！　あああぁッ――」

「ッく！　締めすぎ……！」

薄目を開けると、きつく目を閉じて歯を食いしばる苦しげな顔が見えた。中を満たしているものもビクッビクッと震える。

脱力してのしかかってきた体はさらさらとした汗を噴き出し、激しい呼吸を繰り返している。

「ごめん……、我慢すんの無理だった……」

がっくりとうなだれて私の上から隣に転がった。ずるりと力を失ったびしょ濡れのものが中から去ってしまった。なんだか寂しい気になるけれど、中はキュンキュンして脚はガクガクになって力が入らない。

「……気持ちよかったですか？」

「そりゃ、もう」

「……なら、よかったです……」

「うー」

恭司さんはいじけた声で唸りながらコンドームの処理をしてベッドを下りた。下腹の奥がまだ痺《しび》れている。前回もだったけれど、全然動けない。

バスローブを羽織りなおした彼が振り返って、シーツをかけ、額《ひたい》にキスをくれた。

「喉渇いてない？　カットフルーツあったから、水と一緒に持ってくるよ」

「すみません……」

「気にしなくていいからゆっくり休んでて」

そう言ってベッドルームから出ていく背中を見送るしかできなかった。キングサイズのベッドに、二人用のテーブルセットと、背の高い間接照明。下手したら私の部屋より広いかもしれない。と、かなりどうでもいいことをぼんやり考えながら天井を仰いだ。

本当に、今までのは何だったんだろう。勘違いからの空回りのことだけじゃなくて、セックスとかね、え？　すごくない？

もうなにもかも思い出すの、面倒なくらい体が言うことをきけない。きかないんじゃなくてきけない。完全に怠《だる》い。

というか、なにあれ、セックスって気持ちいい。今までのは何だったんだろう。二回目のほうがさらによかった。このまま眠って、朝目覚めたら、この広すぎるベッドに一人きりだったりして。

まあ、いいや。考えるには眠たすぎる。瞼《まぶた》が重くて開けていられなかった。

8　I《アイ》 addicted《アディクテッド》 to《トゥ》 you.《ユー》（あなたに夢中）

気が付くと、私の横に寝そべり、シャンパンをラッパ飲みしている恭司さんに、髪を撫でられていた。ずっと見られていたんだろうか。恥《は》ずかしくて、両手で顔を隠した。よだれは垂れてない。

「あ、おはよう。調子どう？」

「大丈夫です、寝てしまってごめんなさい」

「まだね、日付も変わってないよ。少しは回復できた？」

壁掛け時計を見ると二十三時四十五分。まだ、というかぎりぎり。

「はい。おかげさまで。ずっと起きてたんですか」

「うん。一度隙をつかれた身としてはね、目が離せなくて」

「何か起こらない限り、もう逃げません」

「何かって？」

「他に素敵な人が現れたり？」

「もうそんなこと考えてるの？　おれどうしたらいい？　ちょっと理想の男、教えてよ」

逆なんだけどなあと思いつつ、これ以上ないくらい理想の男を眺める。

恭司さんは何気ない感じでシャンパンをボトルごと煽《あお》った。もうだいぶ少ない。というか、ほとんどない。やさぐれた感じもかっこいいと思ってしまう辺り、かなり進行の早い病だ。

私がゆっくり上体を上げると、恭司さんは起き上がり、ベッドの近くに寄せていたテーブルにシャンパンのボトルを置いて、デカンタに入った水をグラスに注ぐ。そこにはちゃんとフルーツが盛られたお皿もある。

「持てる？」

「大丈夫です」

グラスを受け取ると、背中から包み込むように支えてくれる。

「飲ませてあげられたらいいんだけど」

と言いながら、私のグラスを持つ手を大きな手で支えてくれる。レモンの輪切りが入っていて口の中も気分もさっぱりした。

「恭司さんもお水飲んでくださいね」

「うん」

恭司さんはグラスをテーブルに戻すと、私の肩を引き寄せて、腕の中に引きずりこんだ。

「今夜は百合佳ちゃんが忘れられない夜にしたいなあ。どうしたらいいんだろう。ちょっと離れていてもおれのことを忘れられなくなるように。また会いたくて苦しくなるくらいのさ」

「もうなってますよ。これ以上どうにもならないくらいです」

「本当に？　おればっかり好きなんじゃないかって思うんだけど」

「そうですか？」

「そうだよ」

私の顔を両手で挟み、額《ひたい》に唇を当てる。二人並んで大きな枕をクッションにしてヘッドボードに寄り掛かって座り、カットフルーツを食べた。

「ねーねー、百合佳ちゃんの理想ってどんなんよ？」

「恭司さんの理想の女の子は？」

「百合佳ちゃん」

サクッと言われて照れ死にそう。

「ちゃんとお水も飲んでください」

「えー。そんなに酔ってないよ。果物食べたばかりだし」

と言いつつ、果汁の付いた指を舐《な》めとり、私の胸と太腿《ふともも》の隙間に滑り込ませる。

「これからすることあるし」

耳の縁に沿ってゆっくり舐《な》め上げられ、ぞくぞくと背中が快感に震える。

乳房の先端を親指と人差し指で挟んで、柔らかく圧をかけながらゆっくりとこねる。

「っ！　んんぅ……っ」

体がしなる。もう一方の手は小さな谷間をかき分けるように開き、まだ濡れた肉襞《にくひだ》に隠れた肉芽を捉《とら》える。奥のぬかるみをすくい取って肉芽にまぶして指の腹でぐにぐにと揺らす。

「あっああっ」

くちくちと粘着質な音が聞こえてくる。乳首と同時に攻められ、鮮烈な刺激に体が跳ねる。

「っや、ダメ……っ！」

「……何がダメ？」

「もういっちゃううう……」

耳にかぶりつかれ、卑猥《ひわい》な水っぽい音に煽《あお》られ、短く激しくスパークする。腰がビクッビクッと小さく痙攣《けいれん》した。ごそごそと物音がして、コンドームを装着したらしい彼の気配が迫ってきた。

「ごめんね、我慢できない」

うつ伏せに倒され、逞《たくま》しい体に覆いかぶさられ、少しだけお尻の角度を上げて彼を受け入れやすくする。お尻の間から滑り込んできた硬いモノがそのままスムーズに中へ侵入していく。

二度目のせいか、お酒のせいか、さっきより少しだけ柔らかい。お尻と太腿《ふともも》を締めるように内側に力を忍ばせる。

「んんっ！」

恭司さんの声が漏れて、律動が速くなる。私は軽く足首辺りを交差させて体勢を整える。耳や肩や背中にキスをされて喘《あえ》いでいると、骨太で長い指が口の中へ入ってきて舌と戯《たわむ》れる。

指を舐《な》めていると、腰の動きが深く強くなった。なんだか彼に制圧されているみたいだ。

「……大丈夫？　辛くない……？」

熱い吐息交じりの声に思考が弛緩《しかん》する。

「だ、いじょ、ぶ、きも、ちい、いです……」

「……もう少し頑張れる？」

頷くと腰を抱え込まれ、繋がったまま、お尻を高く突きだすような体勢にされる。深くゆっくりとした抽送《ちゅうそう》から、奥を小刻みに突くやり方になる。徐々に深く激しく腰を打ちつけられ、繋がっている部分はごく一部なはずなのに、どうしようもないほどどこもかしこも恭司さんでいっぱいになった。

一度引き抜かれ、今度は仰向けになって彼を受け入れる。キスと抽送《ちゅうそう》で上も下もぐしょぐしょに濡れて、夢中で抱かれていると、「いきそう」と嘆くように呟く声がいじらしくてたまらなくなった。

「ねえ、恭司さん、いって？　私の中じゃ、満足できない？」

「……なわけないだろ」

ぎゅうっと強く抱きしめられ、キスの合間に何度も名前を呼ばれながら激しく揺さぶられ、彼が果てるのを感じた。のしかかる体の重みに、この人を手放したくないと強く思った。

「……シャワー、浴びません？」

「そうだね……」

のろのろとベッドから出て、私より疲弊しているのに、恭司さんは手を差し伸べる。

「恭司さん、大丈夫ですか？」

「うん。ありえないくらい眠い」

「無理させてごめんなさい」

「いや、こっちこそ」

「ちゃんと気持ちよかったですか？」

「うん。気持ちよすぎてむしろ地獄だった。百合佳ちゃんにも気持ちよくなってほしいのに、おれがめちゃめちゃ気持ちいいからさ、我慢するのって難しいよね」

「私のほうが気持ちよくしてもらってばかりでしたけど。明日大丈夫ですか？」

「明日は休み。来週からツアー再開で色んなとこ回るんだけど、一緒に来る？」

「行きません」

「うーわ、即答だ」

手を繋いで歩く時に盛大な欠伸《あくび》が聞こえた。

軽くシャワーを浴びて、バスルームのツインボウルの洗面台の前に並んで歯を磨く。口を漱《すす》いで、恭司さんのバスローブをちょいちょいと引っ張り、恭司さんの前の鏡を指差す。

「恭司さん見てください」

「んー？　なに？　なんか付いてる？」

「見えます？　こちらが私の理想の男性です」

言って結構恥《は》ずかしかったが、彼は目をまん丸くして、鏡越しから私を見た。

「百合佳ちゃん可愛すぎるね⁉」

返しに直球をぶちかまされるので恥《は》ずかしさが倍増する。

「恭司さんかっこよすぎですね」

もう恥《は》ずかしさついでに言いたいことを言ってしまえと言い返すと、恭司さんは一瞬驚いた顔になって、微笑を浮かべた。

「よく言われる」

「でしょうね！」

そうだ。相手はヤバい信者を抱えるカリスマ男前教祖様だ。こんな誉め言葉なんて日常茶飯事だから動じないに決まっている。

「けど。好きな子から言われるのは格別だね」

と抱きしめられる。甘い。甘すぎるよ、この人！

恥《は》ずかしさのあまりに思いきり胸板に顔を埋《うず》めて、恭司さんの匂いをかぐ。香水がなくてもいい匂いする。なんか、筋肉バージョンアップしてるし、お肌すべすべだし、あったかいし、最高だ。

ベッドに戻って、うしろ抱きの腕枕で密着したまま髪を撫でられて、眠たくなってきて、うとうとしていたら、手の動きが弱くなり、寝息が聞こえてきた。

結構重たい腕をどうにか持ち上げて体を反転させ、無防備に眠ってしまった寝顔を眺めていると、体の奥から湧き上がるいとおしさに、たまらなくなった。

出会いが別れの始まりだとか、どうせ無理だとか、消極的な防衛線を張るより、せっかく出会って結ばれた関係を続けることに注力していきたい。

恭司さんの腕から這い出て、上体を起こして、今度は私が眠る彼を見守る番だ。パーマがかかった硬めの髪を撫でたり、髭《ひげ》が伸び始めた頬をつついたり。厚めの唇をいじったりしていると、眉間にしわを寄せて小さく唸り、むず痒《がゆ》そうに顔を振った。

ほっぺにキスをして、ベッドを出る。リビングルームに行ってストールをハンガーにかけ、自分たちの脱ぎ散らかした衣類を拾い上げ、ハンガーにかける。

彼のシャツの匂いを思いっきりかぎながら、香水の匂いも好きだなあとうっとりしていたがハッと我に返る。

恭司さんのスーツにシャンパンぶっかけたままだった！

コンシェルジュに電話してクリーニングをお願いして、ダイニングルームの冷蔵庫に入っていた炭酸水を飲みながら、一応遅ればせながら鏡花さんに連絡《メール》をした。

続いてメールチェックをしていると、吉塚くんから連絡が来ていた。件名には『まさか』本文には『もしかして⁉』と空白たっぷりに一文だけ入っていた。

微妙にイラっとしたので無視して、窓の大きな部屋をじっくり歩きながら、大都会の夜景を堪能する。地元の夜景も自慢できるけれどやっぱりスケールが違う。青く輝く街を見下ろす。

突然背後から物音がして驚いて体が跳ねた。

ドッと壁に肩をぶつけながら勢いよくベッドルームから恭司さんが現れた。

「……また、いなくなったかと！」

がんがん大股で詰め寄ってきて両手で壁ドンしてくる。

「なりませんよ。恭司さん、ちょうどいいから連絡先交換しません？」

「いいね‼」

世の中広しといえど、こんな切羽詰《せっぱつ》まった気迫溢《あふ》れる「いいね！」は他にないだろう。

堪えられず笑っていると、「笑いごとじゃないって」と怒りの抱擁からそのまま抱えあげられてベッドルームに運ばれた。

「きゃー！　攫《さら》われるー！」

「できることならこのまま家に連れて帰りたいよ。ほんと、すぐどっか行くんだから」

「室内、室内でしょ、どっか行ってないですって」

「ほんっと、寝てる隙をつくとかひどくね？　マジで」

抗議を無視して恭司さんはぶつぶつ文句を言いながら、私を肩に担ぐようにしてベッドルームに運ぶ。これ、もしかして恭司さんのトラウマになってる？

「恭司さん、だーいすき」

ぎゅうっと抱きしめると世界が、視界が、ぐるんと回って、ベッドに下ろされた。

「おれもー。百合佳ちゃんだいすき」

強く抱きしめ返されて、いい年して何してんだろう私たち、と照れくさくなったけど、もう幸せだからいいかと、深く考えることを放棄する。

やるべきことは目の前の可愛い男前を思いきり受け入れて、甘やかして、私が与えてしまった嫌な記憶を癒すこと。

ちゅ、ちゅ、とキスが降ってくる。

「これからもっといっぱい時間をかけておれのこと食ってよ。おれ、百合佳ちゃんに食べられたい」

恭司さんが蠱惑的《こわくてき》な微笑を浮かべる、顔中キスをされ、首筋を舌でなぞられる。

優しいあなたはそう言うけれど、私のほうが食べられているみたいだし、私はあなたに食べられたいの。

Lovers made in Paradise

「戸締まり忘れないで。ピンポン鳴っても出なくていいから。出入り口付近では背後に気をつけてね。ないとは思うけど、エレベーターでもね。あと、才能溢《あふ》れるイケメン若手デザイナーがいても、おれのこと忘れないで」

一畳ほどの玄関でレザーのショートブーツを履いた彼が、振り向いて私の両手を握った。

寝ても覚めても忘れられなかった、比類なき超絶好みの色男がなんか言ってる。私の心を震わせる低音ボイスで。

その存在と、発するものすべてが私の官能を刺激するのを知らないのか。知らないんだろうな、このフェロモン王。

手を握られて、見つめられて、その声を聴くだけで、私の体温が上がり、鼓動が速くなり、体の奥がかすかに疼《うず》く。流れるように柔らかなキスをされると、何かが爆発したみたいに、たまらなくなるのを。

「大丈夫です」

今の私は、洗顔と歯磨き、本当に最低限の朝の支度を済ませただけ。ナイトブルーが美しいシルクサテンのログスリップに、ガウンを羽織っただけの格好で見送っている。彼が私を起こさないよう静かにベッドを抜け出し、身支度を済ませて出がけに声を掛けたせいだ。

〝黙って部屋を出ていかない〟

私たちの不文律《ふぶんりつ》。まあ、ごく当たり前のことだけど、先の事情から徹底するように心掛けている。

ちゅ、ちゅ、ちゅ、と音を立てるバードキスが、唇を押し付け合うような口づけへと深まっていく。唇を甘噛みしたり、舌を繰り出すいやらしいフレンチ・キスに。

私の指は彼の太くて長い指に愛撫され、唇と舌と指で気持ちよくなってしまった。疼《うず》きに火をつけられ、情欲が燃え上がる。

「そんな顔されちゃ、おれ、すぐその気になるよ？」

熱のこもった眼差しが、確実に仕留めにかかってきている。

「先にその気にさせたのは、恭司さんですよ」

「いや、百合佳ちゃんだね」

「そんなこと」

遮《さえぎ》る無機質な電子音。恭司さんの電話の着信音だ。

「鳴ってますよ」

少し理性が回復したので、悪戯《いたずら》を仕掛ける気持ちで言う。

「百合佳ちゃんの声しか聴きたくない」

駄々をこねる子供のように尖《とが》らせた唇にキスすると、気を取り直したかのように、大人の男に戻って、不敵な笑みを浮かべる。

「相変わらず悪い子だね。おれをすぐダメにする」

「私のせいじゃないです」

「うん。百合佳ちゃんに弱いおれが悪い。どうしてこんなに可愛いんだろう」

さっさと言葉遊びを終わらせて、恭司さんはキスを深める。キスさえもどかしい。早く触れて。もっと触って、私に。

胸の丸みをなぞるように撫で、肋骨の輪郭を確かめるように脇腹を滑る。じわじわと攻められる。わざともどかしくさせて、焦《じ》らす。こういうところもすごく好き。

しつこかった電子音が止んだと思ったら、ふたたび鳴り出した。気にしてキスから抜け出そうとした私の両脚の間に、恭司さんが前腿《まえもも》を押し当てる。

「おれのことだけ見ててよ」

唇の隙間から怒ったような低い囁《ささや》き。少し鋭くなった眼光も、それがひたむきな愛情からだと知っているので怖くなんかない。

仕方のないひと。つい、笑みもこぼれる。腕で拘束され、熱くなった箇所をぐいっと押し上げられる。刺激されてキュンッと疼《うず》きが弾《はじ》ける。

あからさまな愛撫。首筋に口づけ、胸を鷲掴みにし、少し乱暴に揉んでくる。硬くなった乳首に吸い寄せられたかのようにかぶりつく。舌が荒々しく性急に、過敏になったそこを攻め立てる。

「……んんっ」

声が、漏れた。

その時、ドン！　とドアの向こうから大きな鈍い音がして、私の胸に吸いついていた恭司さんが離れた。

ドンドンドン！　ピリリリリリ……。ドンドンドン！　ピリリリリリ……

「ああもう、うっせえな」

私の着衣の乱れを直しながら、彼は忌々《いまいま》しげに吐き捨てる。

そして、キャメルカラーのジャケットのポケットから仕事用の携帯を取り出して対応する。

「うるせえ。今出るから静かにしてくれ」

切ボタンを押してふたたび胸ポケットにしまうと、私をぎゅーっと抱きしめた。

「二ヶ月、合間に帰って来れたら帰るけど、もうさ、一緒に来ない？」

「これでも私、雇われの身なんです。そんな長期休暇は取れません」

「なんで～。鏡花姉ちゃんの道楽じゃん。一週間か二週間くらい、絶対オッケーくれるって」

「素敵な新作が来て見逃《みのが》しちゃうかもしれないですし」

「おれだって一瞬一瞬変わっていくよ」

「私たちの愛の根底は変わらないと信じてますから」

「ライブにだって一回も観に来てくれてないよね」

「だって、マグノリアの一ノ瀬恭司はファンのものですから。私がオンもオフも全部独占しては、ろくな死に方できなくなりそうで」

「ああもう。はいはい。行ってきます」

恭司さんは自棄《やけ》ぎみに私のこめかみにキスすると、両脇の足元に置いていた荷物を持った。

「マネージャーが玄関前にいるから百合佳ちゃんは奥に戻って。そんな格好見られたら何言われるか。それに誰にも見られたくないから」

「はい。わかりました」

今度は、私から腕を軽く引けば、彼は少しかがんで頬を差し出してくれる。

「唇にも」

と甘えられ、またちゅっと音を立てて唇と唇を合わせ、私は手を控えめに振って、部屋の奥へ引っこんだ。

「もー。なにやってんすか！」

ガチャガチャと騒がしい物音とマネージャーさんの声が聞こえる。

「なにって準備に決まってんだろ」

「荷物、持ちます。あと次、リサさんとこ寄りますから」

「え！　ヤダよ。ならおれ一人で先に飛行機乗るし」

「自分一人で連れていける気がしないんすよ、わかってるでしょ」

「情けねえこと言ってねえでなんとかしろよ。敏腕マネージャー」

バンッ、とドアが閉まって、ガチャガチャと鍵の締まる音がした。その直後、一気に室内が静まり返る。

恭司さんが地元に戻った時用のマンションに一昨日の夜から泊まっていたのだけれど、明日から全国ツアーが再開されるため、彼はたった今、北海道へ向かった。

マネージャーは可愛い系の若い男の子で、恋人ができたばかりらしい。あのホテル、満喫しちゃってごめんね。苦労の絶えないであろう彼にこっそり手を合わせる。

恭司さんと付き合い始めて半年くらい。

夏に一度、このマンションに一緒に住もうと言われたけれど、私は頷けずにいる。まだまだ彼に見せたくない自分の姿や、日常生活のすべてを見せずにいたいという気持ちがある。自分だけの空間もキープしたい。おひとり様歴もそこそこあったせいで、人と一緒じゃない心地よさも知っているから。

その時に合鍵をもらったけれど、私の部屋の合鍵はまだ渡していない。けれど彼はそれには触れずにいてくれる。

起床予定にはまだ時間がある。ほんのり暖かさの残るベッドに戻って、欠伸《あくび》を一つ。寝具から恭司さんの匂いがする。いつもの香水が少し、でも、もっと、彼自身の匂い。好きとかそんな次元じゃない。

なんていうか、くせになる。ずっとかいでいられる。こんなこと知られたら変だと思われるだろうし、恥《は》ずかしいから絶対言えない。

さっきのキスを思い出して疼《うず》きが蘇《よみがえ》ってくる。彼の甘味を知ってしまった贅沢《ぜいたく》な体が音もなく騒ぎ出す。

彼の手と比べ物にならないくらい頼りない自分の細い指は、ただ的確に悦《い》いところを知っているだけが、大きな利点。熱くなったぬかるみを撫で、即席の解消のために花芯に触れる。もう一方の手の指は、彼の舌を模倣する。ああ。やっぱり物足りない。でも、まあいいや。とりあえず解消するだけだもん。

指を動かして、自《みず》らを急かして高める。んんんッ……。いく、ああ、いっちゃう。恭司さん、一人で気持ちよくなってごめんなさい。

思考が白く絶頂に呑み込まれそうになった時、ガチャガチャと玄関先で慌ただしい物音がして、いきそびれた。

それより！　慌てて一人遊びをやめて、どうするべきか身の振り方を考える。寝たふり？　起きて手を洗いに行って身支度の途中を演じる？　ドン、ドン、ドンと足音が近づいてきた。あああ。どうしよう。ガチャっと、寝室のドアが開く。

「イエー！　荷物だけ押しつけてマネージャー撒《ま》いてきた！」

興奮気味に弾《はず》んだ声で、恭司さんはベッドに飛び込んできた。

「なんか変だと思ったんだよ。朝六時に出発とか早すぎんだよ。リサに二時間費やす算段とかマジ勘弁。おれはリサの母ちゃんじゃねえっつうの。二時間もあったら百合佳ちゃんと過ごすって、うあああ。あったけえ！」

抱きしめられて、薄い布越しに大きな手の冷たさが伝わってくる。

「わああ、冷たい冷たい。手ぇ冷たいですぅうう！」

「あ。ごめん。手、洗ってこなきゃだね」

「いえ、それより、手が冷たかったんです」

「今日、外寒いよ。北海道はもっと寒いだろうな」

とひとりごちながら寝室を出て、しばらくして戻ってきた。彼は大雑把《おおざっぱ》に服を脱ぎ捨て、ヘッドボードの間に隠していた避妊具を手に羽根布団にもぐりこんだ。するすると私のスリップの裾《すそ》から太腿《ふともも》を下から上へと撫でまわす。

「おれ起きてすぐシャワー浴びたから、このまま、いい？」

「あ、あの、私、昨夜あの後シャワー浴びたくらいで」

「朝《さっき》トイレ行った？」

「まだですけど」

「行かなくて大丈夫？」

「ええ、大丈夫です。まだ」

「じゃあ、大丈夫だよね？」

「え……⁉ 大丈夫じゃないです」

ぐいっと両脚を持ち上げられて、さっきまで弄《いじ》っていた箇所を彼の眼前にさらされる。

「さっきのでこんなに？」

嬉しそうな意地の悪い声。

「それとも、さっきのがきっかけで自分でした？」

肯定なんかできるはずもない。脚を閉じようとする私と、両膝からこじ開けようとする彼。

「ひ、ひどいっ」

「お預けしようとするほうがひどいよ」

ぐっと臀部《でんぶ》に硬くなった先が押し当てられる。

「でも、恥《は》ずかしいんです」

「嫌？」

しょんぼりと小首を傾げて見せる。ずるい！

「……嫌じゃ、ないです……」

ふん。どうせ、恋人同士の様式美。またの名を茶番。でもやっぱり初めは恥《は》ずかしいの！

「だよねえ？」

意地悪な笑みで言われて、力を抜くと、膝を押し開かれて、さっきまで指でもてあそんでいた箇所に彼の唇が触れる。

「んッ！」

舌がぬらりとうごめいて過敏な肉芽を刺激する。

「んんんぅっ！　あああっ……」

自分の指で与えていた、インスタントなオーガズムを凌駕《りょうが》する深い快感を与えられ、あっという間に達する。

「いつもより早かったね？」

「ん。もう、恭司さん……、はやくきて？」

ちょっとぶったのは認める。あざとかったのは、ねえ。でもこの感度について言及されるのはこれ以上避けたい。

目論見以上に、彼はすばやく体を起こして私に覆いかぶさった。入り口に硬いものがあてがわれる。少し腰を動かせば容易《たやす》く貫かれる臨戦態勢。

互いの唇を食《は》みながら、舌を結ぶように絡ませ合う。逞《たくま》しい腕と胸板が、私を容易《たやす》く閉じ込めて包み込む。ずずずっと硬くなったそれが奥へ食い込んでいく。きつく抱きしめられながら一つになる錯覚に酔う。

「ひぅう……っ」

「……ごめん。大丈夫？」

「もちろんです。恭司さんとこうしてるの、私、好きですよ」

彼の首に腕を巻きつけ仰ぎ見る。ほとんど前戯のなかった行為を気にしているようだ。

私の答えに、神妙な面持ちから安堵《あんど》の綻《ほころ》びを見せた。

「ありがとう。そう言ってもらえて、すっげえ嬉しい」

どうしよう。こんなに丁寧に愛してもらったことなんて彼以外にない。涙出そう。

蕩けるような笑顔と、鼓膜を慰《なぐさ》めるベルベットボイス。それと、裏腹な肉欲の塊。

「ねえ動いて。激しくして。どれくらい私がいいか、教えて」

ほら、目つきが変わった。淫靡《いんび》な熱に浮かされて彼の野性が目覚める。にやりと犬歯が覗く。

「そうやっておれをコントロールする」

「そんなことできない」

「嘘つけ」

私は食い荒らされる。食いちぎられる。突き上げられて、歓喜と狂喜の悲鳴を上げながら彼の野性に翻弄《ほんろう》される。

彼の上に抱き上げられたり、マットに押しつけられたり、嵐の海で翻弄《ほんろう》される葉っぱみたい。激しく荒々しく揺さぶられ、きっと脳がダメになっているのかも。

好きだ、と私の名前をうわ言のように繰り返して、少し途切れた後、恐れているみたいに自信なく、愛してると告げる彼の謙虚さに、ついに涙が滲《にじ》んだ。

どうして、こんなに、優しいの。シュガー、ハニー、スイート、どれだろう。彼を呼ぶ名に相応《ふさわ》しいのは。愛しい人。

こんな淫《みだ》らで浅ましい私が愛していると告白してもいいのだろうか。そんな躊躇《ちゅうちょ》をするくらい、彼の声色は体と裏腹に真摯《しんし》さを帯《お》びている。

「もう、いっていい？」

「うん。いって。嬉しい。きもちいい？」

「うん、めちゃくちゃいいよ。ごめん。おれ、全然もたなくなってる」

「嬉しい」

「でも、百合佳ちゃんがよくなるまで終わらせたくねえな」

食らいつくようなキスを交わしながら密着する。どんどん動きが速くなる。名前を呼ばれながらこれ以上ないくらいに突き上げられ、私はもう彼の律動以外何も考えられなくなった。薄い膜越しに欲望が弾《はじ》けて、逞《たくま》しい熱の塊が脈打つのと同時に、私の下腹にも強烈な痙攣《けいれん》が起こる。私は小さな悲鳴を上げ、思考は白く弾《はじ》けた。

❖　❖　❖

「さて。ついにマグノリアの全国ツアーが始まったわけですが」

「そうだねえ」

翌日、吉塚くんと並んで検品を始めていたところで話を振られた。

「湊さんは行かないんですか？」

「行かない。コンサートまで押しかけるような女になりたくないの」

「こだわりますね？」

「そうよ。鼻持ちならないじゃない。そんなの」

「ええ？」

「私が彼のファンだったとして、楽しみにして観に行ったのに女の影チラつかされたりしたらクソだと思うもん」

「え。湊さんワンチャン狙ってる系ですか？」

「馬鹿ね。そういうんじゃないのよ。わかんないならいいわ。とにかく行きたくないの」

それ以上はおしまいと空気に乗せて強く主張し、服を一枚一枚、伝票と照らし合わせる。

返品処理待ちのカシミヤシルクのニットワンピースを発見。モーヴピンクだ。揃いのニットのリボンが可愛い。

売れ残った要因は、開きすぎた背中のせいだろうか。ホルターネックのバックリボンか。うちのニーズじゃないから？　やばい。好きな色。このあざといデザイン、恭司さんは好きかな？　部屋の中ならいける。お買い上げだ。あなたは私が拾って帰るわ。

着飾って、愛する人に可愛がられたい。綺麗《きれい》にして。可愛くして。整えて。それを全部〝愛しい〟って理由ひとつでめちゃくちゃにされたい。

今日は、ネイビーの総レースブラウスにヴィンテージジーンズ、赤みの強いオレンジの細いベルトを巻いて、黒いエナメルのポインテットトゥのパンプス。

自分ご褒美《ほうび》に買った憧れの一粒ダイアのピアスと、無造作に下ろした〝風〟のヘアスタイリング。下着はシームレスでお色気とは程遠いけれど快適だ。可愛くあざとく、またはお色気満載に着飾るのは彼のためだけ。

「百合ちゃん、ちょっとおいで」

「はあい」

接客を終えてきたらしい鏡花さんに呼ばれて控え室に行く。

「そこ座って」

ソファに腰かけると鏡花さんがちょっと失敬と背後に立ち、あっという間に髪をアップスタイルに変えられる。

「綺麗《きれい》な首筋は見せないともったいないわよ。お昼休憩いっといで」

「ありがとうございます」

「私はこれから人と会うから、ヨッシーに表出るように言っといて」

「わかりました。あの、返品処理待ちのピンクのニットワンピなんですが」

「あーあれ。なに？　お買い上げ？」

「はい」

「あら、まいどー。珍しいわね。ああ。皆まで言わないでおこう」

冗談みたいな価格でニットワンピを購入し、吉塚くんに鏡花さんからの伝令を告げて、ガラスに映ったヘアスタイルを見ると、無造作なのにこざっぱりしていい感じだった。

ざっくりとしたニットのロングカーディガンを羽織って、肩に掛けたチェーンバッグには財布とスマホとルージュ。ハンカチはジーンズのうしろポケットに差し込んである。

忘れ物ないかなとぼんやり考えつつ店を出ると、電話をしながら辺りを見回しているスーツ姿の男性とぶつかってしまった。

「ごめんなさい」

「失礼」

彼は電話を下げ、私を一瞬凝視して軽く会釈した。

こともあろうか、相手のカフリンクスに私のカーディガンが引っかかっている。

「すみません」

相手の男性は慌てて電話を切り、カフリンクスに引っかかったニットを外した。

「こちらこそ、ぼんやりしていて、すみません」

「いや、歩きながら電話していた私に非があります。せっかくのお召し物に大変失礼しました」

「いいえ。素敵なカフリンクスですね」

と笑って見せると、男性も相好《そうごう》を崩す。

「祖父から譲り受けたものなんです。アンティークで十九世紀末のものなんですよ」

「すごい！　白チョウガイですか？　綺麗《きれい》」

「そうです。アールヌーヴォー期の、おっと失礼。褒められたのが嬉しくて、ついお引き止めして申し訳ない」

「いえいえ。質問してしまったのはこちらのほうです。教えてくれてありがとうございました。お忙しいところ、ごめんなさい」

「とんでもない。許していただけたうえに、お話しできて運がよかったですよ。それじゃあ」

うーわー。紳士じゃん！　ああいう人もいるのか。それにいいスーツだったな。ラインが綺麗《きれい》。サイズ感も絶妙だしオーダーメイドかな。私と年齢あんまり変わらなさそうなのにきっちりしてる。最近のサラリーマンは小綺麗でスマートなんだなあ。

あ。今日はベーグルの移動販売いるかな。海を眺めながら、久しぶりに生ハムとクリームチーズを挟んだのを食べたい。カフェオレとロイヤルミルクティどっちにしよう。

秋が深まり、空気に冬の気配が混じり込んできた。夏、彼は野外フェスやイベントで忙しそうだった。なんだかんだ彼は自宅のスタジオに籠《こも》っていることが多い。

その間、私は山ほど野菜を入れたスープと根菜のスティックを作っておいて、音響のいいホームシアターで海外ドラマ三昧でのんびりしている。

集中力が切れたところで、寄り添ったり絡み合ったり眠ったり。ちなみに小腹解消の野菜スープと根菜スティックは彼にはちょっと不評だ。映画にはジャンクフードと炭酸入りのお酒でしょと言うけれど、筋肉量と運動量が違うので、それに従っていたら体形が私じゃなくなる。彼が持っているトレーニングマシンも使える気がしないし。

まあ、私だってビールにピザも嫌いじゃないし、彼も野菜スープ＆スティックを否定するばかりじゃない。

食材を買って持参すると喜んでくれるし感謝される。買い物したくらいで心配されたり喜ばれたり、初めてのおつかいじゃないんだからと少し呆れてしまうけれど、まあ、過保護になるほど愛されていると思えば、わざわざ拒否する気も起きない。

だいたい一人暮らししてるんだから、お米三キロくらい持てるってば。

でも、一緒に買い物をする時に必ず荷物を持ってくれるのは、やはりありがたい。自分のバッグはそれを含めてのコーディネートだからお断りするけれど、ロックスターにエコバッグを持たせてもいいものなのか？　でも、私といる時の彼は私の恋人。だから、まあいいか。

りか子さんの新作のアイコンとして、音楽に興味のなかった層（業界ではなく一般人）にも熱視線を送られるようになって、ファッション雑誌にも露出が増えてファンが増えているみたいだと吉塚くんが言っていた。

きっかけが、あけすけに言えば、たった一度寝ただけの行きずりの女のためっていうのが、健気すぎて、情けなくて、申し訳なさすぎて、思い返すと、〝あああああ！〟って枕に突っ伏してそのまま涅槃《ねはん》に入りたくなる。

食後の散歩に少し遠回りをして店に戻ると、吉塚くんは、シンプルなTシャツにワイドパンツ、金髪ボブが目を惹《ひ》く小柄な女性客を接客しているところだった。控え室で歯磨きと化粧直しをして表に出ると、吉塚くんが金髪ボブの子を置いてこちらに寄ってきた。

「湊さん、うち、都内に二号店出すみたいですよ」

「えええええ⁉」

「まあ、まだ企画の段階らしいんですが。道楽商売すぎてヤバいって思っていたのに、オーナーのご主人がまともに経営している会社が別にあるそうで。そこのアパレル部門の一つみたいですね。まあ、オーナー自体も元々ご令嬢ですけど」

「ご主人がイタリア系アメリカ人の実業家で、アメリカにいるから別居中ってのは風の噂で聞いてたけど？」

「オーナーってプライベートまあまあ謎ですもんね。で、あちらがその親会社から二号店に出向する予定の飯田《いいだ》レイナさんです」

目を向けると、飯田さんがぺこりと頭を下げた。私も頭を下げてお互い歩み寄る。

「はじめまして。アパレル企画部でバイヤーをしてます。飯田です」

「は、はじめまして。Isolde《イゾルテ》のショップチーフ、の湊百合佳です」

肩書に自信がない！

そつなく差し出された名刺を受け取る。私の名刺、控え室じゃん！　飯田さんのまともにきっちりお仕事してますオーラに気圧《けお》される。眩しい！　そして自分がうしろめたい。

「すみません。少々お待ちいただけますか」

と控え室に急いで名刺を取りに行く。もうなんか恥《は》ずかしい。

飯田さんに名刺を渡して、今は鏡花さんがいないこともあり、詳しい話はせずに雑談をしたけれど、本当に穴があったら入りたくなるくらい、アパレルビジネスの経験も知識も彼女の爪の先ほどにも及ばない。

その後、鏡花さんから電話があり、親睦を深めておいでと言われ、飯田さんにも接客を体験（元々経験者だけど）してもらい、閉店後に飯田さんおすすめのバルに行くことになった。

奥まったところの向かい合う形のソファ席で譲り合った結果、奥の席に私と吉塚くん。向かいに飯田さん。メニューとドリンクメニューと別添のワインリストを開いて、食べたいものを決める。刻み野菜のサラダ、アンチョビポテト、白レバーブリュレ、牛肉のギサート、羊の青カビチーズかけのチコリ、後でサルピコンとかいう魚介たっぷりそうなお料理も頼めたらいいな。私はスペインビール、吉塚くんはイタリアビール、飯田さんは赤ワインを注文した。

まもなく飲み物と小鉢に入った緑黄色野菜のピクルスが運ばれてきて、ひとまず乾杯した。

「……で、やっぱり、国内の若手デザイナーたちがもっと評価されるような、土台を作るべきだと思うんです」

お料理が来る前の場つなぎに始まった雑談が発展して、飯田さんは熱意のこもった声で言う。

「でも今は、ファストファッションのおかげで気軽に安価にオシャレを楽しめるわけじゃないですか。わざわざ安くない無名に近いデザイナーの服を買いますか？」

意外と冷静な吉塚くん。

「だからこそ、直接体感できるようにしたいんです。そして選択肢の一つとしてセンスの視野を広げるためにも、もっと間口を広げるべきかと。上質な世界が一部の人々だけに選ばれていくのではないと、こちらから示していきたいんです」

「いや、実際デザイナーたちは着る人を選びたがっているじゃないですか。その熱狂的な顧客も、選ばれたという意識があるからこそ、そのメゾンに通うわけで。そもそも似たようなコンセプトのセレクトショップは他にもすでにあるでしょう」

「西園寺さんと同じことをおっしゃるんですね」

「やはりオーナーもあまり乗り気ではない、と」

「ええ」

「でも僕は、せっかく都内に店を出すなら、うちのようにふわっとしたコンセプトではなく、もっとテーマを絞って、旬は言わずもがな、次世代を担うドメスティックブランドの露出を増やしていくような店がいいです」

「そうですね。それはいい考えだと思います。今のイゾルデはオーナーや皆さんの趣味がまんべんなく反映されています。〝これ、好き！〟が溢《あふ》れていて、顧客の皆さんもこのお店にある雰囲気を楽しみながら商品を選んでいますよね。そのうえで成り立っている非常に稀有《けう》な存在です」

すっごい強調された。たしかにこんなゆるい職場ないと思う。

「湊さんは、どう思われますか？」

「え」

二杯目はワインかな、とワインリストに手を伸ばしたところで飯田さんに声を掛けられ、肩がビクッとなった。

「もしかして、お聞きになってなかった、とか？」

「もう。湊さーん。また僕任せにして」

「頼りになるんですね、吉塚さん」

「いえ、まったくですよ」

いつもの吉塚くんの軽口が庇護だとわかる。それがショックだった。この助け舟には乗れない。頭がフリーズして言葉が出てこない。明らかに不興を買ってしまった。飯田さんの表情が冷たくなるのが見えた。

「ご、ごめんなさい。え、えと、どうとおっしゃられているのは、イゾルデが稀な店舗であることでしょうか、それとも、二店舗目についてのことでしょうか」

「両方です」

「ええ、と。二店舗目というのは急な話ですし、私からは特に申し上げられることはないです。今の店舗は、とても、その、居心地がいいです」

我ながらなんと中身のない回答。飯田さんはこれまた薄い微笑みを浮かべた。

注文していた料理が続々と運ばれてきて、ディスカッションは一旦中止し、食事になった。

食欲が失せて、美味《おい》しいはずの料理が喉を通らない。油と塩にコーティングされた重いなにかの塊みたいだった。

食後のデザートの頃、飯田さんはミラノでの買い付けや現地スタッフの刺激的で面白い話をしてくれた。頭のいい人は話を聴かせる。吉塚くんは変わらずそつのない会話で場を取り持ってくれたけれど、飯田さんはもう私に話を振ることもなかった。

解散後、飯田さんをタクシーに乗せ、私と吉塚くんは並んで表通りを歩いた。

どうしよう。このまま帰って一人で悶々《もんもん》とするのは嫌だな。恭司さんと電話しても、上手く話せない気がする。お腹はいっぱいだし、吉塚くんも疲れているだろうから、一人でどこかで飲もうかな。

「もう一軒行きませんか。なんだかあんまり食べた気がしなくて、付き合ってもらえると助かるんですが」

「私も」

我にもなく視線が下がっていた。慌てて吉塚くんに視線を戻すと、吉塚くんは少し首を傾げた。

引き返してバルの並びにあったショットバーへ移動する。店に入ってカウンターに座り、私はマティーニ、吉塚くんはバイオレットフィズを注文し、おしぼりで手を拭きながら、大きな溜息が出た。

「湊さん、飯田さんに気後《きおく》れしたでしょ」

ズバリ指摘され、ぐうの音も出ない。

「本社《あっち》のヒトと一緒にしちゃダメですって。飯田さんからしたら、僕ら幼稚園生のお遊戯みたいな仕事しかしてないですもん」

「でも、吉塚くんはきちんと対応してたじゃない」

「いやあ、あの人が腹の中でどう思っていたかわかりませんよ。でも、あのバル美味《おい》しかったですよね。飯田さん、いい店知ってますね」

「うん。本当に。雰囲気もすごくよかった。ただ味とか全然覚えてないけど、美味《おい》しかっただろうな」

「今度また行きましょうよ。美味《おい》しかったのに覚えてないなんてもったいないです」

「優しいじゃない？」

「鬼の霍乱《かくらん》ですからねえ」

「ひっど！」

「湊さん結構真面目に仕事してたんですね」

「なにそれ嫌味？」

「だって、なああに仕事してたら落ち込んだりしないでしょ？」

「そんなんじゃないよ」

カクテルが目の前に置かれる。軽くグラスの縁をぶつけて、一気に呷《あお》る。

「湊さん。イッキはダメですって。大人でしょ」

「あ、つい。すみません。ダイキリを」

「あとチェイサーも」

本当にそんなんじゃない。真面目にやっていたとかっていうより、好きだからの延長だった。

お店の掃除や展示、商品の検品や発注、その他の雑務。鏡花さんに与えられたことをやっていただけ。飯田さんみたいな自主性も向上心もキャリアもない。漠然とした将来への不安。ずっとどこかで燻《くすぶ》っている。

もし、イゾルデがなくなったら？　恭司さんと別れたら？　鏡花さんのコネクションを使って自分のキャリアを積み上げる？　いまさら度胸も器量もないよ。尻込みしてる。ダメだ。もう、やる前から諦《あきら》めてる。今はよくてもすぐに面白みのない女だって、誰にも見向きもされなくなるんだ。

「だ・か・ら、一気に呷《あお》っちゃダメですって！」

「少しだから大丈夫だよ」

「湊さん。まさか一人でもこんな飲み方してないでしょうね？」

「そんな何杯も飲まないもん。今は一人で夜の街に出掛けたりしないし」

「はあ。まあ、それならいいですけど」

「心配性だね。お母さんって呼んじゃおう」

「あなたに何かあったら一ノ瀬さんが可哀想でしょ」

「え？　そっちの心配⁉」

着信を知らせるメロディが鳴ってスマホを見ると恭司さんからだった。時刻は二十二時を過ぎたところ。吉塚くんに目配せして承諾を得る。

「はーい」

スマホを耳に当て、入り口近くの通話ブースに移動する。

『終わったー』

背後がざわついている。

『すっげーよかった！　めっちゃ楽しかったよ』

「お疲れさまでした。もう出たんですか？」

『うん。今ホテル戻るとこ。打ち上げちょっと顔出すけど』

「そうなんですね。楽しんでください」

『百合佳ちゃんは？』

「今、吉塚くんと飲んでます。もう少ししたら帰ります」

『あ。そうなんだ。飲みすぎないようにね』

「恭司さんこそ」

『明日も早いからちょっとだよ。あ、そうだ。月曜、店休日だよね？』

「はい」

『ちょうど月曜から四日空いてるから一回そっち戻る。日曜はおれの部屋に帰ってきててよ』

「わかりました」

『じゃあ、早く帰るんだよ』

「そうします。家に着いたらまた連絡しますね」

『うん。待ってる』

「では、またあとで」

通話を終了させて席に戻ると、目の前にタンブラーに入った氷なしの水が置かれていた。

吉塚くんは炭酸水を直飲みしている。気遣いできて、身なりも整っていて可愛い系の顔してるからモテそうなのに、女っけないよなあ。私の視線に気づいた彼は、黒目だけ私に向けて、瓶を置いた。

「炭酸はお腹膨れるから飲めないっていうでしょ?」

「うん。ゲップとか出したくない。って違うよ。別に文句言おうとしてたわけじゃないもん」

「そうですか。じゃあ、それ飲んだら帰りますよ」

「えー」

「えーじゃないですよ」

「はーい」

自覚してなかったけど、とても喉が渇いていたみたいで一気に飲めた。

「また一気飲み」

「水だもん」

「お腹冷えますよ」

「ハイハイ、ごめんねお母さん」

席を立って会計をしようとしたらすでに終わっていた。店を出て、自分の分を出そうとしたら、今日はいいですと言われた。

「早くモテるといいね」

「ありあまるほどの余計なお世話ですよ」

素早いコールアンドレスポンスが小気味よい。声を上げて笑ったら、憂鬱《ゆううつ》な気持ちが薄れた。

「ありがとう。吉塚くん」

「どういたしまして」

アパートまで送ってもらって、シャワーを浴びて、今日買ったばかりのあざとワンピを着て恭司さんに電話した。かかったと同時にビデオ通話に画面が切り替わって、ホテルの一室らしいところを背景に恭司さんが映った。

『お疲れ。札幌《さっぽろ》のホテル。雪はまだ降ってないよ』

「お疲れさまです。寒いですか？」

『うん。結構寒い。何でここにいてくれないの？』

「お仕事でした。ちなみにこれが本日の戦利品です」

スマホリングを立てかけ、全身が見えるようにテーブルに置いて、ゆっくり回って見せた。

『いや、え？　待って。それで飲み行ったの？』

「そんなわけないじゃないですか。シャワー浴びて恭司さんに見せるために着替えたんです。ほら、すっぴんでしょ」

『あーよかった！　それちょっとうしろ見えてるよ？　やばくない？』

「今度のお部屋デートに使おうかと」

恭司さんはガッと勢いよく両手で顔を覆った。

『はあああ〜月曜まで長くね!?　それ見せられて生殺しってなにマジで！』

「あと四日後、楽しみにしててくださいね」

『んんん』

そのまま突っ伏して見えなくなる。

「うちの店、都内に二号店出すみたいです。まだ未定なのですが」

『へえ～』

「あ。ちゃんと聞いてます？」

ようやく顔を上げて画面に映った。

『うん。聞いてる。でも何も決まってないんだろ？』

「まあ、そうなんですけど」

『都内勤務してくれるなら、そのほうがおれはいいなあ』

「薄情な。地元に愛着はないんですか」

『あるある。だいたいちょこちょこ帰ってたから出会えたんだろ、隆夫の店で』

「そうですね」

『最近行ってる？』

「いえ。まったく」

『じゃあ、今度一緒に行こうか』

「恥《は》ずかしくてマスターの顔を見れる気がしません」

『そんなこと言ったらあいつ寂しがるよ』

「恭司さんが行けば大丈夫ですって」

『今度一緒にどこか行こうよ』

「んー。そうですねぇ」

『百合佳ちゃんが望むなら夢の国にだって行くよ？　なんなら耳つけて歩くし』

「いいえ。興味ないので大丈夫です。耳つきの恭司さんは見たいですけど、それより二人っきりで誰にも見せられないことをしていたいんです」

『百合佳ちゃんがそう言うならそれでいいけど』

「気にしてくれてありがとうございます」

『んーん』

恭司さんは机に突っ伏して目だけを見せる。えええええ。可愛いいいい。

『いや、うん、まあ、それより、ね。えっと、あのさ』

顔を上げて言いかけたところで、けたたましい物音がする。ドアベルも連打されている辺り、内部の犯行に違いない。

『あーもー！　クソ‼　なんだよ‼』

恭司さんは物音のほうを振り向き、怒鳴った。その声には親しみと諦《あきら》めがこもっていて可愛い。

「いいですよ。きっとメンバーさんかスタッフさんでしょ。興奮冷めやらぬのでしょう。私もそろそろ寝ますね」

『え、でも』

「気にしないでください。恭司さんも明日早いんですし、では、おやすみなさい」

『う、うん、おやすみ』

雑音が入り混じる通話を終わらせ、パジャマに着替えてベッドに横たわる。溜息が出る。胸の中がざわつく。二十七歳、次は二十八、か。ストレスフリーな職場に、理想に有り余る恋人。

すごいのは周りの人だけ。私は？　私自身は？　得体《えたい》のしれない不安感。ふわふわ生きてきたツケが回ってきそう。ああ、なんか落ち着かない。

甘いモノ食べたい。いいなあ。北海道。あれ？　今日なんだか寒い？　風邪？　本当に鬼の霍乱《かくらん》来た？　なんか、肌も調子悪いし、もう寝よう。

最近一人寝が肌寒い。季節のせいじゃない。恋しさは離れているからこそのありがたみ。

恭司さんみたいな人と相手の存在が当たり前になる頃まで、一緒にいられるかな？

翌日、目が覚めると、なんとなく体が重い。カーテンを引いて外を見ると雨だった。

ああ、ネガティブと体調不良は気圧のせいかぁ〜。でもなあ。今月、まだなんだよなあ。お家デートの日とかぶりませんように！　頼むよ！　とお腹に両手を当てて念を送る。

まだ安全圏の期間中（のはず！）なので白いパンツを選び、恭司さんがプレゼントしてくれたレッドボトムスのスタッズのついたパイソン柄のパンプスで出勤した。たぶん、レッドボトムス《それ》を選んだのは、戦闘力《きぶん》を上げたくなったせい。

まだシャッターの上がっていない店内では、鏡花さんがディスプレイ用の花を生けているところだった。

「おはようございます」

「昨夜はお疲れさま。どうだった？　刺客は」

「刺客って。聡明な女性でしたよ。飯田さん。とてもいいバルをご存知でしたし」

「あら、いいわね」

鏡花さんは形のいい深紅の唇の両端を上げた。

「夫には二店舗目なんていらないから、そっちで好きにやってってお願いしてたんだけど、好きにやる方向が私の望む形とは違ってるのよねえ。だから、二号店のこともそのスタッフのことも気にしないで今まで通りでお願いね」

「オーナー。こっちの花どうします？」

大きな花を腕に抱えた吉塚くんがひょっこり現れる。男の子と花の組み合わせのよさに、ちょっとときめいた。恭司さんにもいっぱい花持たせたい！

「あっちの花瓶にお願い」

「わかりました」

花鳥風月が鮮やかな青で描かれた白磁の花瓶に、濃いピンクや紫がかった八重咲の色々な花が活けられていく。濃淡の配置が素晴らしい。

「吉塚くん花生けるの上手いね」

「母親がフラワーアレンジメント教室をやってるんですよ。時々展示会に付き合わされたりしてますからね」

しれっとぶっこんでくる隠れた爪。万能な弟分に眩暈《めまい》を覚える。

私は、作業用のペタンコ靴に履き替え、フロアとトイレの掃除をして、ディスプレイを整えたり、客注品のチェックをして準備を進める。作業中にも頭をもたげてくる漠然とした不安。レッドボトムスと同じ。私はただ乗っかっているだけ。誰かの輝かしい偉業の上に。

どうしよう。なんだか足元が覚束《おぼつか》ない。

「ねえ。百合ちゃん、ちょっと今日これ着てくれない?」

控え室に呼ばれて行くと、鏡花さんが保護カバーから出してきたのは、濃いめのテラコッタカラーのランダムフリルのマキシワンピース。髪をまとめてサイドに流し、黒いコルセットのような幅広のベルトを巻き、ゴールドのアクセサリーをつける。秋に映える濃いテラコッタ。乾いた砂漠色のパイソン。甘さ控えめだけどどこか色気を感じさせる。揺れる裾《すそ》の余韻のおかげだろうか。

「これ新作ですか」

「そう。せっかくサンプルが入ってたから着てもらおうと思って」

「素敵ですね」

「気に入ったなら持って帰っていいわよ」

「ありがとうございます」

「似合うから見ているほうも心が躍《おど》るわ。やっぱりファッションはこうじゃなくちゃ」

開店して、店頭でお客様を待つ。いつも、誰もいなければ雑談に花が咲く。そうはいかなかったのは、飯田さんと、スーツの素敵な男性がやってきたからだ。

「あれ」

「あ」

小声だったけれど、お互い、漏れていた。

「昨日はどうも」

相手が甘い笑顔を作る。わざわざ含んだような言い方に、すれ違いの好印象が一気に胡散臭《うさんくさ》くなった。

「こちらこそ、失礼いたしました」

私も社交辞令で微笑み返す。飯田さんのかすかに冷気漂う視線と、鏡花さんの好奇心に溢《あふ》れた視線。そしてあえて我関せずのスタンスの吉塚くん。

なるほど、仕立てのいい洗練されたスーツは同業者だったからで、広い意味ではサラリーマンかもしれないけれど、どうりで。なんとなくがっかりしたものの、態度に出さないように頑張った。相手はにこやかに名刺を差し出した。

「では、改めまして。今回ディレクターを務めさせていただきます、常磐《ときわ》です」

鏡花さんは軽い笑顔と会釈で済ませる。私が慌てて名刺を受け取り、軽い自己紹介をし、吉塚くんも続いた。

「それで、なんの用かしら」

「ええ。もちろん二号店についてのご相談です。西園寺さんと吉塚さん、少しお時間よろしいでしょうか」

常磐さんはにこやかな表情を崩さないまま、持っていたビジネスバッグからＡ４サイズの封筒を取り出して二人を見た。

そして、店内には、私と、飯田さんが残される。気っまずぅ！

「昨夜はお疲れさまでした」

軽くお辞儀すると、飯田さんは短く、「ええ」と言ったっきりだった。ああ。なんかこういうの久しぶり。私、あなたと馴《な》れ合うつもりなんてありませんから。っていうね。面倒です。いや、相手が私のこと面倒なのかも。地味にメンタルやられるから空気に棘《とげ》放つのはやめて。

飯田さんは一言も発さない。空気が重い。

「なんだか黙っているのも嫌だから言わせてもらうけど、私、あなたみたいに思考停止してるヒトって見ていてイライラするんだよね。向上心もなくて頭空っぽで、どうしてあなたみたいな娘《コ》が西園寺さんの秘蔵っ子みたいな言われ方してるの？」

「さあ。どうしてでしょう。私はそんなつもりありませんから、わかりません」

「本当にぼーっとしてるんだ」

飯田さんの嘲笑《ちょうしょう》が耳に障る。

「ほとんど初対面の人間相手にイライラするくらいなら、ぼーっとしてるほうがマシ。そんなにカリカリしてて生き辛くないですか？　もしかして男性社会で頑張りすぎて同性が敵になっちゃった？　ご愁傷様。仕事のできるキャリアウーマンには憧れるけど、他人をこき下ろして優位に立とうとする人は軽蔑するわ」

「へえ。ちゃんと脳みそ使えたんだ。それって、悪口の時だけ？」

「やだ。悪口に聞こえた？　疲れてるのね、あなた。恋人と温泉でも行って来たら？」

「ご提案どうもありがとう。先月モルディブに行ってきたばかりだけど」

「え。いいなあ！」

「は？」

「水上コテージで恋人とバカンスなんて最高！」

「ふ。本当に頭空っぽなんじゃない？」

思いっきり鼻で笑われた。

「脳みそ詰まってると、そんなに性格悪くなるんですか？　それとも恋人の前だけは可愛いタイプ？」

「セクハラだし、プライベートなことに干渉されるの大嫌い。っていうか頭の中恋愛しかないの？」

「先に人に口撃《こうげき》しといてそれはないんじゃないですか？　私、あなたに嫌われる筋合いないんですけど？」

「理解できなかった？　あなたみたいな上辺だけの人間が嫌いなんだってば」

静電気が走ってるんじゃないかと思うくらい、棘々《とげとげ》しい空気。

私が何をしたっていうの？　いきなり存在否定されるほど嫌われる筋合いは本当にないんだけど。

っていうか、これから開店なんだから空気悪くしないでほしいわ。まったく。

戻ってきた吉塚くんが私と飯田さんに視線をやり、露骨にひきつった顔をした。

飯田さんは店内を見回り、商品を色々とチェックしていて彼の表情には気づいていない。

「なんですか。この剣呑《けんのん》な雰囲気」

こちらに体を寄せてこっそり囁《ささや》く。

「嫌われてるのよ、私」

「まあ、そうだなとは思いましたけど。相当ですね」

「やめてよ。これでも傷ついてるんだから」

「いいじゃないですか。恋人に慰《なぐさ》めてもらえば」

「これは恋人に癒してもらう傷じゃないのよ」

「まあ。そうですね。女子会しないんですか、女子会」

「そうね、そうするわ」

飯田さんがターンして来たので、さっと吉塚くんから離れる。彼女の棘々《とげとげ》しい視線が突き刺さる。

なんでこんなに目の敵《かたき》にされなきゃなんないの。私が彼女の親を殺したわけじゃなし。まあいいや。どうせ別の店舗のスタッフだし、私とはフィールドが違う。触らぬ神に祟《たた》りなし。

嫌いって言うなら必要以上に関わらなければいいんだし。万人に好かれるなんてありえないし、好かれたり嫌われたりなんてよくあることだし。そんなことはわかってる。わかってるのよ。

でも、やっぱり、嫌われてるってきっついな。そもそも私のなにが彼女をそうさせるの？

きゅううううっと差し込むような痛みがお腹に突き刺さる。痛みのあまり考えるのを中断した。

❖

♡

❖

とうとう日曜日の夜。件《くだん》のモーヴピンクのニットワンピースとランジェリーのほか、念のためショーツタイプの夜ナプキンに替えをいくつか大きめのポーチに用意して、ラズベリー色のマシュマロタッチのナイトウエア（裾《すそ》も袖《そで》も長いタイプ）も持参した。使わずに済むといいけれど。なんだか来そうなんだよなあ。

広いリビングは静かで冷え切っていて、なんだか心細い。もうすぐ帰るねと飛行機に乗る前に恭司さんから電話があった。少し仕事をして帰る、夜遅くなるから先に寝てていいよと付け加えて。恋人の優しさに、申し訳なさで心が苦しくなる。少し遅い時間に入浴を済ませ、準備しようとしていた矢先、悪い予感は的中した。

久しぶりに会うのに。ペーパーに滲《にじ》んだ赤い染みが神様からの嫌がらせにしか思えない。

なんでこんな時に限って。両手で顔を覆っても仕方がないけれど、もう何も見たくない気分だった。

恭司さんの電話の電源が切れていて連絡できない。生理なので帰りますとメッセージを送るのもなんだかなあ。がっかりさせるだろうな。しかも、お腹がキリキリ痛み出す。なんでこんな面倒で質《たち》の悪い仕組みなんだろう。

用意していたショーツナプキンを穿いて、ナイトウエアに着替えた。とりあえず心づもりをしてもらおうと、メッセージを送っておく。

〝生理になっちゃいました。ごめんなさい〟

送信して溜息を一つ。この半年間、月経期間中は用事があると言って会わないようにしてきた。生理痛が強くて怠《だる》さが半端なくて、年に数回お店を休ませてもらうほどだし、服や寝具を汚してしまうし、後処理だって。色々考えていたら気が滅入ってきた。どうしよう、帰りたい。

なんだか悲観的な気持ちが盛り上がってしまって、ネガティブの悪魔に後押しされ、やっぱりタクシーを使ってでも帰ろうと思い立ち荷物をまとめていると、玄関からガチャガチャと鍵の開く音が聞こえてきた。

「ただいまー！」

恭司さんの朗らかな声に、片付けようとしたバッグを持ったまま固まってしまった。

「寝てっかなー。うお！」

リビングでバッグ片手に膝立ちで固まっている私を見て、ドアノブを持ったまま恭司さんも驚いた顔をして固まった。

「ど、どうしたの？」

「あ、あの、メッセージ送ったんですけど、生理来ちゃって、いても意味ないから帰ろうかなって」

恭司さんは一瞬目を見張り、表情をなくした。

「ごめんなさい。がっかりさせちゃって」

「うん。ホントにね。おれ、百合佳ちゃんにそんな男だと思われてたなんて、ショックだったよ」

「え？」

「それとも本当は別に本命の男がいてそいつと間違えた？」

「そんなわけないじゃないですか」

「うん。今のは意地悪した。でもさ、いても意味ないってどうなの？」

「え？　あ、ごめんなさい。生々しい話、嫌いでした？」

「そうじゃないよ。そんなしょうもない男なの？　おれ」

ふてくされた表情で言われ、ハッとした。

「あ。だって、久しぶりに会うし、あのワンピースもあるし」

言ってだんだん恥《は》ずかしくなってきた。

「最中でもしたいって言われたら応じる〝しょうもなさ〟はあるよ？　でも」

「え」

「そこだけピックアップしてドン引きするのやめてくれる？　百合佳ちゃん、おれと会うイコール、セックスしなきゃ、って思い込んでない？」

「え、だって、結構頻度高いし、私もしたくなっちゃうから」

恭司さんが両手で顔を覆って下を向く。

「いや、そりゃおれもそうだけど‼　それだけじゃないってわかってもらえるといいな！」

「あ、はい。ごめんなさい」

「謝ることじゃないよ。わかってくれればいいから。あとね、薄着しすぎ。体冷やしすぎ。床暖房つけて。空調も温度上げていいから。床じゃなくてベッドに入って横になること」

恭司さんは言いながら、部屋の空調や床暖房のスイッチを入れていく。

「でも、もし、シーツ汚したりしたら」

「洗えばいいじゃん！　気になるならマットごと買い替えればいいんだよ？」

「そんなことさせられないです。それに、匂いとか、ごみとか出るし、後始末も」

「じゃあ、必要なものを今から買ってくるよ。生活用品なんかドラッグストアに行きゃ、大概あるだろ。ごみが気になるならこのフロアの端っこに二十四時間捨てられるダストシュートあるし」

「そこまでしてもらうなんて悪いです」

「何が悪いの？　そこまで？　そのぐらいしてもいいよ。っていうか、おれ、全然心許されてないね？」

「ち、ちがうんです」

ちがう、そうじゃなくて、好きすぎて、幻滅されたくなくて、いや、それだけじゃない。気に入られているのは、見た目だけかもしれない、セックスだけかもしれないって、心のどこかで思っていたかも。なんだかすごく悲しくなって、感情が頭の中でぐちゃぐちゃになって、涙が溢《あふ》れてきた。

恭司さんは私の顔を隠すように頭から抱きしめてくれた。

「もういいから。とりあえず今は横になって。腹減ってない？　何か飲む？」

私の感情が私にも手に負えない。泣き声が詰まって答えられずにいると、恭司さんが続けた。

「おれのこと頼ってよ。もっと甘えてよ。惚れた女甘やかさないで、誰を甘やかすんだよ。信用してくれよ」

頭を撫でながら、笑った声で言う。そして、横抱きでベッドに運んでくれた。

「シーツもベッドもいくらでも替えのきく消耗品だけど、百合佳ちゃんはそうじゃないだろ。どっちが大事か聞かれたら迷わず君なんだから、気にせず楽にしてて。いい？」

となかば呆れた口調で言い聞かせる。

「はい」

なんだか可笑しくなって噴き出してしまった。

「っていうか。おれが言うのもなんだけど、自分の意思でどうにもならないことなのに、気を遣わなくちゃいけないなんて大変だね。いや、むしろ名前通り生理現象じゃん？」

「厄介《やっかい》なんです。お腹すごい痛くなるし、怠《だる》いし、吐き気がする時だって珍しくないし、なんか、感情もぐちゃぐちゃになっちゃうし」

「ああ。それで。っつうか、それは一度病院で診てもらうべきじゃないの？　念のため行っとけば？」

「ずっとこうだったから、そんなものだと思います」

「いや、行ったほうがいいと思う。体重の変化は気にするのに体調の変化に疎いって不思議なんだけど」

ぐうの音も出ない。

「おれ、百合佳ちゃんと一緒に暮らしたいと思ってる」

「え」

突然の申し出に驚いてつい声が出た。

「え、って。そんなに嫌？　他人と暮らすの嫌いなタイプ？」

「まだ経験ないからわからないです」

「そっか。それはそれで怖いね」

「少し」

「まあ。いいや。すぐにとは言わない。おれの部屋の合鍵渡したのも、百合佳ちゃんがいつでもいてくれたらいいなって思ったからなんだよね。呼ばなきゃ来ないけど」

「だって、なんとなく勝手にお邪魔するとか抵抗あるし、黙って行きづらいですもの。アポなし訪問で知らない女性と鉢合わせとかシャレになりませんもの」

「質《たち》の悪いジョークかましてくるね。でも、昔、ほんの短い間だったけど、セキュリティガバガバのアパートに住んでた時に、知らない女の子が部屋にいたなあ」

「本当にあった！　怖い話!!」

「いや、マジで怖かった。なにより生命の危機を感じた」

「私、大丈夫ですか？　刺されません？」

「今どき人気絶頂のアーティストでさえ、恋人が刺されたなんて話聞かないから大丈夫だろ」

「まあ。それもそうですね」

「それは置いといて、考えといてよ。できれば前向きに」

「はい。一回、持ち帰らせてください」

「うん。なんならそっちのご両親に挨拶行くし」

またさらっと重大発言ぶっこんできた！

「さ。話はこれくらいにして。横になって。お腹空いてない？」

「はい。大丈夫です」

頷くと、恭司さんは私の頬に手を当て、微笑んだ。

「痛みは？　大丈夫？」

「今のところまだ大丈夫です。恭司さんの手、温かくて気持ちいいです」

「それはよかった。シャワー浴びてくる。いっしょに寝よう。お腹温めてあげるよ」

「はい」

恭司さんは私の額《ひたい》にキスをすると、寝室を出ていった。

十五分は経っただろうか。うとうとしながら待ちわびていると、ドア越しから声がした。

「あ。ねえ、渡したいものがあるからちょっと目ェ閉じててよ」

悪戯《いたずら》を仕掛ける子供みたいな声だ。

「わーかーりーまーしーたー」

間延びした返事をして目を閉じて待機する。

「目ぇ閉じてる？」

「閉じてますー」

ガチャリとドアが開く音。忍び足の気配。なんだかむずむずする。

チョコかな？　ホワイトチョコでコーティングされたフリーズドライの苺かな。生キャラメルもいいなあ。もちろんレーズンバターがサンドされたクッキーでも。北海道旅行で魚介三昧もいいなあ。

お腹の辺りに何か置いた音がした。

「目、開けていいよ」

お待ちかね、と目を開けると、あるのは深紅のショップバッグ。

「え？」

なんで？　恭司さんを見ると、右手で口元を覆って噴き出した。

「驚きすぎじゃない？」

「え、いや。だって、北海道のお土産《みやげ》、あ、これに入れて」

中身を覗くと、綺麗《きれい》に包装された箱。どう見てもチョコの箱ではない。

「ええええ!?」

私の素《す》っ頓狂《とんきょう》な声に、ついに恭司さんは声を上げて笑い出した。

「いや、そんなに驚いてくれたら帰りに寄った甲斐があったよ」

「だってこれ、え？　なんで？　帰りにふらっと寄って買ってくるのは、コンビニスイーツくらいですからね!?」

「いやあ。話が前後しちゃったからアレだけど、おれはまあ、その、結婚を前提に付き合っていきたいんだよね。でも、指輪だと早すぎるし、百合佳ちゃんが自分で選んだほうがいいだろ？　だから、これにした。ちなみにペアです」

恭司さんがスッと右腕を掲げてみせる。そこにはビスモチーフの施されたブレスレットが。ドライバーを使ってつける、恋人たちのブレスレットだ。

「えええぇ！　ペア！　気づいたファンに考察されちゃいますよ!?」

「いいよ。そんなの、させとけば。なんならダミーで誠司にもつけさせる……、いや、それはヤダなあ」

「なんで誠司さんなんですか？」

「おれとあいつがデキてるというハナシがあるんだと。うやむやにできそうじゃん」

「わぁお！」

「いい反応してんじゃないよ。勘弁してくれ。四歳からの腐れ縁だけどそんなんじゃないから」

「四歳? 私が生まれる前から一緒にいたってことですよ?」

「うわあ怖ぇ!」

「腐れ縁って縁を切ろうとしても切れない、好ましくない意味ですけど、離れたいんですか?」

「いいや。それはない。まあ、色々あって一時期離れそうになった時はあるけど、それは見殺しにするのと一緒だったから、絶対嫌でどうにか回避したもん」

どういう状況かはわからないけれど、胸の中がじわっとした。なんだか、多分すごい深い絆が。

恭司さんは少し思案顔で黙り込んだ後。

「あいつは十三年前に恋人を亡くしてるんだ」

素敵なサプライズプレゼントの後にヘヴィな話が来て、感情が散らかってしまう。浮かれてていいの? いや、浮かれられないよ。手元の紙袋どうしたらいいの。

「だから、おれたちがデキてるとか、絶対ないから」

「そんなこと思ってませんでした」

だからそんなヘヴィな話もいりませんでした! 言えないけど!

「えっと、そう、それだけじゃなくて、それで、あいつはあの日、精神的に壊れていまだに立ち直れてないし、おれはどうしてもあいつを放っておけない。けれど、そういうんじゃないんだってわかっていてほしい」

「もちろんですよ。というか、そんな誠司さんをダミーに使うとか絶対にダメでしょ！」

「あ。そういうのは気にしなくていい」

「基準がわからないんですが」

「いいのいいの。いいからもう寝よう」

と言いながらベッドに潜り込んでくる。私は体を反転させて背中をぴったりとつける。恭司さんの手がお腹を包むように当てられる。

「手当、手当」

歌うように言いながら、布越しにお腹をさすってくれる。大きな手のぬくもりに安堵《あんど》感《かん》が溢《あふ》れてきた。

私は包みを開封して、自分の手首にお揃いのブレスレットをつけた。横になったままドライバーを使うのがちょっと厄介《やっかい》だった。つけようかと訊かれたけど、それよりお腹を撫でていてほしかったので断った。

「でーきた。どうですか？」

「手首細くて綺麗《きれい》」

「ありがとうございます」

「あーあ。つけちゃったね」

「なんですか。その怖い発言」

「おれの所有欲の塊みたいなもんでしょ、それ」

「お揃いでつけた時点で、同じことが恭司さんにも返ってきます」

「人を呪わば穴二つ。呪詛《じゅそ》返しか」

ぎゅっと、でも苦しくないような力加減で私の下腹部を抱きしめ、震えるそぶりをする。思わず笑ってしまった。

お揃いのブレスレット。なんて素敵な呪いにかけられたものだろう。重なる手にひっそりと光る白銀。

「おやすみなさい」

枕元の照明のリモコンで明かりを消す。

「んー。おやすみー」

恭司さんの半分夢うつつな声。背後から髪にキスされて、お腹を撫でられる。密着した部分が全部温かい。私もいつの間にか眠りに落ちていた。

翌日、目覚めるとベッドにはもう恭司さんの姿はなく、寝室から出ると、生姜《しょうが》の効いた美味《おい》しそうな匂いが漂っていた。

「おはようございます」

「あ。お目覚め？　おはよー。調子どう？」

「二日目なので怠《だる》さがすごいです。痛みは今のところないです」

「そっか。食欲は？」

「なんだかいい匂いがして刺激されているのですが」

「参鶏湯《サムゲタン》風の雑炊作ったよ。食う？」

「ええ！　すごい！　食べます！」

「冷凍パウチの参鶏湯《サムゲタン》だけどね。おれはそこに生姜《しょうが》すりおろして玄米入れただけだし」

「あ！　リサさんに箱でもらった参鶏湯《サムゲタン》！」

「それ。うちの冷凍庫三分の一をいまだに占めてるよ」

「えー。じゃあ、恭司さんがいない間、私食べちゃおう」

突然恭司さんにハグされる。嬉しいので抱き返す。温かくて逞《たくま》しい胸板と腕に安心する。

「いちいち帰るだなんて時間の無駄遣いはやめてここにいなよ。職場も徒歩圏内だろ。百合佳ちゃんがその気になってくれたら喜んで巣作りするよ、おれ」

低い温かみのある声が胸の中で響いている。たまらなくなって頬をこすりつけると頭を撫でられた。

「私も一緒にしたいです」

「ようやくその気になってくれた？」

「家事とかあんまりできませんよ？」

「そういうのをさせたいわけじゃないよ。必要ならプロの手を借りればいいんだし」

「そうなんですか？」

「そうでしょ。他人が部屋にいるのが嫌なら便利な家電もいくらでもあるんだし、欲しいのあったら今度買いに行こうよ」

恭司さんは私の手を取り、指に軽く唇をつけると、まっすぐ目を見る。見つめられると、息が詰まるくらいドキドキする。

「じゃあ、まあ、飯にするか」

私の緊張を察してか、優しい笑顔で頭をポンポンしてくれた。

「わかりました。ちょっと待っててくださいね」

「うん」

後処理用に中が見えないコンビニのビニール袋をいくつかもらってトイレに行き、朝の最低限の身支度を済ませた。それからダイニングテーブルに向かい合って座り、土鍋（参鶏湯《サムゲタン》を食べるために買った土鍋と取り皿セット）から食べられる分だけよそって手を合わせる。いただきますと同時に言って、レンゲですくって息を吹きかけ冷まして口に入れる。食べやすいように骨は取り除かれ、柔らかくほぐれた身だけ。丸鶏の旨味が口いっぱいに広がり、千切り生姜《しょうが》の爽《さわ》やかな香りと一緒に鼻をぬけていく。おいしい。

「三十超えてるから、言うことおっさんで悪いけど。美味《うま》そうに食うよね」

「食べづらくなるので言わないでください」

「可愛いよ」

「わざとでしょ？」

「うん、まあね。困ったり照れたり怒ったり、表情が変わるの、可愛い。ずっと見ていたい」

　優しい微笑みを浮かべたまま頬杖をつく。なにそれ。そんなの生命保険のＣＭ出演依頼が来ちゃうよ。はあ、やだやだ。平然としていられるはずがない。

「おれさ、もっと百合佳ちゃんと一緒にいたい。全然足りない」

　こんな耳から天国へのチケットみたいな台詞《せりふ》を言われても、嬉しさより勝る不安。私は私をオススメできない。薄っぺらくて空っぽで『好き♡』だけでフワフワ生きてきた底の浅い女なんだもの。

「でも私、きっとすぐに飽きられてしまうと思います。足りないくらいがちょうどいいのかも」

「なんでそんなこと言うの？　どうした？」

　恭司さんが怪訝《けげん》そうに眉をひそめて、私の頬に手を伸ばした。

「どうもしません。ただ、私って、中身空っぽでなんのとりえもないから」

「それもホルモンバランスの影響?」

「違います。そんなんじゃないです」

「そう? 情緒不安定で感情のコントロールができなくなってるみたいだけど?」

「そんなんじゃ」

もうなんだか反論するのも億劫だ。確かに生理前後は情緒が不安定で感情が乱れがちだ。

自分を抑えられない、人として未熟者のような気がして、嫌気がさした。賢くない、躾《しつけ》のなっていない動物だと嘲笑《ちょうしょう》されそうで、プライドだけ一丁前で、たまらなく嫌になる。

すぐ泣く女は嫌われる。でも、暴れだした感情がはけ口を求めているのに、どうしたらいいんだろう。もう、なんだか現代社会を生き抜くのは向いてないんじゃないだろうか。嗚咽《おえつ》を堪えながらレンゲを口に押し込む。

「そんなマジ泣きしながら食わなくても」

「ううっ。だって、せっかく作ってもらったし」

これ以上喋ると噴きそう。ごくりと呑み下す。

「ごめん。おれ、焦りすぎて百合佳ちゃんを追い詰めたかな」

「そうじゃないです。でも、話はご飯の後でもいいですか」

「そうだね。そうしよう」

優しい。優しすぎるんだけどこの人。こんなめんどくさい女に付き合わせて疲れさせちゃうんじゃないだろうか。もうやだ。こんな自分が嫌だ。ほぐされた身の柔らかさに、またちょっと泣けてきた。

食後の片付けも恭司さんがして、その間に私は歯を磨いてリビングに戻る。

すでにソファに座っていた恭司さんに無言で促《うなが》されて隣に腰を下ろした。肩に腕を回され、大きな掌《てのひら》が頭を包む。

「なんかあった？　鏡花姉ちゃんの店《トコ》、二号店だっけ？　状況の変化って結構くるよな」

「……」

黙っていると、なだめるように頭を撫でられた。

「それでなんかあった？」

「……ないです。ただ、二号店のスタッフのほうが頭よくて仕事できて綺麗《きれい》で着こなしはシンプルでかっこよくて、羨《うらや》ましくて、私って何にもないなあって思ったらなんか虚しくなってきて」

食事会の時のことも話しているうちに悲しくなって涙出てきた。

「私、飯田さんと吉塚くんがこれからの展望を話してる間、ワインリスト眺めて美味《おい》しそうなワイン探してただけなんですよ。バカでしょ？　我ながらバカだなって思いましたとも！　それに仕事だって、イゾルデにある綺麗《きれい》な服が好きで、鏡花さんが好きで、働いてて楽しくて状況に甘えてほわーっと今まで過ごしてきて、気づけば、スキルとかキャリアとかなんにも持たないまま、二十代後半まで来てたんだなって思ったら、いまさらだけど怖くなってきちゃって、あと、その人にすごく嫌われてるのが悲しくて、上辺だけの人間って言われたのもショックで」

ああもうダメだ。止まらない。三角座りで嗚咽《おえつ》する。

「好きとか楽しいっていう気持ちで行動してる人は輝いてるよ。それに、人は人っていうじゃん。いろんな人がいていいじゃん。なんで自分のことだけ否定的に捉《とら》えるの？」

「だって」

私なんて何もないし、恭司さんみたいに外見だけじゃなくて、才能にも恵まれまくってるわけじゃないし。でもそれは今まで何もしてこなかった自分のせいで自業自得だから言えない。

「好きなものを見せびらかして歩いてるって言った百合佳ちゃん、かっこよかったよ」

「甘い。甘いんですよ。うううっ。恭司さんに褒められるの嬉しい」

「うんうん。それはよかった。甘い？　甘いかな？」

「はい。甘いです」

「甘やかしたくなるのは百合佳ちゃんが可愛いせいだよ」

よしよしと撫でられまくる。

「でもいいな、その人。絶賛されてんじゃん」

「彼女からしたら私なんかに絶賛されても嬉しくないと思いますよ」

「えー。おれは嬉しい。じゃあ、おれのこと絶賛してよ」

「してるじゃないですか」

「えー。もっともっと」

「もーちゃんと聞いてくださいよ！」

ほら、もうこの人に話すと茶番になる。真剣に悩んでたはずなのに、なんか、ちょっと、このままでいいのかもって揺らぐ。

「あ。ごめんごめん。なんだっけ。仕事が超デキるかっこいい人に嫌われてて、そういう人に憧れてるけど、自分はそうじゃなくて悲しいんだっけ」

「だいたいそうです」

「得手不得手はあるし、人それぞれ持ってるものは違うし、その人が持ってないものを百合佳ちゃんは持っているかもしれないし。嫌われてるのは残念だけど、こういう人になりたいって思える相手ができるっていいことじゃん。気づいた時が始め時だよ。その人のいいなって思えるところどんどん盗んじゃえ。それに、百合佳ちゃんは大好きな服のために自分を磨いてるじゃん。おれからしたらもっと自分の体を労《いた》わってほしいところだけど、そういうのだって努力だろ」

「そんなの私の自己満足です。誰かの役に立ってるわけじゃないです」

「じゃあ、なんで鏡花姉ちゃんは百合佳ちゃんを雇い続けるの？　いくら道楽だろうとお客さんや商品のためにならない人を雇い続けたりしないでしょ」

「じゃあ、私でも、なにかできてることがあるんでしょうか」

「まあ。そういうことだろ。少なくともおれは、きみの存在に救われているところがたくさんあるよ」

嬉し泣きで全部出て行った。涙腺が痛くなるくらい泣いた。

「そういや、トイレ用のごみ袋いるんだよな。買ってくるよ」

「そんな、いいですよ」

「怠《だる》いんだろ？　欲しいものあったらメールして」

「恭司さんのほうが忙しいのに、ごめんなさい」

「気にしなくていいよ。おれのほうが体力あるんだし。それに」

ぐりぐりと頭を撫でて、腰を上げる。

「おれがエロいだけの男じゃないって知ってもらわなきゃな」

「わかってます」

「ならいいけど。横になる時はベッドに入ること。じゃ、いってくるね」

「はい。いってらっしゃい。お願いしますね」

こめかみ辺りにキス。エロいだけっていうか天然由来のフェロモンが過剰で、こちらが勝手に誘発されてるってだけなんですけどねー。なんてことを思いながら彼を見送り、お言葉に甘えてベッドに潜る。泣きすぎて疲れて、あっという間に眠ってしまった。

そして昼過ぎに目覚める。気分はすっきりしているけれど、ちょっとまだ怠《だる》い。ナプキンを替えにトイレに行き、リビングをうろついたけれど、彼の姿はない。玄関近くのスタジオルームを覗くと、防音扉の向こうに、椅子に腰かけギターを抱えている姿があった。俯《うつむ》いて確かめるようにギターの弦を弾《はじ》いている。すごく集中しているのが伝わってくる。こちらには気づかない。ギターを片手に抱えて紙の束を持って立ち上がり、機材の前で立ち止まって何かをしている。

どれくらいかかるかわからないけれど、とりあえず今私にできること。彼の好きな、信じられないくらい濃いコーヒーを淹《い》れておこう。よーし。夕飯も作ろう。牛塊肉でローストビーフだ。

なんて張り切っていたものの、結局すっかり夜になって、出てきた恭司さんに買い物に行くと告げたら、時間の都合で美味《おい》しくて有名なローストビーフ専門店に行くことになった。ほんと、今日一日なにもしてないな、私。

❖　☆　❖

甘やかされホリデイの翌日。閉店後に鏡花さんと私と飯田さんで食事に行くことになり、不本意な女子会になってしまった。飯田さんはこっそり嫌そうな顔をしたけれど、鏡花さんの提案だからか、断らなかった。もちろん、私は顔に出ていたらしく、鏡花さんにやんわりと注意された。

中華料理屋さんの三階の個室で（私だけが）ほんのり気まずい空気で円卓を囲む。

飯田さんは最近買い付けに行ったミラノや今後の流行の展開、先月行《おこな》われた春夏のファッションウィークについて熱心に鏡花さんと話し込んでいる。その間、私は飲み物と料理の注文をしたり、運ばれてきたものをどこに置くべきかなど店員さんの対応をしたりして場をしのぐ。飯田さんからは鏡花さんに対する尊敬と憧れが溢《あふ》れ出していて、見ていて非常に好ましく感じた。ほんの少しでいいから私にもその好意を向けてほしい。

一旦話は切り上げて食事を開始する。小さな蒸籠に入った点心たちときたら、可愛らしいし、美味《おい》しい。私の愛すべき海老がぷりぷりの翡翠餃子《ひすいぎょうざ》。フカヒレ入りの餃子《ぎょうざ》もつるっつるで、いくらでも入ってしまいそうで怖い。肉汁が溢《あふ》れる小籠包《しょうろんぽう》も火傷《やけど》覚悟でいただく。紹興酒《しょうこうしゅ》が飲めないので辛口の白ワインだけど、冷たくてするすると喉を通っていく。

「ほら、あなたも食べなさい」

鏡花さんに言われて飯田さんはようやく箸を取る。

「いただきます」

「久しぶりの点心、美味《おい》しいです」

私は口の中のものを呑み下してから言った。最近エスニックに寄ってたからなあ。皮がプルプルでもちもち。

「ねえ。美味《おい》しいって幸せよねえ」

鏡花さんがフカヒレ餃子《ぎょうざ》を食べる。

点心と薬膳粥で食事を終わらせ、透明の耐熱ガラスのポットの中で百合と千日紅が花開く工芸茶をいただいて一息ついた。

「なんだか、外野の者共が勝手に盛り上がってる二号店のことなんだけど」

鏡花さんがギラッと鋭く目を光らせた。

「え」

飯田さんが意外そうな声を上げる。

「はっきり言わせてもらうけれど、お断りよ」

「そんな」

「常磐だっけ？　何がディレクターよ。笑わせるんじゃないわよ。人が開拓してきた人脈とフィールドをちゃっかり横取りしようって魂胆見え見えなのよ。アタシはね、ファッションがビジネスだなんて聞き飽きているの。言われなくたってそんなことはわかりきっているのよ。でも、アタシが売りにしていきたいのは、服がもたらす、美学、魔力、感動、なの。音楽や絵画を愛するように、美しいものに心が震える体験があるでしょう？　服は身に着けるものなのよ。そしてそれはその人自身を表現できる。自身の気持ちを表現できる。自身を際立たせることも、控えめにすることもできる。楽器も筆もいらない、けれど選択肢は無限にある。ＴＰＯはあるけれど、自由にだって他人と共有するには配慮が必要でしょう？　まあ、そんな議論は置いといて、愛する男の腕がなくたって女を美しく飾るものはたくさんあるの。誰かの人生を輝かせる素敵な一着を届けたいの。そのためにも表に出る販売員はただの販売員じゃダメなのよ」

「私は、ただの販売員になるつもりはありません。服に対する愛情も情熱もあります」と飯田さん。どうしよう。私なんて販売員どころか、ただのファンっていうか、賑やかし要員なんだけど。

「ええ。わかっているわ。ビジネスとしてのファッション業界に対する強い興味と熱意と野心もある。だから、あなたがディレクターであなたが選んだスタッフで店をやればいいのよ」

「私が、ですか」

「そうよ。アタシは愛のない冷たい人間が大嫌いなの。でも、夢見る若者は大好きよ。頑張る女の子は特に。だから常磐の話は断るけれど、あなたになら出資するわ」

鏡花さんがニカッと笑う。飯田さんがキラキラと目を輝かせている。

「賢くても天真爛漫でも女の子って可愛いのよね。見ていて楽しいわ。だから食わず嫌いせずにお互いのいいところに目を向けてちょうだい。女の味方は女よ」

飯田さんが少し顔を強張《こわば》らせてチラリと私を見た。

「さてどうする？　ホストクラブでも行く？」

「ごめんなさい。私、いい男は間に合ってますので、行くなら鏡花さんと飯田さんでどうぞ」

「あら。それはなにより。色男に飽きたらいつでも言ってちょうだい」

「これ以上ないいくらい好みの男前に飽きる気がしません」

「あの」

飯田さんが意を決したように割って入ってきた。

「湊さんの彼氏がマグノリアの一ノ瀬恭司って本当？」

「なんで知ってるの!?」と思わず凍り付いてしまった。不意打ちに嘘つけないな、私。

ちゃんと隠しておこうと思ってたのに。

「ricaconic《リカコニック》の広告もそういう繋がりだって聞きました。とりあえず、業界内では流通してますよ、この話」

「ああああ」

嘘、うそ、嘘。ヤバい。どんなふうに繋がってる話なの。ワンナイトフィーバーは？ ワンナイトフィーバーがきっかけとかバレてんの？ それは、それだけは避けたい!!

「そりゃ、あの男が周りを巻き込んだわけだしねえ。百合ちゃん、知らなかったの？」

鏡花さんに言われて首を横に振る。

「あらぁ。そのうち激写されるんでしょうねえ。いつ撮られてもいいようにお洒落《しゃれ》しとかなきゃ♡」

「もう湊さんが息してるだけでマウンティングに見えてきた」

「ええ⁉」

飯田さんの言葉に鏡花さんが大笑いしている。

「そりゃホストクラブにも行きたくないわけですよね」

「も、もしかして、飯田さんも信者なんですか？」

「まさか自分の恋人が誰かご存じないの？」

「いえ。存じているつもりですけれど、ってこれもマウンティングにカウント？」

「正解～」

「もうやだぁ～！　愛と平和で生きていたいです～！」

「そんなの恋人とやって」

「女の味方は女だって鏡花さん言ってたじゃないですか」

「ちょっと今はまだ無理。あなたのイメージ、まだ全然よくないから」

「そんな。ワインリスト見てたせいですか？」

「クラックスパナが青春だった人間からしたら、もうあの一ノ瀬恭司の彼女ってだけで無理」

「飯田さん、絶対吉塚くんと気が合いますよ。彼もフリークだから」

「はあ。朝からチラチラしてたブレスレットがほんとムカつくわ」

「聞いてください！」

「吉塚くんは気づいてないけど、私は彼のこと知ってるわよ。鏡花さんのお店のスタッフだし、どこかのコンサート会場で必ず見かけるもの」

「ええ。どっちもすごい。って、もしかして、私に辛辣《しんらつ》なのはそのせいですか？」

「由来してるかも」

「そんなの理不尽です」

「しょうがないじゃない。あなたはそういう人と付き合ってるんだから」

「肝に銘じときますけど、納得はしませんからね」

「じゃあ、まあ、そんなくだらない話はそこまでにしといて、飲みに行きましょうよ」

鏡花さんにさらっと流されて、結局三人で二次会にまで流れることになった。こないだ飯田さんに連れて行ってもらったバルにリベンジ。トイレに行くふりをして、恭司さんに連絡を入れておいた。そこでも散々飯田さんにディスられたけど、なんだかあまり棘《とげ》は感じなかった。生々しさを感じたくなかった部類のファンだったようだ。正直、ミュージシャンな彼のことを知らないので、同姓同名の遠い人の話を聞いている気分だった。なんなら、一番触れちゃいけないナマモノBLに萌えそう。高校生以来のあれだ。一度腐ったものは元に戻らないってやつだ。でも、その扉はそっと閉じる。飯田さんにばれたら絶対に私の好感度が永久凍土になるだろうし、口もきいてもらえなくなるかもしれない。

そんなことより。生々しさを感じたくなかったファンである彼女にとって、私と一緒の空間って地獄じゃん。ということで、先にお暇《いとま》することにした。

憧れの鏡花さんとの二次会で浄化してね、と心の中で思いながらバルを出た。

都内のビルや駅の広告に恭司さんのricaconic《リカコニック》のポスターが貼られたことは吉塚くんが送ってくれた画像で知っている。でも、それも実際見てないし、遠い場所で起こった出来事だ。存在がマウンティングだって言われたって、困る。私は私が知り合った恭司さんが好きでたまらないだけ。

　好きな人と愛し愛されて生きていきたい。悩みも悲しみも全部茶番にしてくれる彼のことを、私の全部を使って大切にできたらいい。

　スマホをバッグから取って時刻を見ると、二十二時。どうだろうと思いながら電話をかける。

『もしもし？　十回コールしても出ない。今日はダメかな。

『もしもし？百合佳？どうかした？』

「あ、お母さん。寝てた？」

『まだよ。さっきお風呂あがったとこだから大丈夫』

「あのさ」

『うん？』

「実は付き合ってる人がいるんだけど」

『ええ？　なによ急に。だけど、ってどうしたの？』

「会ってみたい？」

『えー。そりゃあねえ。どんな人なの？』

「えーっと。優しくて、すごいかっこいい」

『あら。よかった。優しい人がいいわ。一度でも手を上げられたらすぐに離れなさいよ』

「半年付き合ってるけど、そういうのはないかな。ってか、そういう心配はいらない人かな」

『ならいいけど。お母さん、怒鳴る人と手をあげる男のひと嫌《いや》ぁよ』

「私も嫌です」

『ならいいわ。いつぐらいに会えるの？』

「まだはっきりとはわかんないけど、彼の仕事次第かな」

『忙しい人なのね。どんなお仕事なの？』

「うん、あのね」

ちょっと考えてしまう。ミュージシャンって、どうよ？　と。

だいたいタラシでだらしなくてお金なくてヒモで女好き、うちの兄がいい例だ。今でこそ更生していっぱしの社会人だけど、妹の私からしても最低だと思うエピソードがちらほら。叩けばもっと出てくるかもしれない。

それでよくバンドマンと付き合ってるな、私。まあ、下手な考えしかできないから深く考えるのはよそう。

「えーっと、専門職」

『なんの？』

ですよね。誤魔化しても意味ない。どうせ会わせるんだし。

「お、音楽……。っていうか、ギタリスト？」

『ええ？　いくつなの その人？』

「三十二、あ、いや、三十三」

鼓膜を突き刺すような溜息。やばいやばいやばい。言い方失敗した。微妙な年頃の娘を持つ母親が『ギタリスト・三十三歳』から安心感を得られるだろうか？　いや、得られない。

「でもプロだからね。職業。ちゃんと職業としてのギタリスト。お兄ちゃんみたいな趣味とか自称とは違うの」

『百合佳、あなた大丈夫なの？』

ほらー。ね、こうなるよね。私も友達が同じこと言ったら心配するもん。

紹介したい彼氏が『かっこよくて優しい♡ギタリスト・三十三歳』。

あー。これ、全力で止めるわ。

「大丈夫って答えても信じてくれないよね？　心配なのはわかるけど、本当に大丈夫だから」

自分で言ってて、「あ。これ、ヒモを養う女が言うやつ」と頭の隅で思う。

『そう。なら、一度連れてきなさい』

「お兄ちゃん辺り絶対驚くからね。お母さんだって見たら絶対びっくりするから！」

『見なくても、もうびっくりしてるわよ。それにあなた今の仕事だってどうなの？　いつまでもちゃらちゃらしてていいの？』

「ちゃらちゃらしてないよ。確かにフワフワしてるけど、遊んでるわけじゃないし」

うーん。言ってて我ながら説得力も信憑性もないわ。

「お母さんが心配するのも仕方ないと思う。だけど、本当に大丈夫だから」

『何が大丈夫なのよ。いい加減にちゃんと将来のこと考えてるの？　お母さんがあなたの歳にはもうあなたを産んでたわよ』

「んなこと言ったって私とお母さんは違うでしょ。時代も生き方も違うんだから、お母さん世代の物差しで心配しても無駄だから。でも、心配かけてごめん。幸せだから見逃《みのが》して」

『嫌よ。お母さんの物差しでしか見れないけど、私の娘が不幸になるのは絶対に嫌なんだもの』

「私の幸せは私のもので私が感じるものだもん。大丈夫。すっごく大事にしてもらってるから」

耳に当てたスマホが振動する。あ。着信だ。

「あ。ごめん。電話だ。切るね。また電話するから詳細と小言はその時に。じゃあね」

お母さんとの通話を終わらせて切り替える。

「もしもし」

『今大丈夫？』

「はい」

ゴッゴッゴ、といかつい靴音と風のノイズが聞こえる。

『サバト終わった？』

「ええ。つつがなく終了しました。外ですか？　呼び出しかかりました？」

『いーや。早く会いたいし、夜道が心配だから迎えに行こうと思って、今マンション出たとこ』

「えっ。嬉しい。もうすぐ駅なんですけど」

『じゃあ駅の改札辺りで待っててよ』

「わかりました。どれくらいでつきそうですか？」

『歩きだから十五分くらいかな』

「じゃあ待ってますね」

『うん。おれも急いで行くわ。じゃね』

「はーい」

通話を終了して駅に向かう。普通に来て大丈夫なのかな。二十二時すぎ。人通りはそこそこ。今日は自分の部屋に帰ろうと思ってたんだけど、声聞いたら会いたいし、顔見たら離れたくなる。

だいたい生理が来た翌日とその次の日までが痛みも怠《だる》さもピークで四日目には終わるけど、それにしてもがっつりかぶっちゃったな。明日、明後日。あーもう。ダメだ。今回のお休みには間に合わない。

がっかりしてるなー、私。これ、私のほうががっかりしてる。性欲ヤバいなあ。なんか、悶々《もんもん》としてきた。

そわそわしながら待っていると、向こうから明らかに毛並みの違う男性が。オーラが違うっていうか、彼の周りだけ空気が切り抜かれたみたいに違う。まあまあまばらだけど、人が割れる。ボアつきのスエードジャケット、ブラックデニム、脚長いからいいなあ。大股で来るの、映画のクールな悪役みたい。はー。ドキドキする。たまんないなあもう。

「お待たせ。つーか見すぎじゃない？」

大きな掌《てのひら》で両頬を挟まれる。温かい。

「往来じゃなかったらキスしたいところだけど」

「熱愛報道されたら困るでしょ。さあ、速やかに帰りましょう」

太い手首を掴んで頬から外して手を繋いで歩く。

さっきお母さんと電話したことを話すと、恭司さんはアハハ！　と笑い、そりゃ怒るわ、と可笑しそうに言った。

「もしご両親の都合がよければ、おれ、この休み中に挨拶行こうか」

「そんな。ツアー終わってからでいいですよ。大事な時期でしょう?」

「百合佳ちゃんのことも大事なんだけどな?」

「私も恭司さんが大事なので無理はしてほしくないんです」

「おれは無理してないよ」

「今は自分のことをメインにしっかり充電してください。私は昨夜さんざん大事にしてもらったので次は私の番です」

「そんなの順番制にすることないだろ」

と笑う。

「私だって労《いたわ》りたいです」

「嬉しいよ。ありがとう。じゃあ、早く帰ってベッドに潜り込もう。極上の抱き枕が欲しい」

「喜んで。シャワー浴びる時間はノーカンでお願いしますね」

「わーかってるよ。早く帰ろう」

言い方が可愛くてたまらなくなったので腕を抱きしめる。そのまま腕を組んで、他愛もない話をしながら夜の街を歩く。ふらっとどこかお店に寄りたいとも思ったけれど、やっぱり、人目のない場所に二人でいたい。

「恭司さんはご飯食べました？」

「ん。ピザ取った」

「デリバリーのピザ、好きですね」

「うん。百合佳ちゃんは警戒するけど、おれは好き」

「基礎代謝が違いますからね」

「じゃあ、一緒に筋トレしよっか？」

顔を見合わせてにっこり微笑み合う。先に恭司さんが真顔になった。

「全然やる気ないな」

「あります。ただ、今じゃないだけで」

「そのうち、ね」

マンションに戻って玄関ドアを入ってすぐに額《ひたい》と唇にキスをされた。

「中華行った？」

「やだ！　当てないでください。恥《は》ずかしい！」

大笑いする恭司さんを押しのけて靴を脱いで、小走りで先にバスルームに向かう。

危ない危ない。匂いも気になるけど、それよりも、しっかりキスしてうっかり欲情しちゃったら大変だ！

脱衣所でシャワーを浴びる準備をしていたら、うしろから追いかけてきた恭司さんも服に手をかけた。

「一緒はダメです。生理中なので」

「えっ。ダメなの？　なんで？」

と言いながら着ていたニットを脱ぐ。

「洗うんでしょ？　別に問題なくない？」

「問題あるんです」

「えええ。帰ってくるの、超待ってたのに」

「ううっ。なんかすり替えられた気がする」

「大丈夫！　丁寧な仕事するから」

五指を綺麗《きれい》に伸ばし手の甲を見せつける。すっごく長くて綺麗《きれい》な指してるんだよな。爪の形も縦長だし艶あるし。私なんて三週間に一回はネイルサロンに通って頑張ってるのに。

「って、何するつもりですか」

「なにってそりゃスキンシップだよ」

「ダメです。デリケートな時期なんです」

「え～。洗うだけだよ」

「それだけじゃすまなくなるのは目に見えているので」

「百合佳ちゃんが？」

と、おどけた感じで両方の人差し指を向けられる。

「やめてください」

その手を押しのけて睨《にら》みつけると、恭司さんは意地の悪い笑みを作った。

「いいじゃん。百合佳ちゃん。我慢しないで」

「あ。我慢するのは私だけなんですね」

「だって百合佳ちゃんがよくないとおれ何にもできないじゃん」

「何もって、何かするおつもりで？」

「できれば」

じっと非難がましく見つめても、なんだか食えない笑みを浮かべて首を傾げてみせる。

「色々教えてよ。もっと百合佳ちゃんのこと知りたい。まずは生理中はどこまでオッケーか」

「いきなりハードル高くないですか？」

「目の前にある課題からこなしていこうと思って」

「ううう」

「生理中はしたくなんないの？」

「他の人は知りませんけど、私は、その、生理前と最中にも、その、性欲が、高まるというか、行為は、まだしたことないし、ちょっと、怖い、けど」

「おれ、触ってもいい？」

「え」

「ちょっとずつ試してみようよ」

顔が近づいて、啄《ついば》むようなキス。服の上から肩と腕、それから背中を撫でられる。ドキドキして顔が熱くなる。彼の手が胸の曲線を確かめるように服の上をすべる。

「痛い時は言ってね」

触られながら、やっぱり色々気になってきたので、悪戯《いたずら》な指を掴んで止めた。

「これ以上はダメです。恭司さんもご退場願います」

「やっぱダメかあ」

残念そうに嘆く彼の背中を押して脱衣所から追いやる。

「したい時はいつでも言ってね」

「とりあえずデリケート期間はそっとしといてください」

捨てられそうな犬の顔をした恭司さんをまともに見ないようにしてドアを閉める。

シャワーを浴びて寝る準備を済ませてリビングのソファで一緒に映画を見る。うとうとして気づいたら朝になっていて、二人でソファに寝ていた。アラームじゃない、着信音がしつこくて目が覚めた。確認すると朝の六時半。お母さんからの電話だった。うわあ嫌な予感しかしない。知らないふりしよ。

「んー。電話？」

恭司さんを起こしてしまった。

「ええ。母からなんですけど、嫌な予感しかしなくて」

「えっ！　早く出なよ、一刻を争うかもしれないじゃん」

と真剣に言われてしまい、思わず出てしまった。

「もしもし」

『おはよう。お母さん、昨日眠れなくて。電話じゃ埒《らち》が明かないから、掃除がてらユリちゃんのお部屋に来たけど、どうして出ないの？』

「え？　今？　もう？」

驚きすぎて思考回路が停止した。アポなしで突撃？　嘘でしょ？　信じらんない！

『部屋にいないの？』

「いないよ。彼氏の部屋。普通何の連絡もなしに来る？」

『いいじゃないの、親子なんだから』

「よくない！　もー信じらんない。ちゃんと前もって連絡してよぉ。すぐ帰れないからどっかカフェでコーヒーでも飲んでて」

電話を切ってソファから転がるように立ち上がって、急いで荷物をまとめる。まあいいか。どうせ早めに帰って着替えたかったし。顔を洗って歯を磨いて肌を整え、下地のいらないリキッドファンデとチークとアイラインとルージュを引く。

「恭司さん、なにしてるんですか？」

私の後に続いて恭司さんもボタンダウンシャツとコーデュロイパンツ（普段よりかなり大人しめのチョイスだ）に着替えてジャケットを羽織り、洗顔と歯磨きと頬や首周りの髭《ひげ》を剃って顎髭《あごひげ》を軽く整え、最低限の身支度をしている。

「送っていくよ」

「そんな、悪いです」

「全然悪くない。お母さん待ってるんだろ」

そう言われて一緒に部屋を出る。

「こんな朝早くからごめんなさい」

「いいって。気にしないで」

エレベーターに乗り込んでそわそわと到着を待っていたら手を握られ、手の甲に口づけられた。

「イエ～。これでお母さん公認ゲット～」

と悪い声で言うから笑ってしまった。

イギリス製のSUVに乗って、こちらからお母さんに電話する。二回目のコールで繋がった。車も同時に発進する。

「もしもしお母さん？　今どこ？」

『駅前の二階の喫茶店よ。ガラス張りのところ』

「あー。わかった。じゃあ、今から向かいまーす」

一気にまくし立てて電話を切る。近いのであっという間に到着した。恭司さんは駐車場に車を置いてくるので、私だけ先に降ろしてもらい、お母さんが待つカフェに急いだ。

ああもう、いくらなんでも強引すぎる。恭司さんが嫌な顔しなかったのがせめてもの救い。というかむしろ協力的でありがたい。

パン屋さんの入り口から入って二階に上がると、縦長のあまり広くない店内の奥でお母さんが一人でサンドウィッチのセット二つを前に、なんだか居心地悪そうに座っているのを発見して急激に切なくなった。遠目に見てるせいか、久しぶりに見るせいなのか、親が小さく見える瞬間って、本当にあるんだ。

カウンターの店員のお姉さんに断って奥に行くと、私に気づいたお母さんが、ほっとしたような表情を見せ、すぐに怒っているような、寂しげで曖昧《あいまい》な表情で眉をひそめた。

「お母さん。ごめんなさい」

思わず口をついて出た言葉。お母さんが泣きだしそうな顔をするから、訳もなく不安になった。

「お母さんのほうこそごめんね。ユリちゃんときちんと話す機会がなかったから、いつも一方的に色々言いすぎてたなあって反省してたの。でも、でもね、ユリちゃん。あなたが大人だってことはわかってるんだけど、どうしても心配なのよ」

「うん。ごめんなさい。もう二十代も後半だから勝手にさせてよって思ってたけど、私も配慮が足りなかった。大人とは言えない。ごめんね、お母さん」

物々しい足音と気配がして振り向くと、到着した恭司さんと目が合った。彼は縁なしの眼鏡をかけている。えええ！　初めて見た！　いつもと雰囲気が違う！　私の動揺をよそに軽く手を上げ、合図した。私も頷いて見せる。カウンターでコーヒーを注文する姿に思わずうっとりしてしまう。お母さんはまだ気づいてないらしい。

「ユリちゃん朝ご飯まだなんでしょう？　ライ麦パンのサンドウィッチ、美味《おい》しそうだったから頼んどいたよ」

「ありがとう、お母さん、あの」

言いかけた時にはコーヒーのカップを持った彼がすぐそばまで来ていて、顔を上げたお母さんが驚いた顔をして固まっていた。

「どうも初めまして。改めてご挨拶に伺いたいと思っていたのですが、便乗する形になってしまって申し訳ありません。百合佳さんとお付き合いさせていただいてます、一ノ瀬恭司です。どうぞお見知りおきを」

「は、初めまして、百合佳の母です。いつも百合佳がお世話になっております」

お母さんが完全に呆気《あっけ》に取られている。恭司さんは私のトレイに自分のコーヒーを置く。

「あ。あの、どうぞお掛けになって」

お母さんが慌てて言うと、恭司さんはにっこり笑って会釈した。

「ありがとうございます」

えええええ。流れ弾に被弾した！　いつもの恭司さんとは違った一面に完全に魅了されてしまった。

隣に座られて鼓動が跳ねあがる。えっと、この人、私の恋人のあの人よね？　と思わず横目で盗み見る。

「あの、い、いち」

「一ノ瀬です」

人好きのする笑顔で応《こた》える。いやこれ殺されちゃうなあ。ってかお母さん、ちゃんと覚えて。

「ごめんなさい。一ノ瀬さん。百合佳とはどれくらいお付き合いしてらっしゃるの？」

「えーっと、だいたい半年よりちょっと長いくらいです、かね？」

と話の方向をこちらに流され、思わず頷いた。

「う、ううう、うん、そう」

「結婚を前提にお付き合いさせていただいています」

「え!?」

「まあ！」

私とお母さんの声が重なる。

「え、って、ユリちゃん……」

「本当だよ、百合佳ちゃん……」

二人に批難がましい目を向けられ、小さくなる（しかない）。

「だって、心の準備が！」

「我が子ながら恥《は》ずかしい限りです。ごめんなさいね、一ノ瀬さん。せっかくちゃんと考えてくださっているのに」

「いいえ。こういうところも可愛いですよね」

娘を可愛いと言われて、まんざらでもないはにかみを浮かべるお母さん。

「そう言っていただけると母親としてありがたいです」

「いいえ、そんな滅相もないです。あと僕の仕事柄、家を空けることが多くて、彼女を不安にさせることも多々あるんじゃないかと心配してたんですが、そういう素振りも見せずに気丈に振る舞ってくれるところとかすごく心強いです」

「そうですか。うちの百合佳がねえ。それにしても、今日は朝早く付き合わせちゃってごめんなさいね」

「とんでもないです。お会いできてよかったです。また改めてご挨拶に伺いますので」

「そうね、あなたのお仕事が一段落ついたころにぜひいらしてください」

「はい」

「ユリちゃん、お母さんの分あげるから、二人で食べて。お母さん、帰るわ」

「え!?」

「だって、お邪魔でしょ。ユリちゃんのカレシも見れたし、ひとまず安心できたから」

とやけに清々《すがすが》しい顔をして席を立った。

はああ!? ヒトを翻弄《ほんろう》しておいて、自己満足でお帰り？ 文句の一つでも言おうと思ったら、そっと恭司さんが手を重ねた。

「そう仰《おっしゃ》っていただけてなによりです。お送りしましょうか？」

「いいえ。大丈夫。タクシーがあるから。じゃあ、ごめんなさいね。また後日」

結局、恭司さんがタクシーまで見送ると言って連れ立って行ってしまった。何なの。我が母ながらワガママすぎない？ むきーっとプチ爆発を起こしそうになったけど、とりあえず、喉元過ぎれば熱さを忘れよう。私はガラス越しに、並んで歩く二人の姿を眺めながら、母の選んだ野菜ジュースを勢いよく吸い上げた。

出勤までまだ余裕はある。二人で不本意な朝食をとりながら、これからについて話すのもいいかもしれない。デキる先輩の少し理不尽な言いがかりは今日もあるのだろうか。それはちょっと憂鬱《ゆううつ》だけど、気分なら、息をしているだけでマウンティングたる由縁の恋人が底上げしてくれる。

愛し愛され生きる。本能のお告げのまま。こういうところが、彼女に嫌われてるんだろうな。

まあ、しかたがない。恋し恋され振り振られ。皆に好かれるのは難しい。本当に好きな人とだけ、愛し合えればいい。

書き下ろし番外編

SECRET GARDEN

久しぶりに二人で過ごす休日。私と恭司さんは散歩のつもりが、車を出して浜辺まで足を延ばしてピクニックを始めてしまい、明るいうちから少し酔っていた。

元はといえば、恭司さんのマンションの階下に朝早くから営業しているコーヒーショップで熱いコーヒーを買い、まだ明けきらぬ青い朝靄《あさもや》の海を見に行くだけのつもりだった。

店先の対面式に置いてある一人掛けのソファにそれぞれ腰かけ、ペーパーカップのコーヒーを啜《すす》って今日はなにをしようかと話していた。全国ツアーが始まって二人で過ごす時間がなかったから、今日と明日は貴重なのだ。

部屋の中でダラダラ過ごすのもいいかと思ったけれど、なんとなく外を歩きたくなるような曇りの日だった。ペーパーカップを捨てに店内に戻った時に、レジ前にあった冷蔵庫の中のスパークリングワインと、奥の棚にプラスチックのフルートグラスを見つけて、これを持って海を見に行こうと彼が言い出した。

濡れた潮風の匂い。まだ桜の時期には早い寒い三月中旬。けれど、寄り添ってくれる彼の体温と優しい微笑みで、すべてが幸せのエフェクターになる。

防水加工の施された生地のスプリングコートだから、まあいいや、とそのまま砂浜に座り込んだ。早朝のせいか、練習中のサーファーが一人と、ジョガーと、犬を連れたおばあさんが遠くに見える。彼は私を背後から覆うように座り、着ている軍払い下げのロングコートで包んでくれた。暖かいシェルターの中で飲む冷えたワインは容易《たやす》く喉を通っていく。低い鈍色《にびいろ》の空と濁った翡翠《ひすい》色の海の、寄せては返す波を見つめながら、ちょっと、このまま世界の終わりが来ても諦められるような気がしている。思考はとろりと流れ出し、脳が溶けかけたキャラメルみたいに甘ったるい空想ばかり作り出す。

「キスして」

完全に周りの見えなくなった私のワガママを、大きなフードを被って叶えてくれた。

「連れて行きたい場所があるんだけど」

なんて言われたら頷くしかない。

空になったボトルとプラスチックのフルートグラスを袋に入れてパーキングに停めた車に置き、タクシーに乗って市街地に戻る。異国情緒漂う造りの急な坂道を上がったら、ぽんと平たい場所に出る。そこは海と市街地を一望できる公園や、小さな画廊やティールームなどが並ぶ石畳の通りがあり、そのさらに奥に行くと閑静な高級住宅街になる。そのさらに奥。ふと、建物が途切れた先にある、鬱蒼《うっそう》と蔦《つた》の這ったとても高い煉瓦塀《れんがべい》の前でタクシーを降りた。風はどこか雨の匂いがする。

「ここは？」

恭司さんに尋ねると彼は微笑んだ。

「秘密の花園。おれたちの隠れ家」

私の含まれていない〝おれたち〟の響きに興味をそそられた。

「私が入っても大丈夫なの？」

「もちろん。当然だよ。連れていきたいって言ったろ」

彼はポケットからキーケースを取り出して、重く覆いかぶさった蔦《つた》をめくって、隠れた金属製の扉に鍵を差し込み、そっと開いた。古そうに見えたのは全体の雰囲気のせいだったのか、扉は案外滑らかに開いた。

目の前に広がった光景に思わず、わあっと声を上げてしまった。

恭司さんの言う通り、そこは本当に花園だった。ツルバラと新緑のアーチに出迎えられ、ギボウシやアイビーなどの緑に縁どられた小路が奥へと続いている。

「ここはお母様のご趣味？」

「いいや。セイジの」

セイジ。思い当たるのは、彼の幼馴染《おさななじみ》で元クラックスパナヴィレッジのボーカル。吉塚くんが持っていたアルバムのジャケット写真で見たことがある。綺麗《きれい》な顔立ちの、どこか浮世離れした雰囲気のひと。

恭司さんは私の手を引いて、ダンスするみたいに回して、引き寄せたはずみで抱き上げ、くるくると回る。

「ヤバい。酔いが回った」

ククッと笑って、私を着地させると抱き込んで口づけた。

「ごきげんよう。薔薇《ばら》の妖精の女王様」

唇を離して、低い声でからかうように言う。

「酔っ払い」

高くて掴みやすい鼻をつねると、眉間にしわを寄せて痛そうな顔をした。

「嘘つき。妖精なんているわけないじゃない」

手を離して、今度は両手を添えて顔をそっと挟む。本当にこんなに好きな顔、他に見たことない。うっとりしていると、彼は少し作った真面目な表情で囁《ささや》く。

「ダメだって。それ言うと妖精が消えるって習わなかった？」

「ピーターパンに？」

合わせて小声で尋ねる。

「いや、ティンカーベル」

「へえ。いったいどこのティンカーベルに教わったんですか？」

「え。なにそれ。鋭いね？」

「えええ？　図星？」

噴き出して声も通常に戻ってしまった。

「恭司さんの初恋の思い出？」

「いいや。全然。世にも奇妙な出会いの話だよ」

手を取り、アーチを抜けると、イギリス風の石煉瓦《いしれんが》造りの家屋が木々の間に埋もれるように建っている。

「まったくティンカーベルなんかじゃなかった」

恭司さんはどこかうんざりしたような口調で肩をすくめた。


（回想）

きらきらと、ハレーションが目の前で起こり、ちかちかと目の奥が痛んだ。

夏の庭には、色とりどりの花々が咲き乱れていて、どこか違う世界に迷い込んだように思えた。

庭は広くて小川が流れていて、小さな石橋もあった。ミニチュアの噴水も、シックな黒っぽい石を積み上げて造られていた。

手に持った黒いヴァイオリンケースがやけに重たい。開襟《かいきん》シャツにリボンタイ、吊り下げの半ズボンも、膝下までの白色のソックスも暑苦しくて好きじゃない。本当はミニチュアの車のおもちゃで遊んでいたかったし、友達と園庭で駆け回っていたかった。スイミングスクールのほうがずっとましだし、与えてもらったばかりの白馬のいる乗馬クラブのほうがずっと好きだった。

赤煉瓦《あかれんが》の門扉《もんぴ》をくぐると、胸の中にはぐるぐると鉛が流れ込んできてずんずん重くなってくる。ここには銀色の髪を高く結い上げた怖い魔女がいる。とても印象的な高すぎる鷲鼻に、猛禽《もうきん》類のような鋭《するど》く青い瞳。嫌だな。行きたくない。魔女を思い出すとゾッとする。口数も少ないし、レッスンの後に出される紅茶もお菓子も気難しい感じがして、一緒に出てくるぱさぱさしたマフィンとパンの中間のような食べ物も苦手だった。

それにつけるチーズのような生クリームのようなバターのようなものはちょっと好きだった。でも、とにかく魔女といると、心の奥底まで見透かされているような居心地の悪さをずっと感じていなくてはならない。きっと、一度でいい。微笑んでくれたら、この緊張感は少しだけ楽になる。訛《なま》りのない美しい発音の英語も、怜悧《れいり》な刺々《とげとげ》しいものではなく、完成された詩の朗読を聴くように耳を傾けることができるはずだ。

濃い緑と鮮やかな色彩の花々、太陽の下にゆらゆらと立つ陽炎《かげろう》。耳の中で乱反射するように響く蝉《せみ》の声。何もかも眩しくて美しいのに、何もかも憂鬱《ゆううつ》だった。

よりによってレッスンの予定時刻より少し早く車から放り出されて、途方に暮れている。

時期を過ぎ、鬱蒼《うっそう》と緑の茂った棘《とげ》だらけの薔薇《ばら》園は、迷路のようだった。ほんの少し遠回りをして時間をつぶそうと思っただけなのに、本格的に迷い込んでしまったようだ。

怖くなんかない。ただ、今、何時かわからないのが心配なんだ。誰に言うともなく心の中で呟いた。

がさがさと風が木々の間を走る音がした。ひぃっと小さく悲鳴を上げて、恭司は辺りを見渡す。

もちろん人影などない。ほっと胸を撫でおろそうとしたその時、ばたばたと足音が聞こえて、茂みから小さな人影が飛び出してきた。ドッと勢いよく恭司にぶつかり、そのまま一緒に転げた。

「だあれ？」

「そっちこそ」

大きな薄い灰色の目が驚いた形のまま、恭司を覗き込んでいる。

「ボギーじゃないことはたしかだね」

「え？　なに？」

恭司が訊き返すと、相手は潤《うる》んだ甲高い声で笑った。

灰色がかった栗色の柔らかい巻き髪にミルク色の肌の頬に薄紅色がさしている。

見たこともない子だった。すみれの花がたくさんプリントしてあるフリル袖《そで》のワンピースを着ている。

「こんなところでなにしてるの？」

「レッスンにきたんだ。エレノアせんせいの」

エレノア・ブルー・サマセット・ハセガワ。長い名前でなんだか滑稽《こっけい》な響きだと思ったし、なかなか覚えられなかった。心の中でエクレアと呼んでいるのは内緒だ。

「ナナの？」

「ナナってだれ」

「ナナはナナだよ。いっしょにいこ！」

女の子は手を取り、恭司を引っ張って歩き出した。

「おなまえなんていうの？」

「いちのせきょうじ」

「どれ？」

「きょうじ」

おうむ返しに言ってにっこりと笑った。

「きみのなまえは？」

「せいちゃん」

「せいちゃん」

「なんさいですか」

「よんさいです」

「いっしょ！」

「せいちゃんはなにしてたの？」

「んーとね。妖精さがしてた！　ママの絵本でみた！　フラワーフェアリーズっていうおはなの！」

「えー。ようせいなんてみたことないもん。いないよ」

勢いよく手で口を塞《ふさ》がれた。衝撃で後頭部が揺れた気がしたし、尻もちをついた。

「なんでそんなこというの！　とりけして！　そんなことというと、消えちゃうんだよ！」

涙声で叫ぶと、恭司を睨《にら》みつけた。

「ご、ごめんなさい」

あまりの剣幕に気圧《けお》されて、恭司は素直に謝った。あんまり真剣に怒られたので、本当はどこかにいる妖精が、自分の一言でぽんと消えてしまったような気がしてきて、ひどく不安になった。

「どうしよう」

「さがそう！」

「うん！」

なんだかよくわからない使命感が燃えてきて、駆け出したせいちゃんの後ろに続いた。

確かに四つ葉のクローバーと同じくらいの確率で妖精が見つかりそうな庭だった。けれど、いくら二人で真剣に探してみても、妖精を見つけることはできなかった。いつの間にか、真剣な鬼ごっこに切り替わって、どちらの足が速いか、どちらが高くまで木登りができるか、比べっこにも移り変わって、最終的にレッスンを半分さぼってしまうことになり、二人で並んでエレノア先生に叱られた。

決められた約束を破ってはいけません。

先生は波の立たない地下の湖のようなひんやりとした声で言った。

「でもナナ、きょうじは妖精探しを手伝ってくれたんだよ」

「セイジ、あなたはママのそばを離れてはいけませんと言われていたはずです」

セイジと聞こえて、恭司は混乱した。ワンピースを着ていて女の子に見えたが、どうもそうじゃないらしい。

「ママ、お薬飲んで眠っちゃったんだもん」

「目が覚めた時にあなたがいなかったら、彼女はとても心配するでしょう」

「わかったよ。ねえ、ナナ。きょうじを叱らないであげてね。彼はぼくが連れまわしたんだ」

「ええ。大事なことは告げましたから、もう叱ることはありません。残りの時間で今日のレッスンをいたしましょう。残念ですがお茶の時間はなしです」

エレノア先生はそう告げると、くるりと背を向けてレッスン室へ続くサンルームへ歩いて行った。

「セイジっていうの？」

「うん」

「男の子なの？」

「うん？」

「男の子なのに、女の子の服を着てるの？」

「女の子の服？　ママがせいちゃんにはこういうのが似合うって言ってくれたよ？」

「まあ、たしかに似合ってる……。けど……」

「それにこれ、お花がたくさんあるでしょ。だから妖精さんがお花があるって来てくれるかもしれないし」

「でも、男の子が着る服じゃないよ」

「ええ？　なんで？　着れるよ？　ぼく、着れてるもん」

「だけど……」

「ぼくが着ちゃダメなの？」

「だって、女の子が着る服だもん。せいちゃん男の子でしょ？」

「女の子だってズボンはいてるのに、どうして男の子がワンピース着ちゃいけないの？」

「えええ。えっと、えー。わかんない」

「ママ、いつも悲しそうだったり、泣き出しちゃったりするけど、ぼくがこういうのを着るとママは喜ぶの。ママが笑ってくれると、とても安心する」

「きみがその服を着るのはママのためなの？」

「ズボンのほうがトイレも木登りもやりやすいけど、きらいじゃないよ。きれいなお花がたくさんついてるから」

少し泣きそうな顔に見える笑顔が恭司をさらに混乱させた。着ている服で女の子だと思った。男の子だけど女の子の服が似合っている。男の子が女の子の服を着ることに当然のように違和感を覚えた。でも、それは良くないことなのかもしれない。じゃあ、なぜ、男の子と女の子の服は違うのだろう。よくわからない。頭の中がぐちゃぐちゃとこんがらがってきた。でも、ぼくだったら着ないだろうな。似合わないからお母さんだって喜ばない。

「それ着て外に行ったらおともだちになにか言われない？」

「うちの庭から出たことないし、おともだちもいない」

「じゃあ、ぼくがはじめてのおともだち？」

恭司の言葉にセイジの目が丸くなる。

「おともだちになってくれるの？」

「うん。いいよ。あ。レッスンのこと忘れてた。またレッスンの時にここに来るから遊ぼう」

「うん！　また遊ぼうね！」

満面の笑みで言うセイジはやはり女の子に見えなくもない。というより、男の子でも女の子でもない、しいて言えばあの子自身が妖精だったのかもしれない。と恭司は思った。あの子は、普段周りにいる同じくらいの年頃の子供たちとは違う。あの子がいると、ただ目に痛いだけだった陽当たりのいい庭の緑や花たちが綺麗《きれい》に輝いて見えた。

それから、憂鬱《ゆううつ》なヴァイオリンレッスンが楽しみになった。高い壁に囲まれた広い庭は、子供には十分すぎるほどだった。恭司が来るときはワンピースではなく、女児用だったがブラウスと半ズボンやレギンスを組み合わせたものを着るようになった。

それから二回季節は巡り、石造りの噴水の周りに睡蓮《すいれん》が咲く頃。レッスンが休みになった。セイジの母親が亡くなったからだ。

久しぶりのレッスンが終わった後に、エレノア先生に「セイジに会ってあげてください」と言われ、セイジの部屋へ行った。出迎えた彼は、サックスブルーのボタンシャツに紺色のハーフパンツに紺色のハイソックスという格好だった。

「もう、花柄のワンピースは着なくていいんだ」

「僕があの格好をして喜んでくれる人はいないからね」

恭司が尋ねると、セイジは微笑んで答えた。初めて出会った時に見た陽だまりのような笑顔ではない。萎《しな》びた花のように寂しげで乾いた笑顔だった。恭司はひどく切ない気持ちになった。妖精は死に、一人の少年がいる。神秘的で天真爛漫な存在に触れることを躊躇《ちゅうちょ》していたが、ここにいるのはもう妖精ではない。悲しみに打ちひしがれ、心を失いかけている友人だ。恭司は初めて自《みずか》らセイジに手を伸ばし、彼の右手を両手で包んだ。白く柔らかな手は冷え切っていた。恭司の唐突な行動にも動じることはない。ただ静かに受け入れた。

「これからは、自分の好きな服を着ればいいさ」

「言ったでしょ。嫌いじゃないって」

「セイジは優しいんだな」

「そんなんじゃないよ。ママに喜んでもらえると、ただ単純に嬉しかったんだ。僕より、こうして僕の悲しみに寄り添ってくれる君のほうが、ずっと優しい」

「友達だろ、当たり前じゃん」

「君が友達でよかった」

セイジが重ねた手に額《ひたい》を当てた。

「君がいてくれて、よかった」

恭司は安堵《あんど》した。手を伸ばさなければ彼は消えてしまいそうに見えた。触れ合ったところから感じる温かみは彼がそこにいる証拠だ。

「ずっと一緒にいような」

それは約束ではない。セイジへの要求だ。

❖　❖　❖

恋人の手をしっかりと握り、恭司はその場所へと向かう。誠司は眠っているところだろうか。恭司と誠司の間には、大切な人ができたら紹介するというルールがある。

古びた木製の扉についたライオンのドアノッカーを叩く。

「おーい！　誠司！　いるんだろ？　おれだよ！　恭司！」

少し離れたところからガタガタと物音がした。押し上げた窓から誠司が顔を出す。

「うるさいな。そのドアは開いている」

しかめっ面を覗かせて言うと、恭司の隣にいた百合佳に気づいて視線を向けた。百合佳が会釈をすると、誠司も頷くように応えた。再び窓がガタガタと音を立てて閉まった。

「あれがティンカーベルだというなら、現実は残酷すぎるだろ」

恭司の言葉に百合佳は噴き出した。

「連れてきてくれてありがとうございます」

珍しく中からドアが開いた。

「いらっしゃい。とっておきの紅茶をごちそうしよう」

誠司の微笑みを見たのは何年ぶりだろう。恭司は目を丸くした。恋人が見蕩れている。

冗談じゃない。恭司は背後から百合佳の瞼《まぶた》を掌《てのひら》で覆った。

EB エタニティ文庫

人目も気にせず口説かれて⁉

エタニティ文庫・赤

極上エリートは溺愛がお好き

藤谷《ふじたに》 藍《あい》　　装丁イラスト／アオイ冬子

文庫本／定価：704円（10% 税込）

過去の失敗に懲りて、恋より仕事に打ち込んでいる秘書の紗奈《さな》。そんな彼女のトラウマをものともせず、取引先のエリート社員・翔《しょう》が一気に距離を詰めてきた……！

何となく居心地がよくて何度か一緒に出掛けていたら、あっと言う間に「恋人→同居→婚約」って……展開早すぎ⁉

※エタニティブックスは大人の女性のための恋愛小説レーベルです。ロゴマークの色で性描写の有無を判断することができます（赤・一定以上の性描写あり、ロゼ・性描写あり、白・性描写なし）。

詳しくは公式サイトにてご確認ください。
https://eternity.alphapolis.co.jp

携帯サイトはこちらから！

本書は、2020 年 1 月当社より単行本として刊行されたものに、書き下ろしを加えて文庫化したものです。


この作品に対する皆様のご意見・ご感想をお待ちしております。

おハガキ・お手紙は以下の宛先にお送りください。

【宛先】

〒 150-6008 東京都渋谷区恵比寿 4-20-3 恵比寿ｶﾞｰﾃﾞﾝﾌﾟﾚｲｽﾀﾜｰ 8F
（株）アルファポリス　書籍感想係

メールフォームでのご意見・ご感想は右のＱＲコードから、
あるいは以下のワードで検索をかけてください。

アルファポリス　書籍の感想　検索

ご感想はこちらから

エタニティ文庫

私《わたし》はあなたに食《た》べられたいの。

森野《もりの》きの子《こ》

2023年6月15日初版発行

文庫編集－熊澤菜々子
編集長－倉持真理
発行者－梶本雄介
発行所－株式会社アルファポリス
〒150-6008 東京都渋谷区恵比寿4-20-3 恵比寿ｶﾞｰﾃﾞﾝﾌﾟﾚｲｽﾀﾜｰ8F
TEL 03-6277-1601（営業）03-6277-1602（編集）
URL https://www.alphapolis.co.jp/
発売元－株式会社星雲社（共同出版社・流通責任出版社）
〒112-0005 東京都文京区水道1-3-30
TEL 03-3868-3275
装丁イラスト－石田惠美
装丁デザイン－AFTERGLOW
（レーベルフォーマットデザイン－ansyyqdesign）
印刷－中央精版印刷株式会社

価格はカバーに表示されてあります。

落丁乱丁の場合はアルファポリスまでご連絡ください。

送料は小社負担でお取り替えします。


ISBN978-4-434-32150-4 C0193